आतंकवाद 3.0

लेखक

अमित त्रिपाठी

पूर्व टीवी पत्रकार

एवं

सीनियर रिसर्च फेलो

गोरखपुर विश्वविद्यालय

प्रकाश बुक डिपो, बरेली

आतंकवाद 3.0

लेखक :
अमित त्रिपाठी

प्रकाश बुक डिपो
बड़ा बाजार, बरेली 243 003
दूरभाष : 2572217, 2412940

प्रथम संस्करण : 2018

ISBN 978-81-7977-625-4

मूल्य : Rs. 220/-

मुद्रक
प्रिन्ट्स किंग
दिल्ली

प्राक्कथन

ऐतिहासिक विवरणों के अनुसार आतंकवाद के अंग्रेजी पर्याय शब्द 'टेररिज्म' का पहला प्रयोग 1794 की फ्रांसीसी क्रांति के दौरान हुआ था हालांकि इसके अर्थ को ज्यादा बेहतर और व्यापक आयाम देने का काम एक साल बाद एडमण्ड बर्क ने किया था। तब शायद ही किसी को अनुमान रहा होगा कि 222 वर्ष बाद गूगल मात्र 0.40 सेकेण्ड में इस शब्द के 14 करोड़ 40 लाख सन्दर्भ प्रस्तुत कर देगा। यह इस शब्द, इस अतिरेकी विचार, उसकी भयावहता और सर्वत्र व्यापकता के चलते हुआ है।

स्वाभाविक रूप से अलग–अलग क्षेत्रों में इसकी उपस्थिति की प्रकृति, प्रभाव और प्रसार में भिन्नता भी दिखती है। रेक्स हडसन ने 2002 मैं 'हू बिकम्स ए टेररिस्ट एण्ड व्हाई' में प्रकृति के आधार पर इसे वर्गीकृत करने की कोशिश की थी। चार साल बाद एरी क्रुगलांस्की और शाइरा फिशमैन ने इसकी सौ से अधिक परिभाषाओं के होने का जिक्र करते हुए उसे विश्लेषित करने की भी कोशिश की थी, लेकिन इस पूरे विमर्श में तात्विक रूप से आतंकवाद एक अतिवादी हिंसक अवधारणा के रूप में ही उपस्थित रहा जो भिन्न–भिन्न कालखण्डों एवं परिस्थितियों में अपने स्वरूप और कार्यपद्धति में बदलाव करता रहा है।

प्रस्तुत पुस्तक 'आतंकवाद 3.0' इस परिवर्तन के कुछ अत्यंत महत्वपूर्ण आयामों को संकलित, संयोजित और व्याख्यायित करने का एक अकादमिक प्रयास है। लेखक ने आतंकवाद के सर्वथा प्रारम्भिक स्वरूप से लेकर इसकी सामरिकी और परिणामी प्रभावोत्पादकता के विविध पक्षों को बेहद बारीकी से विश्लेषित किया है। पुस्तक इस अर्थ में अत्यंत महत्वपूर्ण है कि यह न केवल आतंकवाद की परिवर्तनशील प्रवृत्तियों का उल्लेख करती है बल्कि प्रत्येक स्वरूप के तत्कालीन समय में किये गये प्रयोग, प्रभाव एवं परिणाम का विश्लेषण भी करती है। यह एक महत्वपूर्ण योगदान है जिसका स्वागत किया जाना चाहिये।

अकादमिक दृष्टिबोध से सम्पन्न इस विश्लेषण को अत्यंत रोचक एवं पठनीय शैली में प्रस्तुत किया गया है जो इसकी विशिष्टता है। आतंकवाद केवल अकादमिक परिक्षेत्रों का विचारणीय विषय नहीं बल्कि व्यापक जनक्षेत्रों में भी अनिवार्यतः विचारणीय प्रश्न है। दुर्भाग्य से अभी तक ऐसी पुस्तकें अत्यंत कम हैं जो अपनी ओर सभी प्रकार के पाठकों को सहज रूप में आकर्षित करें। यह पुस्तक उस रिक्ति को भी प्रभावी ढंग से भरती है।

किसी भी शिक्षक के लिए अपने विद्यार्थी को एक सक्षम–समर्थ अभिव्यक्तिकर्ता के रूप में रूपांतरित होते देखना सर्वाधिक सुखद क्षण होता है। मैं यह अवसर प्रदान करने के लिए भी अमित त्रिपाठी को धन्यवाद देता हूं और भविष्य में ऐसे अनेक मौलिक और नवोन्मेषी योगदान करते रहने के लिए उन्हें शुभकामनायें देता हूं।

प्रो. हर्ष कुमार सिन्हा
आचार्य, गोरखपुर विश्वविद्यालय

दो शब्द

एक नये किस्म का आतंकवाद पश्चिमी देशों में जन्म ले चुका है। इस्लामिक आतंक के इस नवजात शिशु से भारत का परिचय कराने वाली शायद यह देश की पहली पुस्तक होगी। (हो सकता है कि विश्व की भी) सम्भवतः ये पहली ऐसी किताब हो जो आतंकवाद के इस नवीनतम रूप के 16 लक्षणों से पाठकों का परिचय करायेगी। साथ ही पश्चिमी देशों में हुए 12 ऐसे आतंकवादी हमलों का जिक्र भी इस पुस्तक में किया गया है जो अब तक हुए आतंकवादी हमलों से कई मायनों में भिन्न प्रकार के हैं।

इस नये किस्म के आतंकवाद को "आतंकवाद 3.0" कहा जा रहा है। भारत में कुछ समय पहले "आतंकवाद 3.0" ने दस्तक दी तो जरुर, लेकिन इस श्रेणी का कोई हमला अब तक हमारे देश में नहीं हुआ है। वहीं अमेरिका व कनाडा जैसे पश्चिमी देशों में लोग आज आतंक के इसी चेहरे से सबसे ज्यादा खौफ खा रहे हैं। 'बाहुबली' देशों की मनमानी, मध्य–पूर्व क्षेत्र में पैदा हुई अराजक स्थिति, पश्चिमी देशों में रह रहे मुस्लिमों के अंदर पनपा असंतोष एवं कट्टरपंथ, इस्लामिक आतंकवाद, इंटरनेट और नई टेक्नोलॉजी– इन सभी के संयोजन से ऐसी परिस्थितियां निर्मित हुईं जिनमें "आतंकवाद 3.0" विकसित हुआ। यहां ये स्पष्ट कर देना जरुरी है कि "आतंकवाद 3.0" पिछले कुछ समय में पश्चिमी देशों में हुए "लोन वुल्फ अटैक" से सम्बन्धित होते हुए भी, कई मायनों में इससे अलग है। ये "साइबर टेररिज्म" से भी अलग विचार है। इंटरनेट के सहारे आतंकवादियों द्वारा नई भर्ती करने या अपने "रिक्रूट" को हमले के लिए सीधे निर्देशित करने जैसी गतिविधियों से भी जुदा टेररिज्म के कुछ नये लक्षणों के साथ "आतंकवाद 3.0" हम सबके सामने है।

प्रस्तुत पुस्तक दो खंडों में विभाजित है। प्रथम खण्ड में शामिल चार अध्याय वक्त के साथ बदल रहे आतंकवाद के विकास यात्रा की कहानी तथ्यों और सबूतों के साथ पाठकों के सामने प्रस्तुत करते हैं। इसी खण्ड के चौथे अध्याय में आतंकवाद 3. 0 की विस्तार से चर्चा की गई है। पुस्तक के दूसरे खण्ड में अमेरिका, ब्रिटेन और फ्रांस में वर्तमान समय में जारी आतंकवाद पर समग्र रूप से दृष्टिपात करने का प्रयास किया गया है। 9/11 हमलों के बाद आतंकवाद, विशेष रूप से इस्लामिक आतंकवाद को लेकर वैश्विक जनसमुदाय के नजरिये में आमूल–चूल परिवर्तन देखने को मिला। लिहाजा इसी तारीख को विभाजक रेखा मानते हुए 9/11 के बाद अमेरिका, ब्रिटेन और फ्रांस में हुए इस्लामिक आतंकवादी हमलों, सम्बन्धित देशों पर इन हमलों के प्रभावों और आतंकवाद से मुकाबले के लिए इन तीन देशों द्वारा अपनायी गई नीतियों–रणनीतियों की विस्तृत विवेचना करने की कोशिश पुस्तक के दूसरे खण्ड में की गई है।

मैं अपने गुरु एवं शोध निर्देशक आदरणीय प्रो. हर्ष कुमार सिन्हा जी के प्रति

हार्दिक आभार प्रकट करता हूं जिन्होंने पुस्तक लिखने के लिए मुझे प्रेरित किया और समय–समय पर इस विषय पर मेरा मार्गदर्शन करते रहे। उनसे प्रेरणा न मिलती तो शायद ये किताब भी कभी अस्तित्व में न आती। एक विषय के रूप में मुझे 'रक्षा अध्ययन' की शिक्षा देने वाले आदरणीय आचार्यगण– प्रो. राजेंद्र प्रसाद जी, प्रो. आर. एन. सिंह जी, प्रो. हरिशरण जी, प्रो. ए. पी. शुक्ला जी, प्रो. सतीश चंद्र पांडेय जी, प्रो. प्रदीप कुमार यादव जी, प्रो. विनोद कुमार सिंह जी एवं प्रो. श्रीनिवास मणि त्रिपाठी जी के प्रति भी मैं कृतज्ञता व्यक्त करता हूं। आप लोगों के द्वारा दी गई शिक्षाओं ने ही मुझे इस योग्य बनाया कि मैं यह पुस्तक लिख सका।

अपने परिवार, दोस्तों एवं शुभचिंतकों के प्रति भी मैं हृदय से आभार प्रकट करता हूं। अपनों से मिलने वाला आशीर्वाद, स्नेह, सहयोग और प्रेरणाएं ही रचनात्मक गतिविधियों को संभव बनाती हैं।

इस्लामिक आतंकवाद के नवीनतम रूप को उद्घाटित करने वाली इस पुस्तक को मैं भारत मां के चरणों में समर्पित करता हूं।

साभार!

अमित त्रिपाठी

विषय–सूची

इस्लामिक आतंकवाद के तीन चरण

1. पृष्ठभूमि

"We can easily forgive a child who is afraid of the dark; the real tragedy of life is when men are afraid of the light."
—Plato

टेक्नोलॉजी ने पंख न दिये होते तो इंसान सदियों तक कागजी जहाज ही उड़ा रहा होता और अगर ऐसा होता तो वो 4 यात्री विमान न होते, 9/11 न होता, बुश डॉक्ट्रिन न होती, अफगानिस्तान–इराक पर हमले न होते, आईएसआईएस (ISIS) न होता और "आतंकवाद 3.0" भी नहीं होता। लेकिन अगर ये सब हुआ तो इसमें उड़ने की उन इच्छाओं का, उन आविष्कारों का, उन उड़ानों का और उन कृत्रिम पंखों का कोई दोष नहीं। तकनीक निर्दोष–नि:स्वार्थ होती है। छापेखाने पूंजीवाद या साम्यवाद में कोई फर्क नहीं कर सकते, किसी कैमरे के लिए बुश और बगदादी दोनों ही एक जैसे हैं। बंदूक की गोली स्त्री–पुरुष व बच्चे–बूढ़े में अंतर ढूंढने की ख्वाहिशमंद नहीं होती।

भारत लंबे समय से आतंकवाद से पीड़ित है, लेकिन अब तक यहां एक भी हमला "आतंकवाद 3.0" की श्रेणी का नहीं हुआ है। इस्लामिक आतंकवाद का यह सबसे लेटेस्ट वर्जन है जो फिलहाल अधिकांशत: पश्चिमी समाजों को आतंकित कर रहा है। स्वतंत्रता, समानता और बंधुत्व के राग के साथ धार्मिक आजादी और अभिव्यक्ति की स्वतंत्रता का सुर मिलाने वाले अमेरिका, फ्रांस, ब्रिटेन, जर्मनी, कनाडा जैसे देशों में लोगों की ताल बिगड़ रही है। वो डरे हुए हैं, हैरान हैं और परेशान भी।

वजह ये है कि इस्लामिक आतंकवाद अब उनके दरवाजों पर दस्तक दे रहा है। वह संदेश दे रहा है कि उसके लोग कहीं भी और कभी भी हमला करने में सक्षम हैं। पश्चिम के लिये एक खतरनाक संदेश ये है कि अब हमलावर बाहर से नहीं आ रहे, वो उनके बीच में मौजूद हैं – उनमें से कई के घरों में, दफ्तरों में, पड़ोस में, स्कूल में, चर्च में – ये कहीं भी हो सकते हैं। उनकी पहचान कर पाना और वक्त रहते पहचान हो भी जाये तो उन्हें रोक पाना बहुत मुश्किल साबित हो रहा है। जो ब्रिटेन कभी दुनिया का इकलौता सुपरपावर था, आज वो 'पावरलेस' महसूस कर रहा है। फ्रांस असहाय है, अमेरिकियों का यही डर और बेचैनी उनके "ट्रंप" कार्ड सेलेक्शन में झलकी, लेकिन ये पत्ता भी तुरुप का इक्का साबित नहीं हो सका।

इससे भी ज्यादा महत्वपूर्ण ये जानना है कि काफी संख्या में ईसाईयों की संतानें भी "जिहाद" की राह पकड़ रही हैं। उपलब्ध तथ्य ये बताते हैं कि ऐसे लोगों के एक ईसाई

मतावलंबी से पांच वक्त के नमाजी मुसलमान के रूप में मतांतरित हो जाने से बहुत बड़ा फर्क पैदा हो गया – केवल इनके 'देवता', 'देवालय' और 'ड्रेस' ही नहीं बदले बल्कि नजरिया, नाते और निष्ठा भी बदल गई। इनकी आस्था के केंद्र बदले, तीज–त्यौहार बदले, जीने का तरीका बदला, आतंकियों के मरने को ये 'शहादत' मानने लगे, जीवन के मुकाबले मौत ज्यादा आकर्षक लगने लगी, जिहाद का कथित झंडा उठाकर इन धर्मांतरित ईसाईयों ने हमवतनों पर हमले किये और उसी जमीन को खून से लाल कर दिया जिसकी मिट्टी में पल–बढ़कर वो जवान हुए थे। जिन्हें साथ लड़ना था, वो अपने देश की सेना, सरकार और जनता के खिलाफ लड़े। इनमें पुरुष भी हैं और महिलायें भी।

इराक–सीरिया में इस्लामिक स्टेट के उभार के साथ पश्चिमी देशों में "लोन वुल्फ" हमलों की झड़ी लग गई। बहुत से रणनीतिकार लोन वुल्फ अटैक के कुछ ऐसे लक्षण गिनाते हैं, जो अनिवार्य रूप से "आतंकवाद 3.0" के भी लक्षण हैं। लेकिन 3.0 की परिधि कहीं आगे तक विस्तृत है।

"आतंकवाद 3.0" शब्द का सबसे पहला इस्तेमाल वर्ष 2011 में लंदन के एक शोधार्थी लॉरेंस पीटर एम्पोफो द्वारा प्रस्तुत शोध–प्रबंध में देखने को मिलता है। अपनी थीसिस में एम्पोफो ने आतंकवाद के तीन चरणों का जिक्र किया है। इसी तरह नाइजीरिया के शोधार्थी जेम्स ए. फैलोडे द्वारा 2017 में तैयार किये गये एक शोधपत्र (Research Paper) में उन्होंने आतंकवाद को चार चरणों मे विभाजित करते हुए इसके तीसरे एवं चौथे चरण की व्याख्या करने की कोशिश की है। दोनों ही शोधार्थियों ने आतंकवाद के इन चरणों का विभाजन अलग–अलग आधारों पर किया है। हालांकि फैलोडे द्वारा किया गया आतंकवाद के चार चरणों का विभाजन अस्पष्ट है जो कई स्थानों पर तर्कसंगत नहीं मालूम पड़ता। प्रस्तुत पुस्तक के चौथे अध्याय में इस विषय की विस्तृत विवेचना की गई है। इसके साथ ही यहां ये उल्लेख करना आवश्यक है कि इस पुस्तक में आतंकवाद के तीन चरणों की व्याख्या के लिए जो आधार तय किये गये हैं, वे उपरोक्त दोनों शोधार्थियों द्वारा तय किये गये आधारों से काफी अलग, ज्यादा तर्कसंगत, व्यापक एवं स्पष्ट हैं।

3.0 श्रेणी के जिस आतंकवाद की चर्चा इस किताब में की गई है, उसकी एक विशेष बात यह भी है कि यह नुकसान पहुंचा सकने की अपनी सामर्थ्य से कई गुना ज्यादा दहशत पैदा करने में समर्थ हैं। इन हमलों के जरिये, परोक्ष रूप से ही सही, इस्लामिक आतंकवादी पश्चिमी देशों के सुरक्षा घेरे को बार–बार भेदने में कामयाब हुये हैं। अब तक उभरे संकेत ये बताते हैं कि हमले होने से पहले 3.0 के तहत आने वाले ज्यादातर आतंकवादियों के बारे में न तो सम्बन्धित देशों की खुफिया और सुरक्षा एजेंसियों को कोई पुख्ता जानकारी थी, न ही आईएसआईएस और अल–कायदा जैसे आतंकवादी संगठन इन हमलावरों के बारे में ठीक–ठीक कुछ जानते थे। हां, ऐसा हर आतंकवादी किसी ना किसी आतंकवादी संगठन का समर्थक था, उसके एजेंडे से प्रेरित, उसकी गतिविधियों से प्रभावित था। कुछ मामलों में इन संगठनों द्वारा सार्वजनिक रूप से जारी किये गये निर्देशों का पालन इस श्रेणी के आतंकवादियों ने किया, इनमें से कुछ ने हमले के दौरान इस्लामिक स्टेट या अल–कायदा के प्रति अपनी वफादारी का ऐलान भी किया। लिहाजा बहती गंगा में हाथ धोने के इरादे से इन आतंकवादी

संगठनों ने भी उन्हें अपना "सिपाही" घोषित करने में देर नहीं की। लेकिन गहरी छान–बीन के बाद भी सुरक्षा एजेंसियां ऐसा कोई संकेत नहीं खोज सकीं, जिससे ये पता चलता कि ये हमलावर वास्तव में किसी आतंकवादी संगठन का हिस्सा थे, या उनसे जुड़े थे।

तकनीकों में होने वाली प्रगति ने हर बार इंसानी कल्पनाओं को उड़ान के लिए एक नया फलक मुहैया कराया है, हमारी समझ को विस्तार दिया है, जटिल को सरल किया, असंभव को भी संभव कर दिया। इंटरनेट ने भी कुछ ऐसा ही किया है। आतंकवाद के तीसरे चरण यानी आतंकवाद 3.0 के उभार में साइबर वर्ल्ड की केन्द्रीय भूमिका है। हालांकि उसके द्वारा दिये जा रहे घाव वास्तविक हैं, हमलों को वर्चुअल वर्ल्ड में नहीं बल्कि रियल वर्ल्ड में अंजाम दिया गया है। इसमें साइबर टेररिज्म की तरह निशाना कोई सर्वर, सिस्टम या कम्प्यूटर नेटवर्क नहीं, बल्कि आम लोगों की जिंदगी है।

विषैली वहाबी इस्लामिक विचारधारा को दुनियाभर में निर्यात करने वाले सऊदी अरब के साथ वर्ष 2017 में अमेरिका द्वारा किये गये 110 बिलियन डॉलर के हथियारों के सौदे के पीछे ढेरों वजहें गिनाई जा सकती हैं, लेकिन इतना स्पष्ट है कि पश्चिमी देशों के "आदर्श" उनकी अपनी सुविधा से तय होते हैं। जैसा कहें, वैसा ही करें – ये "डेवलप्ड पर्सनैलिटी" के लक्षण नहीं हैं, फिर विकसित देशों के ये लक्षण कैसे हो सकते हैं? लिहाजा 90 के दशक में कश्मीर में शुरु हुआ आतंकवाद अमेरिकियों की नजर में महज कानून व्यवस्था से जुड़ा मसला था, लेकिन उनके खुद के देश पर 2001 में हमला होने के बाद आतंकवाद के खिलाफ वैश्विक युद्ध (Global War on Terror) छेड़ दिया गया और बिना किसी ठोस सबूत के इस युद्ध की लपटों में इराक की निर्दोष जनता को भी झुलसने पर मजबूर किया गया। इतिहास भी ये कहता है कि कमजोर 'सही' को सही साबित नहीं कर पाता, शक्तिशाली गलत को भी सरेआम सही बताये, तो भी लोग उसे रोकने से डरते हैं। विरोध के अभाव में गलत को भी सही होने की मान्यता मिलने की गुंजाइशें बन जाती हैं। लेकिन टेक्नोलॉजी से ताकत पाकर बाहुबली बने पश्चिमी देशों के साथ ऐसा नहीं हुआ। इस्लामिक आतंकवाद के खिलाफ लड़ाई उनकी उम्मीद से कहीं ज्यादा लंबी और कठिन साबित हुई है।

जिहाद के जिस विषधर को तीन दशक पहले अफगानिस्तान के आंगन में अमेरिका ने दूध पिलाया था, उसी के बच्चे आज अमेरिका सहित कई पश्चिमी देशों के घरों से निकल रहे हैं। ब्रिटेन, फ्रांस और अन्य पश्चिमी देशों की भी यही स्थिति है। आखिर क्या वजह हो सकती है कि अफगानिस्तान और इराक में बेहिसाब बमबारी करने, तालिबानी विषबेल को काटकर गिरा देने, अल–कायदा की ताकत को छिन्न–भिन्न कर देने, लादेन को मारकर समुद्र में दफना देने के बाद भी अमेरिका, ब्रिटेन, फ्रांस जैसे देश अपने ही घर में आतंकवादी हमले झेलने के लिए विवश हुए? लादेन के खात्मे के साथ ही इस लड़ाई को खत्म हो जाना चाहिये था, लेकिन ऐसा नहीं हुआ। पश्चिमी देशों के इराक पर हमला करने के साथ ही इस्लामिक आतंकवाद रक्तबीज बन गया। उसके घावों से रिसते खून के बूंद जहां–जहां गिरे, वहां एक नया 'ड्रैकुला' खड़ा होता गया। इसी बीच टेक्नोलॉजी में लगातार हुए परिवर्तनों का फायदा आतंकवादियों ने भी उठाया। आज आतंकवाद भी रंग–रूप–भाषा–भूगोल की सीमाओं को लांघ चुका है। भूरी और काली चमड़ी वालों के बाद अब गोरी चमड़ी वाले,

पश्चिमी जीवनशैली के अभ्यस्त, वहां के बेहतरीन आधुनिक स्कूलों–कॉलेजों में पढ़े–लिखे नौजवान भी आतंकवादी बनकर सामने आ रहे हैं, हमले कर रहे हैं।

वर्ष 2009 में अमेरिका में सामने आये एक मामले ने सैन्य रणनीतिकारों, सुरक्षा विश्लेषकों और मीडिया को चौंका दिया था। फिलाडेल्फिया में रहने वाली कोलीन लारोज (Colleen LaRose) नामक ईसाई महिला ने व्यक्तिगत जिंदगी की परेशानियों से तंग आकर 2005 में इस्लाम कुबूल किया और अपना नया नाम 'फातिमा' रख लिया। इसके बाद वो इंटरनेट के जरिये अल–कायदा आतंकियों के संपर्क में आयी। 'ईगल आई' (Eagle Eye) व इसी प्रकार के अन्य नामों से चल रही प्रोफाइलों के साथ उसकी ऑनलाइन चैटिंग शुरु हुई। कालान्तर में आतंकवादियों ने यू–ट्यूब और सोशल साइट्स पर उपलब्ध जिहादी संदेशों व ऑडियो–वीडियो मैसेजेस को दिखाकर कोलीन का ब्रेनवॉश करने में कामयाबी पायी। आतंकवादियों द्वारा उपलब्ध कराये गये 'गाजा में इजराइली सैन्य कार्रवाई' के कथित वीडियो को देखकर कोलीन का झुकाव जिहाद की ओर हुआ।[1] इस्लामिक कट्टरपंथी मानसिकता विकसित होने पर लारोज ने "जिहाद जेन" (Jihad Jane) नाम से सोशल मीडिया में अभियान चलाना शुरु किया। मार्च 2009 में आतंकियों ने ऑनलाइन चैटिंग के दौरान ही लारोज को मोहम्मद साहब का कार्टून बनाने वाले स्वीडिश कार्टूनिस्ट लार्स विल्क्ज (Lars Vilks) की हत्या करने की जिम्मेदारी सौंपी।

इस काम को पूरा करने के लिए अगस्त 2009 में लारोज स्वीडन गई। कुछ महीने तक वो यूरोप के अलग–अलग देशों में रहकर सौंपे गये काम को पूरा करने की कोशिश करती रही, लेकिन व्यक्तिगत एवं पारिवारिक कारणों से अन्तत: हमले को अंजाम दिये बिना ही वो वापस अमेरिका लौट आयी। अक्टूबर 2009 में लारोज के फिलाडेल्फिया पहुंचते ही एफबीआई (FBI) ने उसे गिरफ्तार कर लिया, क्योंकि लगभग 15 महीने पहले से ही अमेरिका की खुफिया एजेंसियां लारोज पर नजर रखे हुए थीं। अन्तत: फरवरी 2011 में अमेरिकी कोर्ट ने कोलीन लारोज उर्फ फातिमा को 10 साल कैद की सजा सुनाई।[2]

कोलीन लारोज का मामला कोई सामान्य केस नहीं था। एक श्वेत ईसाई महिला के इस्लाम कुबूल करने एवं केवल इंटरनेट के जरिये उसके आतंकवादी बन जाने की दास्तान हैरान करने वाली थी। इस तरह के मामलों को अमेरिकी रक्षा प्रतिष्ठान ने घर में पनपते आतंकवाद (Home Grown Terrorism) के उदाहरण के रूप में प्रचारित करना शुरु किया। इंटरनेट के माध्यम से ही हजारों किलोमीटर दूर बैठे अल–कायदा आतंकियों ने कोलीन लारोज को न केवल इस्लामिक कट्टरपंथी बनाया बल्कि उसे एक स्वीडिश कार्टूनिस्ट की हत्या करने के लिए तैयार भी कर लिया। एक महत्वपूर्ण तथ्य ये भी सामने आया कि इस्लाम कुबूल करने से लेकर यूरोप जाने तक कोलीन का किसी आतंकवादी से प्रत्यक्ष सम्पर्क नहीं हुआ था। अल–कायदा के किसी आतंकवादी से उसकी पहली मुलाकात यूरोप में ही हुई। इससे पहले की सारी बातचीत और प्लानिंग सोशल साइट्स एवं ईमेल के जरिये हुई थी।

इस केस में एक और हैरानी की बात ये सामने आयी कि लारोज ने एक अन्य अमेरिकी महिला कोलोरैडो निवासी 31 वर्षीय जैमी पाउलिन रैमीरेज (Jamie Paulin

Ramires) को भी अपने जिहादी मिशन से जुड़ने के लिए राजी कर लिया था। लारोज और रैमीरेज के बीच संपर्क और संवाद का मुख्य माध्यम भी इंटरनेट ही बना। यूरोप जाने से पहले जुलाई 2009 में लारोज ने आयरिश अल–कायदा आतंकी अली चराफ डमाके (Ali Charaf Damache) से रैमीरेज का ऑनलाइन संपर्क कराया था। इसके दो महीने बाद रैमीरेज अपने 6 वर्षीय बेटे को साथ लेकर बिना किसी को कुछ बताये आयरलैंड चली गई। वहां पहुंचकर उसने डमाके से विवाह किया और बेटे समेत इस्लाम कुबूल कर लिया।[3]

इस दौरान डमाके ने न केवल रैमीरेज को बल्कि उसके 6 वर्षीय बेटे को भी आतंकवादी हमले करने के लिए ट्रेनिंग देनी शुरु कर दी थी। सुरक्षा एजेंसियों ने बाद में आयरलैंड में तैयार किये गये एक वीडियो का पता लगाया जिसमें रैमीरेज अपने बेटे को काफिरों पर हमले करने के लिए कहती है जिसके बाद उसका बेटा अपनी खिलौने वाली बंदूक से गोलियां चलाते हुए दिखायी देता है। 2009 में कोलीन लारोज ने अपनी गिरफ्तारी के बाद अमेरिकी एजेंसियों को रैमीरेज के बारे में जानकारी दी। मार्च 2010 में अमेरिकी और आयरिश सुरक्षा एजेंसियों के सम्मिलित प्रयासों से आयरलैंड में रैमीरेज को गिरफ्तार करने में कामयाबी मिली।[4] "जिहाद जेन" की सहयोगी होने की वजह से मीडिया ने रैमीरेज को 'जिहाद जैमी' (Jihad Jamie) उपनाम से सम्बोधित किया। जनवरी 2014 में अमेरिकी अदालत ने उसे 8 वर्ष कैद की सजा सुनाई।[5]

दरअसल 9/11 हमले के बाद अमेरिका और अन्य पश्चिमी देशों में सुरक्षा व्यवस्था को चाक–चौबंद किये जाने की वजह से अल–कायदा के लिए इन देशों में नए हमले करना मुश्किल हो गया। लिहाजा अल–कायदा के रणनीतिकार ऐसे पुरुषों और महिलाओं की तलाश करने लगे जो पश्चिमी देशों में ही निवास कर रहे हों और जिन्हें जिहाद का वास्ता देकर अमेरिका व यूरोपीय देशों में हमले करने के लिए तैयार किया जा सके। ऐसे लोगों के रंग–रूप, भाषा और जीवनशैली उन आतंकवादियों से अलग होती जो एशिया या अफ्रीका के मुस्लिम बहुल देशों से आते थे। इस वजह से पश्चिम के इन आतंकवादियों पर सुरक्षा एजेंसियां प्रथम–दृष्टया शक नहीं करतीं और उनके लिए हमलों को अंजाम देना आसान होता। रैमीरेज और कोलीन अल–कायदा की इसी साजिश का शिकार बनी थीं। हालांकि पश्चिमी देशों के निवासियों के आतंकी बनने की कहानी कोलीन या रैमीरेज के मामले के सामने आने से काफी पहले शुरु हो चुकी थी।

1995 में एडम गैडाह्न (Adam Gadahn) नामक एक अमेरिकी क्रिश्चियन नौजवान ने कैलिफोर्निया की एक मस्जिद में इस्लाम कुबूल किया। 1998 में एडम अमेरिका छोड़कर पाकिस्तान चला गया और वहां एक अफगानी शरणार्थी महिला से विवाह किया। एडम ने आखिरी बार फरवरी 2002 में अपने घरवालों से संपर्क किया था।[6] मई 2004 में एफबीआई ने अपनी लिस्ट में एडम का नाम जारी करते हुए आशंका जताई कि वो अल–कायदा की उस टीम से जुड़ चुका है जो टीम 2004 के अमेरिकी राष्ट्रपति चुनाव के दौरान हमले करने की साजिश रच रही है। 27 अक्टूबर, 2004 को अल–कायदा का एक वीडियोटेप सामने आया जिसमें अपनी पहचान छिपाने की कोशिश करता हुआ एक नौजवान आतंकी ओसामा बिन लादेन की प्रशंसा कर रहा था। इस वीडियो में उस नौजवान आतंकी ने अमेरिकी सड़कों

को खून से रंग देने की धमकी दी।[7]

7 जुलाई, 2006 को अल–कायदा की ओर से लंदन में हुए सीरियल बम धमाकों की पहली बरसी पर इसी नौजवान आतंकी का तीसरा वीडियो (दूसरा वीडियो इस बीच आ चुका था) इंटरनेट पर जारी किया गया। इस बार इस नौजवान की पहचान स्पष्ट थी– वो एडम गैडाह्न ही था जिसे अल–कायदा ने 'अज्जम द अमेरिकन' (Azzam the American) उपनाम दिया था।

इस समय तक एडम ओसामा और जवाहिरी का खास बन चुका था और अल–कायदा के लिए ट्रांसलेटर, वीडियो प्रोड्यूसर, मीडिया एडवाइजर और कल्चरल इंटरप्रेटर का काम कर रहा था। माना जाता है कि अल–कायदा के मीडिया विंग अज–शहाब (As-Sahab) द्वारा निर्मित पहला वीडियो, जिसे 2001 में जारी किया गया था, उसे तैयार करने में एडम की भी भूमिका थी। 2004 से 2013 के बीच अल–कायदा द्वारा जारी किये गए कई वीडियो में एडम आतंकवादियों की ओर से अमेरिका को धमकी देता नजर आया। वो एक प्रकार से पश्चिमी देशों के लोगों को धमकी भरे संदेश सुनाने के लिए अल–कायदा का प्रवक्ता बन चुका था। जनवरी 2015 में पाकिस्तान के वजीरिस्तान प्रान्त में एक अमेरिकी ड्रोन हमले में एडम गैडाह्न मारा गया।

'अमेरिकी तालिबान' कहा जाने वाला जॉन फिलिप वॉकर लिंध (John Phillip Walker Lindh) भी अमेरिकी नागरिक था जो बाद में आतंकवादी बन गया। नवंबर 2001 में पश्चिमी देशों की सैन्य कार्रवाई के दौरान उसे अफगानिस्तान के कुंदुज में नॉर्दर्न अलायंस के लड़ाकों द्वारा पकड़ा गया था। उस वक्त वो तालिबान की ओर से लड़ रहा था। वॉशिंगटन में पैदा हुआ जॉन एक क्रिश्चियन परिवार से ताल्लुक रखता था। कैलिफोर्निया में 16 वर्ष की उम्र में इस्लाम कुबूल करने के बाद वो 1998 में अरबी भाषा की पढ़ाई के लिए यमन गया। इसके बाद जॉन अमेरिका लौटा लेकिन फिर एक मदरसे में पढ़ने के लिए पाकिस्तान चला गया। इसके बाद अफगानिस्तान में नॉर्दर्न अलायंस के खिलाफ लड़ रहे तालिबान में भर्ती होने के लिए जॉन मई 2001 में अफगानिस्तान आया। वहां पकड़े जाने पर उसे अमेरिका लाया गया। अक्टूबर 2002 में अदालत ने जॉन को 20 वर्ष कैद की सजा सुनाई।[8]

"इंटरनेट की दुनिया का बिन लादेन" कहलाने वाला अनवर अल–अवलाकी भी एक अमेरिकी नागरिक था। आशंका जताई जाती है कि अवलाकी वर्ल्ड ट्रेड सेंटर पर हुए हमले से पहले से ही अमेरिका की विभिन्न मस्जिदों में इमाम की भूमिका निभाते हुए इस्लामिक कट्टरपंथियों की विषबेल तैयार कर रहा था। 9/11 हमले के तीन आरोपी – खालिद–अल–मिंधर, नवफ अल–हाजमी और हानी हंजौर – अवलाकी से मिल चुके थे और उसके इस्लामिक उपदेशों से प्रभावित हुए थे।[9] जॉन वाकर लिंध भी अवलाकी से प्रभावित था। अमेरिका के फोर्ट हूद में 5 नवंबर, 2009 को अंधाधुंध फायरिंग कर 13 लोगों की जान लेने वाला अमेरिकी सेना का मेजर निदाल मलिक हसन और 25 दिसंबर, 2009 को अमेरिका में एक यात्री विमान को अंडरवीयर में रखे गये विस्फोटकों से उड़ाने की कोशिश करने वाला उमर फारुक अब्दुलमुतल्लब – ये दोनों अवलाकी के संपर्क में थे और उसके धार्मिक उपदेशों से प्रभावित थे। अवलाकी लंबे समय तक अल–कायदा के लिए आतंकियों के रिक्रूटर और मोटिवेटर के

रूप में कार्य करता रहा। वो 'पहला अमेरिकी नागरिक' था जिसे अमेरिकी ड्रोन हमले में मारा गया (30 सितम्बर, 2011 – यमन)। उसे मारने के लिए अमेरिकी राष्ट्रपति बराक ओबामा ने स्वयं आदेश जारी किया था। मारे जाने से पहले जिहाद का समर्थन करने के "44 रास्ते" (44 Ways to Support Jihad) बताने वाला अवलाकी अपने ब्लॉग, फेसबुक पेज और भाषणों के वीडियो के जरिये दुनिया भर के आतंकियों को वैचारिक खाद–पानी उपलब्ध करा रहा था।

आईएसआईएस के लिए काम कर रहे चार कुख्यात ब्रिटिश आतंकियों – 'जॉन', 'रिंगो', 'पॉल' और 'जॉर्ज' की गैंग को "द बीटल्स" (The Beatles) के उपनाम से सम्बोधित किया गया।[10] ये उपनाम इनके द्वारा बंधक बनाये गये लोगों ने इन्हें इनकी भाषा में झलकते ब्रिटिश स्टाइल वाले उच्चारणों की वजह से दिया था। ये मूलतः एक पुराने ब्रिटिश म्यूजिक बैंड का नाम था। इस्लामिक स्टेट में सक्रिय खूंखार बीटल्स ग्रुप ने लगभग दो दर्जन बंधकों को, जिसमें पश्चिमी देशों के नागरिक ज्यादा थे, बर्बर यातनायें देने के बाद मौत के घाट उतारा और इन कार्यवाहियों के वीडियो बनाकर अपनी क्रूर हरकतों का प्रचार किया।

इनमें से जॉन दुनियाभर की मीडिया में "जिहादी जॉन" के नाम से कुख्यात हुआ। जॉन का असली नाम मोहम्मद एमवाजी (Mohammed Emwazi) था जो कुवैती मूल का ब्रिटिश नागरिक था। एमवाजी 6 वर्ष की उम्र से ही ब्रिटेन में रह रहा था। उसने 2009 में वेस्टमिन्स्टर यूनिवर्सिटी से ग्रेजुएशन किया। अगस्त 2014 में आईएसआईएस द्वारा जारी किये गये एक वीडियो में वो पहली बार नजर आया। वीडियो में उसे अमेरिकी पत्रकार जेम्स फोले (James Foley) की गर्दन काटते हुए दिखाया गया। इसके बाद ऐसे कई वीडियो आईएसआईएस द्वारा जारी किये गये जिनमें जिहादी जॉन इसी तरह की निर्मम कार्यवाहियों को अंजाम देते दिखाई दिया। नवम्बर 2015 में सीरिया के रक्का शहर में अमेरिकी ड्रोन हमले में आतंक का पर्याय बन चुका जिहादी जॉन मारा गया।[11]

'द बीटल्स' ग्रुप के दूसरे ब्रिटिश सदस्य 'पॉल' का असली नाम आइने लेजली डेविस (Aine Lesley Davis) था जो मूलतः लंदन का निवासी था और वहां आपराधिक गतिविधियों में उसे जेल भी जाना पड़ा था। 2006 में उसने इस्लाम कुबूल किया और अपना नया नाम 'हमजा' रख लिया था। तुर्की में पकड़े जाने के बाद मई 2017 में डेविस को आतंकी गतिविधियों में लिप्त होने के आरोपों में 7 वर्ष 6 महीने कारावास की सजा सुनाई गई।[12]

'रिंगो' के नाम से जाना जाने वाला अलेक्जेंडा कोटे (Alexanda Kotey) भी लंदन का निवासी था। 20 वर्ष की उम्र में एक मुस्लिम युवती से प्रेम होने पर उसने इस्लाम कुबूल किया। वर्ष 2000 के आस–पास कोटे, डेविस और एमवाजी, ये सभी लंदन की अल–मन्नार मस्जिद में जाया करते थे और संभवतः वहीं से कोटे का कट्टरपंथ की ओर झुकाव हुआ। इसी तरह बीटल्स ग्रुप के चौथे सदस्य "जॉर्ज" की पहचान सूडानी मूल के ब्रिटिश नागरिक अल शफी अलशेख (El Shafee Elsheikh) के रूप में की गई। ये भी लंदन का ही निवासी था। अलशेख के परिजनों के मुताबिक पश्चिमी लंदन के एक कट्टरपंथी इमाम के संपर्क में आने के बाद जिहाद की ओर उसका झुकाव हुआ और अप्रैल 2012 में

वो सीरिया चला गया। बाद में उसका भाई महमूद और इथियोपियाई मूल की (कनाडा में रहने वाली) उसकी बीवी भी आईएसआईएस में भर्ती होने के लिए सीरिया गई। 2015 में इराक के तिकरित शहर में महमूद मारा गया।[13]

इन चारों ब्रिटिश नौजवानों की तरह ही कम्प्यूटर हैकर जुनैद हुसैन (Junaid Hussain) भी ब्रिटिश नागरिक था जो जुलाई 2013 में आईएसआईएस में भर्ती होने के लिए सीरिया चला गया था। आईएसआईएस में शामिल होने के बाद उसे अबू हुसैन अल ब्रितानी (Abu Hussain al Britani) के नाम से जाना जाने लगा।[14] जुनैद ने इस्लामिक स्टेट की 'साइबर डिविजन' को तैयार करने में अहम भूमिका निभाई और आतंकवादियों को हैकिंग के तरीके सिखाये। माना जाता है कि आईएसआईएस के लिए पश्चिमी देशों के कम्प्यूटर नेटवर्क्स पर साइबर हमला करने वाले हैकर ग्रुप "साइबरकैलिफेट" (CyberCaliphate) का मुखिया जुनैद ही था। ब्रिटिश अखबार 'द संडे टाइम्स' की वेबसाइट द्वारा प्रकाशित एक रिपोर्ट के मुताबिक पेंटागन द्वारा तैयार की गई "किल लिस्ट" (kill list) में अबू बक्र अल बगदादी और जिहादी जॉन के बाद जुनैद को तीसरे नंबर पर रखा गया था।[15] इसकी वजह ये थी कि जिहादी जॉन और जुनैद दोनों ही पश्चिमी देशों में हमले करने के लिए वहां के स्थानीय युवाओं को उकसाने में कामयाब हो रहे थे। इन दोनों की ब्रिटिश पृष्ठभूमि, इंग्लिश की अच्छी जानकारी और सोशल मीडिया में सक्रियता की वजह से कट्टरपंथ की ओर झुकाव रखने वाले युवा इनकी कार्यवाहियों से प्रेरित हो रहे थे और ब्रिटेन, अमेरिका, फ्रांस जैसे देशों से भागकर इराक और सीरिया जा रहे थे।

दरअसल 9/11 हमले के बाद जब अमेरिका के नेतृत्व में या उसके दबाव में कई देशों में सैन्य कार्रवाई शुरु हो गई तो किसी सुरक्षित ठिकाने में बैठकर दुनिया के अन्य देशों में मौजूद आतंकियों से संपर्क करने और आम जनमानस को अपने प्रभाव में लाने के लिए इंटरनेट आतंकवादियों को बिना मांगे मिले वरदान जैसा साबित हुआ। इस समय तक वर्चुअल वर्ल्ड में दस्तक दे चुके आतंकवादी संगठनों ने अब साइबर वर्ल्ड में बहुत तेजी से पांव पसारने शुरु कर दिये। इसीलिये 2001 के बाद इंटरनेट पर आतंकवादियों की सक्रियता लगातार बढ़ती गई। वर्चुअल वर्ल्ड में उनकी इस सक्रियता का रियल वर्ल्ड पर काफी गहरा प्रभाव पड़ा। आतंकवाद के दूसरे चरण "टेररिज्म 2.0" में ही आतंकवादियों की इंटरनेट की दुनिया में सक्रियता काफी उन्नत अवस्था में जा पहुंची थी। आगे चलकर टेक्नोलॉजी में ऐसे कई और परिवर्तन हुए जिन्होंने आतंकवाद के तीसरे संस्करण 'टेररिज्म 3.0' के पनपने के लिए आधारभूमि उपलब्ध करायी। लेकिन आतंक का ये तीसरा चरण केवल साइबर वर्ल्ड तक सिमट कर नहीं रहा। इस श्रेणी के हमलों की प्लानिंग, ट्रेनिंग, ऐसे हमलों के तरीके, हमलों में प्रयुक्त हथियार, बाहर से मिलने वाली मदद और ऐसे हमलों को अंजाम देने में किसी आतंकवादी संगठन की भूमिका इत्यादि विभिन्न पैमानों पर परखकर देखें तो आतंकवाद 3. 0 अपने पूर्ववर्ती संस्करणों से काफी अलग है। हां, जिहाद के प्रसार की लालसा, पूरी दुनिया को एक इस्लामिक साम्राज्य बनाने का दिवास्वप्न और निर्दोषों का खून बहाकर और जनता को आतंकित कर सरकारों पर दबाव बनाने की इस्लामिक आतंकवादियों की मूलभूत प्रवृत्ति में कोई बदलाव नहीं हुआ है। उनका लक्ष्य अब भी पहले जैसा ही है, बस उस लक्ष्य को पाने

के लिए उन्होंने अपने तौर–तरीकों में बदलाव किये, जिसके परिणामस्वरूप 'टेररिज्म 3.0' अस्तित्व में आया।

ये बताना आवश्यक है कि किसी देश या समाज में आतंकवाद के तीनों रूप 1.0, 2.0 एवं 3.0 एक साथ मौजूद हो सकते हैं। अर्थात जब 2.0 श्रेणी का आतंकवाद अस्तित्व में आया तब भी आतंकवाद 1.0 प्रकार के हमले अंजाम दिये जा रहे थे। इसी तरह अब जब आतंकवाद 3.0 कुछ देशों में उभर चुका है, तब भी उन देशों में 1.0 और 2.0 श्रेणी के आतंकवादी सक्रिय हैं और आतंकवाद के इन तीनों प्रकारों से सम्बन्धित साजिशें एवं हमले सम्बन्धित देशों में देखने को मिल रहे हैं। हालांकि ऐसी घटनाओं की बारम्बारता या तीव्रता में फर्क आ सकता है।

'आतंकवाद 3.0' क्या है? इसका स्वरूप कैसा है? इस श्रेणी के आतंकवादियों की रणनीति क्या है? वो किस प्रकार हमलों को अंजाम दे रहे हैं? ऐसी तमाम बातों को समझने के लिए पहले हमें उसके पूर्व की स्थिति का विश्लेषण करना होगा। अब तक सामने आये इस्लामिक टेररिज्म के तीन अलग–अलग चरणों को समझने के लिए प्रत्येक चरण का संक्षिप्त वर्णन आगे के अध्यायों में किया गया है।

संदर्भः

1. Pilkington, Ed. 2012. "Jihad Jane explains her strange journey from victim to radical Muslim." The Guardian, December 08. https://www.theguardian.com/world/2012/dec/08/jihad-jane-journey-victim-radical
2. Pilkington, Ed. 2014. "Jihad Jane sentenced to 10 years in prison for role in failed al-Qaida plot." The Guardian, January 06. https://www.theguardian.com/world/2014/jan/06/jihad-jane-sentenced-10-years-prison-al-qaida-plot
3. Shiffman, John. 2014. "Jihad Jamie gets eight years in Jihad Jane case." Reuters, January 08. https://www.reuters.com/article/us-usa-jihadjane/jihad-jamie-gets-eight-years-in-jihad-jane-case-idUSBREA0710J20140108
4. Sturcke, James. 2010. "US woman held in Ireland over alleged plot to kill Muhammad artist." The Guardian, March 14. https://www.theguardian.com/world/2010/mar/14/american-woman-ireland-muhammad-artist
5. "Counter Extremism Project", accessed August 13, 2017, https://www.counterextremism.com/people/jamie-paulin-ramirez
6. "Adam Gadahn Fast Facts." CNN, last modified August 17, 2016, accessed September 19, 2017, http://edition.cnn.com/2013/03/23/us/adam-gadahn-fast-facts/index.html
7. Ross, Brian and David Scott. 2004. "American Al Qaeda Unmasked?" ABC News, November 09. http://abcnews.go.com/WNT/story?id=239727
8. Luce, Dan De, and Robbie Gramer, and Jana Winter. 2017. "John Walker Lindh, Detainee #001 in the Global War On Terror, Will Go Free In Two Years. What Then?" Foreign Policy, June 23.

http://foreignpolicy.com/2017/06/23/john-walker-lindh-detainee-001-in-the-global-war-on-terror-will-go-free-in-two-years-what-then/
9. "Obituary: Anwar al-Awlaki." BBC News, last modified September 30, 2011, accessed August 23, 2017, http://www.bbc.com/news/world-middle-east-11658920
10. "Beatles Cell, The Islamic State - CELL PROFILE." Terrorism Research and Analysis Consortium (website), accessed October 04, 2017, https://www.trackingterrorism.org/group/beatles-cell-islamic-state-isis-cell-profile
11. Casciani, Dominic. 2015. "Islamic State: Profile of Mohammed Emwazi aka Jihadi John." BBC News, November 13. http://www.bbc.com/news/uk-31641569
12. Chulov, Martin, and Jamie Grierson. 2017. "British jihadi Aine Davis convicted in Turkey on terror charges." The Guardian, May 09. https://www.theguardian.com/world/2017/may/09/british-jihadist-aine-davis-convicted-in-turkey-on-terror-charges
13. Goldman, Adam, and Souad Mekhennet. 2016. "How a 'perfect' boy from London became one of the most notorious Isis members." The Independent, May 23. http://www.independent.co.uk/news/world/how-british-citizen-el-shafee-elsheikh-became-one-of-the-most-notorious-members-of-isis-a7044006.html
14. "Counter Extremism Project", accessed September 05, 2017, https://www.counterextremism.com/extremists/junaid-hussain
15. Gadher, Dipesh. 2015. "British hacker is No 3 on Pentagon kill list." The Sunday Times, August 02. https://www.thetimes.co.uk/article/british-hacker-is-no-3-on-pentagon-kill-list-6g95bfqwfnz

2. आतंकवाद 1.0

आधुनिक इस्लामिक आतंकवाद की जड़ें अरब–इजराइल संघर्ष में निहित हैं। 1948 में यहूदी देश के रूप में इजराइल का गठन तो हो गया लेकिन एक स्वतंत्र फिलिस्तीनी राष्ट्र की आकांक्षा फलीभूत नहीं हो सकी, जबकि संयुक्त राष्ट्र के प्रस्ताव के मुताबिक दोनों देशों का गठन किया जाना था। एक ही भू–भाग को लेकर परस्पर विरोधी दावों और संघर्षों के बीच इजराइल के पड़ोसी मुस्लिम देशों ने सैन्य शक्ति से फिलिस्तीनी राष्ट्र के सपने को साकार करने की काफी कोशिशें कीं, लेकिन वो सफल न हो सके। इसी बीच इस क्षेत्र में कई आतंकवादी संगठन खड़े हो गये जिनका मकसद इजराइल पर हमले करके फिलिस्तीनी राष्ट्र के निर्माण का रास्ता साफ करना था। 1964 में ऐसे संगठनों को एक झंडे के नीचे लाने के लिए फिलिस्तीनी मुक्ति संगठन (PLO - Palestinian Liberation Organisation) का गठन किया गया। इस समय तक अरब देशों और इजराइल के बीच दो युद्ध हो चुके थे (1948, 1956) और दोनों में ही अरबों को बुरी तरह पराजित होना पड़ा। 1967 के छह दिवसीय युद्ध में इजराइल से मिली एक और करारी हार के साथ अरब देशों की साख जाती रही। लिहाजा आगे की लड़ाई के लिए अरबों की उम्मीदों को सहारा देने की जिम्मेदारी मुख्य रूप से फिलिस्तीनी मुक्ति संगठन के कंधों पर आ गई। अपने गठन के समय से ही पीएलओ का घोषित लक्ष्य था– "सशस्त्र संघर्ष के जरिये फिलिस्तीन की स्वतंत्रता और मध्य–पूर्व क्षेत्र से यहूदीवाद के अस्तित्व को नष्ट कर देना"। लेकिन ये जानना महत्वपूर्ण है कि अपनी शुरुआत में फिलिस्तीनी आंदोलन शरीयत के कानूनों के मुताबिक किसी इस्लामिक देश के गठन का हिमायती नहीं था। फिलिस्तीनी मुक्ति संगठन में सेक्युलर मान्यताओं को तरजीह देने वाले गुटों का काफी प्रभाव था। इनमें से कई का झुकाव वामपंथ की ओर भी था। लेकिन वक्त गुजरने के साथ धीरे–धीरे फिलिस्तीनी मुक्ति संगठन ने भी इस्लामिक चरमपंथ का चोला ओढ़ लिया।

इस पृष्ठभूमि में पश्चिम एशिया में अरब–इजराइल संघर्ष की कोख से उस हिंसक राजनीतिक–वैचारिक–धार्मिक आंदोलन का जन्म हुआ जिसने अपने दुश्मन को झुकाने के लिए आतंकवादी हमलों का सहारा लिया। 1960 के दशक में फिलिस्तीनी मुक्ति संगठन से जुड़े अल फतह, पीएफएलपी (PFLP), डीएफएलपी (DFLP) जैसे आतंकी संगठनों ने कई हमलों को अंजाम दिया। सिलसिलेवार ढंग से बम विस्फोट, गोलीबारी, विमानों का अपहरण, नामचीन लोगों का अपहरण व हत्या करके फिलिस्तीनी आतंकवादियों ने दुनिया का ध्यान इस संघर्ष की ओर आकृष्ट कराने की कोशिशें कीं। गुरिल्ला सामरिकी को अपना रहे आतंकवादियों ने समय–समय पर अपनी रणनीति में बदलाव भी किये। नई टेक्नोलॉजी आने

के साथ संचार और यातायात के नये साधनों के सर्वसुलभ होने का आतंकवादियों ने फायदा उठाया। 1972 में पश्चिमी जर्मनी के म्यूनिख शहर में आयोजित ओलंपिक खेलों के दौरान इजराइली टीम के 11 सदस्यों का अपहरण और फिर उनकी हत्या करके "ब्लैक सितम्बर" नामक फिलिस्तीनी आतंकवादी संगठन ने पूरी दुनिया को हतप्रभ कर दिया। इस हमले से फिलिस्तीन के प्रश्न का अन्तर्राष्ट्रीयकरण करने में इन आतंकवादियों को जबर्दस्त कामयाबी मिली।

इस बीच 1979 में अफगानिस्तान की कम्युनिस्ट सरकार को बचाने के लिए सोवियत संघ ने वहां सैन्य हस्तक्षेप कर दिया। शीत–युद्ध के उस दौर में अमेरिका तुरंत सोवियत प्रभाव को शून्य करने के लिए सक्रिय हुआ। बड़ी संख्या में अपना वतन छोड़कर पाकिस्तान की ओर आने पर मजबूर हुए अफगानी शरणार्थियों के बीच उठ रहे जिहाद के नारे के पीछे अमेरिकी सीआईए, पाकिस्तानी आईएसआई के अलावा सऊदी अरब समेत कई अन्य इस्लामिक देश खड़े हो गये। सीआईए ने आईएसआई की मदद से "ऑपरेशन साइक्लोन" (Operation Cyclone) शुरु किया जो अब तक के सबसे लंबे और महंगे गुप्त अभियानों में से एक साबित हुआ। इसके तहत मुजाहिदीनों को ट्रेनिंग देने, उन्हें हथियार और अन्य सैन्य साजो–सामान उपलब्ध कराने के लिए अमेरिकी सरकार और सऊदी अरब जैसे देशों ने भारी–भरकम निवेश किया।

एक इस्लामिक देश में गैर इस्लामिक सोवियत सेना के दखल को मुस्लिम देशों में इस्लाम पर हमले के तौर पर प्रचारित किया गया। लिहाजा केवल अफगानिस्तान और पाकिस्तान से ही नहीं, बल्कि सऊदी अरब, मिस्र, जॉर्डन, यमन, कतर, लीबिया, इराक, सीरिया जैसे दर्जनों मुस्लिम देशों से बड़ी संख्या में जिहादी अफगानिस्तान में सोवियत सेना के खिलाफ लड़ने के लिए आने लगे। इन्हें हथियार और ट्रेनिंग देने का काम सीआईए और आईएसआई ने मिलकर किया। सीआईए, आईएसआई और जिहादियों की तिकड़ी सोवियत और अफगानी कम्युनिस्टों पर भारी पड़ी। दिनों–दिन मुश्किल हो रहे हालात को संभालने में खुद को असमर्थ पा रहे सोवियत संघ के सुधारवादी नेता मिखाइल गोर्बाच्योव ने आखिरकार 1987 के मध्य में ये ऐलान कर दिया कि सोवियत सेनायें अफगानिस्तान से वापस लौटेंगी। ये सूचना 40 से ज्यादा देशों से आये उन हजारों मुजाहिदीनों के लिए जीत का पैगाम थी जो एक गैर इस्लामिक विदेशी ताकत के खिलाफ जिहाद करने के लिए अफगानिस्तान पहुंचे थे। आखिरकार अपने प्रयासों से उन्होंने दुनिया की दूसरी सुपरपावर को झुका दिया था। ये अप्रत्याशित था।

1979 में ही विश्व मंच पर एक और ऐसी घटना घट चुकी थी जिससे इस्लामिक शक्तियों के उभार का संकेत मिल रहा था। वो घटना थी ईरान में अयातुल्लाह खोमैनी के नेतृत्व में हुई इस्लामिक क्रांति। अमेरिका समर्थित मोहम्मद रजा शाह पहलवी की सल्तनत को उखाड़कर अप्रैल 1979 में ईरान को एक इस्लामिक गणतंत्र घोषित कर दिया गया। इसके बाद वहां की सत्ता का संचालन इस्लामिक नियमों और कायदों के हिसाब से होने लगा। यहां सत्ता के शीर्ष पर खोमैनी सर्वोच्च नेता के रूप में आसीन हुए।

ईरान में अमेरिका समर्थित पहलवी सल्तनत की हार और अफगानी दंगल में सोवियत

संघ पर मिली जीत ने मुजाहिदीनों के नेता ओसामा बिन लादेन और उसके सहयोगियों के मन में इस विचार को हवा दे दी कि अब जिहाद वैश्विक स्तर पर लड़ा जा सकता है और इस्लामिक सेनायें दुनिया की दोनों महाशक्तियों से मुकाबले में जीत सकती हैं। इसके अलावा अफगानिस्तान में लड़ने आये मुजाहिदीनों में भी ये इच्छा थी कि अब वो गैर मुस्लिम शक्तियों के खिलाफ जिहाद के लिए फिलिस्तीन और कश्मीर का रुख करें। इन दोनों ही क्षेत्रों में इस प्रकार की किसी भी कार्रवाई का समर्थन करने के लिए कई मुस्लिम देश और वहां के रईस तैयार थे। अरब जगत में सक्रिय मुस्लिम ब्रदरहुड और अरब लीग सरीखे संगठन पहले से ही 'दुनिया के मुसलमानों एक हो जाओ' का संदेश फैलाने में लगे हुए थे। सऊदी अरब 'वहाबी इस्लाम' का निर्यात करने को लालायित था। इन परिस्थितियों में अल–कायदा का नेतृत्व विश्व मंच पर बड़ी भूमिका निभाने के लिए उतावला हो उठा।

पाकिस्तान–अफगानिस्तान बॉर्डर पर स्थापित मुजाहिदीनों के ट्रेनिंग कैम्पों को ये लोग "अल–कायदा" कहा करते थे जिसका मतलब है 'आधार' या नींव (Base or Foundation)। पाकिस्तान के पेशावर में 1988 में ओसामा बिन लादेन, अब्दुल्लाह अज्जम, अयमान अल जवाहिरी और उनके सहयोगियों ने इसी "अल–कायदा" के साथ 'ग्लोबल जिहाद' के विचार को मिलाकर उस आतंकवादी संगठन की नींव डाली, जिसने आगे चलकर इस्लामिक आतंकवाद को बहुराष्ट्रीय स्वरूप प्रदान करने में कामयाबी पायी।

ग्लोबल जिहाद के वैचारिक विष–बीज के तेजी से अंकुरित होते जाने के पीछे का एक अन्य कारण 1990 में कुवैत पर इराकी हमले के समय सऊदी अरब की जमीन पर अमेरिकी सेना का उतरना था। सऊदी अरब के किंग फहद ने इराक की ओर से हमले की आशंका के बीच मुजाहिदीनों द्वारा सऊदी अरब की सुरक्षा करने का ओसामा बिन लादेन का प्रस्ताव ठुकरा दिया था। ओसामा की जिहादी टीम की बजाय सऊदी शाह ने अमेरिकी प्रस्ताव पर भरोसा दिखाया और उनके आग्रह पर बड़ी संख्या में अमेरिकी सैनिक इस अरब देश की सुरक्षा करने के लिए वहां की जमीन पर उतार दिये गये।

अफगानिस्तान में सोवियत हस्तक्षेप अगर एक मुस्लिम देश में गैर मुसलमान सेना का दखल था तो फिर सऊदी अरब में अमेरिकी सेना की मौजूदगी जिहादियों की नजर में तर्कसंगत कैसे हो सकती थी? इन लोगों के मुताबिक मुसलमानों के पवित्र स्थलों मक्का और मदीना की पाक जमीन पर गैर मुस्लिमों को पांव जमाने की इजाजत देना सऊदी शाह द्वारा किया गया अक्षम्य गुनाह था। इसके अलावा विभिन्न मुस्लिम देशों में अमेरिका और अन्य पश्चिमी देशों द्वारा बनाये गये सैन्य ठिकाने, इस्लामिक देशों के आंतरिक मामलों में इन बाहरी शक्तियों का दखल और अरब–इजराइल संघर्ष में अमेरिका द्वारा इजराइल को दिये जा रहे हर प्रकार के समर्थन से ओसामा बिन लादेन की जिहादी सेना खिन्न थी। यही वो समय था जब अमेरिकी सीआईए से ट्रेनिंग, हथियार और कई प्रकार की मदद पाने वाला ओसामा बिन लादेन और उसके साथी अमेरिका, सऊदी अरब के साथ ही इनका समर्थन करने वाले अन्य देशों की सरकारों को भी अपना दुश्मन मानने लगे। धीरे–धीरे ओसामा ने महसूस किया कि पूरी दुनिया में एक इस्लामिक साम्राज्य के उसके सपने की राह में मुस्लिम देशों में चल रही पश्चिम समर्थक सरकारें भी रोड़ा हैं।

अफगानिस्तान में अपना मिशन पूरा करने के बाद 1989 में ओसामा बिन लादेन अपने देश सऊदी अरब वापस चला गया था। लेकिन कुवैत संकट के समय सऊदी के शासकों द्वारा लिये गये फैसलों से लादेन और सऊदी सत्ता प्रतिष्ठान के सम्बन्ध तनावपूर्ण हो गये। सऊदी सरकार की खुली आलोचना और विषवमन करने की वजह से आखिरकार 1992 में उसे सऊदी अरब से निर्वासित कर दिया गया। लादेन को अल–कायदा की अपनी टीम के साथ सूडान में शरण लेनी पड़ी।

अल–कायदा के सूडान में स्थानांतरित होने के पीछे भी खास वजह थी। दरअसल 1989 में सूडानी सेना के एक अधिकारी उमर अल–बशीर ने वहां के प्रधानमंत्री सादिक अल–महदी के नेतृत्व में चल रही लोकतांत्रिक सरकार का तख्ता पलट करके सैनिक तानाशाही की शुरुआत की थी। लादेन के आने के बाद उमर अल–बशीर ने उसकी मदद से सत्ता पर अपनी पकड़ मजबूत की और इस्लामिक मान्यताओं के मुताबिक शासन व्यवस्था का संचालन करना शुरु किया। इस बीच सोवियत सेनाओं की वापसी के बाद पैदा हुई शक्ति शून्यता की स्थिति में तालिबान विद्रोहियों की ताकत बढ़ती जा रही थी। 1996 तक तालिबान लड़ाकों ने कंधार समेत अफगानिस्तान के बड़े भू–भाग पर कब्जा कर लिया और यहां भी इस्लामिक मान्यताओं के आधार पर सरकार चलने लगी। दूसरी ओर सऊदी अरब की सरकार के दबाव में 1996 में सूडानी सरकार ने लादेन और अल–कायदा से देश छोड़ने की गुजारिश की। लिहाजा एक बार फिर ओसामा बिन लादेन अपनी पूरी जिहादी कंपनी के साथ अफगानिस्तान आ गया। ग्लोबल जिहाद के मिशन को पूरा करने के लिए अफगानिस्तान अल–कायदा का बेस कैम्प बन गया।

23 फरवरी, 1998 को ओसामा बिन लादेन, अयमान अल जवाहिरी और 3 अन्य इस्लामिक आतंकवादियों ने अपने हस्ताक्षरों के साथ संयुक्त रूप से अमेरिका के खिलाफ एक फतवा जारी किया। इस फतवे में दुनिया भर में फैले मुसलमानों से ये अपील की गई कि वो (मुसलमान) अमेरिका और उसके सहयोगी देशों के नागरिकों की हत्यायें करें, जहां कहीं भी और जब भी वो ऐसा कर सकें। 'वर्ल्ड इस्लामिक फ्रण्ट' के बैनर तले जारी किये गये इस फतवे में कहा गया –

> "अमेरिका और उसके सहयोगी देशों के नागरिकों एवं सैन्यकर्मियों की हत्या करने का फतवा प्रत्येक मुस्लिम, जो किसी भी देश में– जहां ऐसा करना संभव हो– की व्यक्तिगत जिम्मेदारी (तय करता) है; येरुशलम की अल–अक्सा मस्जिद और मक्का की पवित्र मस्जिद को उनके चंगुल से आजाद कराने के लिए; और उनकी सेनाओं को सम्पूर्ण इस्लामिक जगत से हारकर और किसी भी मुस्लिम को खतरा पहुंचाने में अक्षम होकर उन्हें (पश्चिमी देशों की सेनाओं को) बाहर निकल जाने का आदेश देने के लिए..."[1]

1998 से पूर्व तक अल–कायदा के बारे में आम लोगों को कम जानकारी थी। 7 अगस्त, 1998 को अल–कायदा और ईआईजे (**EIJ - Egyptian Islamic Jihad**) से जुड़े आतंकवादियों ने पूर्वी अफ्रीका के दो देशों – तंजानिया और केन्या में स्थित अमेरिकी दूतावासों पर भीषण आतंकवादी हमले किये जिनमें 220 से ज्यादा लोगों को अपनी जान गंवानी पड़ी जबकि

4,500 से ज्यादा नागरिक घायल हुए।[2] तंजानिया के सबसे बड़े शहर दार–ए–सलाम में हमले को अंजाम देने में अब्दुल्लाह अहमद अब्दुल्लाह और केन्या की राजधानी नैरोबी में हमले को अंजाम देने में फजल अब्दुल्लाह मोहम्मद की मुख्य भूमिका थी।[3] ये दोनों ही लादेन के विश्वस्त सहयोगी थे। ऐसा माना जाता है कि इन हमलों के पीछे लादेन का असली मकसद अमेरिका को अफगानिस्तान में सैन्य हस्तक्षेप करने के लिए उकसाना था। ऐतिहासिक रूप से अफगानिस्तान को "साम्राज्यों के कब्रगाह" के रूप में जाना जाता रहा है। लादेन की मंशा अफगानिस्तान की इन जटिल भौगोलिक परिस्थितियों में उलझाकर अमेरिकी सेनाओं का विध्वंस करने की थी।

इन बर्बर आतंकवादी हमलों ने ओसामा बिन लादेन को अमेरिका के टॉप– 10 गुनाहगारों की लिस्ट में ला खड़ा किया। अखबारों, मैगजीनों और न्यूज चैनलों के माध्यम से इन हमलों का मुख्य साजिशकर्ता ओसामा चर्चा का केंद्र बना। इसके बाद अल–कायदा ने 11 सितम्बर, 2001 को अमेरिका के वर्ल्ड ट्रेड सेंटर और पेंटागन पर जब हमले किये तो उसकी गूंज पूरी दुनिया को सुनाई दी। 24 घंटे प्रसारण देने वाले न्यूज चैनलों के जरिये इन हमलों की तस्वीरों को सारे विश्व ने देखा। लादेन और अल–कायदा का नाम बच्चे–बच्चे की जुबान पर चढ़ गया। ओसामा रातों–रात इस्लामिक चरमपंथियों का निर्विवाद हीरो बन गया।

1980 के दशक में, जब अफगानिस्तान में मुजाहिदीनों का संघर्ष जारी था, उसी दौरान पाकिस्तान के तत्कालीन सैन्य शासक जनरल जिया उल हक ने अपनी "के– 2 पॉलिसी" (K2 - Khalistan and Kashmir) के तहत भारत में आतंकवाद का निर्यात करने की रणनीति बनायी। आईएसआई, पाकिस्तानी सेना और अफगानिस्तान में जिहाद का झंडा उठाये कट्टरपंथियों ने मिलकर हरकत–उल–मुजाहिदीन (1985), लश्कर–ए–तैयबा (1986) और हिजबुल मुजाहिदीन (1989) जैसे आतंकवादी संगठन खड़े किये। 1987–88 से कश्मीर में हिंसक विरोध प्रदर्शनों, नरसंहारों और हमलों का सिलसिला शुरु हो गया।[4]

'ग्लोबल जिहाद' का सपना देखने और दिखाने वालों ने कालान्तर में फिलिस्तीन, चेचन्या, कश्मीर जैसे विभिन्न हिंसाग्रस्त मुस्लिम बहुल क्षेत्रों की समस्याओं को एक ही चश्मे से देखना शुरु कर दिया। उनकी नजर में ये मुसलमानों और गैर मुस्लिम शक्तियों के बीच लड़ी जा रही लड़ाइयां थीं। चरमपंथियों ने इन सारे मसलों को इस्लामिक धागे में पिरोकर इनका एकीकरण करने की कोशिश की और सभी बीमारियों का एक ही रामबाण इलाज बताया– जिहाद। इस नजरिये के साथ, एक बार फिर, मुसलमानों के बीच ये दुष्प्रचार करना आसान हो गया कि इस्लाम खतरे में है, मुसलमान संकट में हैं, लिहाजा वैश्विक स्तर पर जिहाद छेड़ा जाना बहुत जरुरी है। पाकिस्तान, सऊदी अरब, जॉर्डन, सीरिया, इराक, लेबनान, तुर्की समेत कई मुस्लिम देशों ने अपने हितों और एजेंडे के मुताबिक समय–समय पर नौजवान कट्टरपंथी मुसलमानों के खून से सींची जा रही इस्लामिक जिहाद की इस लहलहाती फसल से लाभान्वित होने में संकोच नहीं किया। इस्लामिक आतंकवाद के इस उभरते वैश्विक स्वरूप को लेकर पश्चिमी देशों का रवैया शुरु में चलताऊ किस्म का रहा, लेकिन जब इन्हीं आतंकियों ने सीधे अमेरिका और उसके सहयोगी देशों के नागरिकों, उनके सैन्य–असैन्य ठिकानों और संपत्तियों पर हमले करने शुरु कर दिये, तब उन्हें इस खतरे की

गंभीरता का एहसास हुआ।

आतंकवाद 1.0 और मीडिया

"आतंकवाद 1.0" में आतंकी संगठन अपने एजेंडे का प्रचार–प्रसार करने के लिए पोस्टर, पैम्फलेट, रेडियो, अखबार, पत्रिकाओं और टीवी जैसे एकमार्गी प्रचार माध्यमों पर निर्भर थे। कुछ आतंकवादी संगठनों द्वारा अपने एजेंडे के प्रचार–प्रसार के लिए प्रत्यक्ष या परोक्ष रूप से अखबार या पत्रिका का प्रकाशन भी किया जाता रहा। इसमें कोई संदेह नहीं कि प्रत्येक आतंकी हमले का एक मकसद खबर के रूप में प्रचार पाना भी होता है। इस तरह इस चरण में आम जनता, आतंकवादी संगठनों या उससे सहानुभूति रखने वाले लोगों के लिए ऐसे हमलों पर अपनी राय को व्यापक रूप से प्रचारित–प्रसारित करने की गुंजाइश कम थी। इसके लिए अधिकांशत: वे मुख्यधारा की मीडिया पर ही निर्भर थे।

आधुनिक आतंकवाद की शुरुआत से ही प्रचार–प्रसार पाने के लिए आतंकवादी ऐसे हथकंडे अपनाते रहे हैं जिनसे वे मीडिया में ज्यादा से ज्यादा चर्चा बटोर सकें। हमलों के लिए भी प्रमुख लोगों, महत्वपूर्ण स्थानों, ऐतिहासिक घटनाओं से जुड़ी तारीखों या नये प्रकार के तरीकों का इस्तेमाल करने के पीछे की प्रमुख वजह भी यही थी कि मीडिया ऐसी खबरों को ज्यादा प्रमुखता से प्रकाशित और प्रसारित करता रहा है।

1980 के दशक में अपने गठन के समय से ही अल–कायदा ने भी एक मीडिया विंग बनायी थी जिसके जिम्मे संगठन के उद्देश्यों और गतिविधियों को मुख्यधारा की मीडिया के माध्यम से दुनिया के सामने लाना था। 1998 में जब लादेन और जवाहिरी ने अमेरिका के खिलाफ युद्ध की खुली घोषणा की, तो इसके लिए अफगानिस्तान में बाकायदा एक प्रेस कॉन्फ्रेंस आयोजित किया गया। इस प्रेस कॉन्फ्रेंस के बाद आतंकवादियों की ओर से पत्रकारों को पार्टी दी गई और मशीनगनों से हवाई फायर कर जश्न मनाया गया।[5]

9/11 हमले से पहले अल–कायदा ने अल–शहाब (या अज शहाब, As-Sahab) नाम से एक मीडिया प्रोडक्शन हाउस भी शुरु किया था। आतंकियों की इस मीडिया विंग द्वारा फिल्माया गया वीडियो अल–जजीरा न्यूज चैनल एवं एक इस्लामिक न्यूज वेबसाइट द्वारा 7 सितम्बर, 2001 को प्रसारित किया गया। इस वीडियो में ये दावा किया गया कि लादेन और उसके साथी अमेरिका पर हमला करने की तैयारी कर रहे हैं।[6] इसके बाद समय–समय पर लादेन और जवाहिरी के वीडियो संदेश मीडिया को उपलब्ध कराये जाते थे जिसमें ये दोनों पश्चिमी देशों को खुलेआम धमकियां देते हुए मीडिया के माध्यम से दुनियाभर के अपने समर्थकों तक अपना संदेश पहुंचाने में कामयाब हो जाते थे। लादेन का ऐसा एक वीडियो संदेश दिसंबर 2001 में भी जारी किया गया था।[7]

इस प्रकार हम देखते हैं कि इस्लामिक आतंकवाद के प्रथम चरण में अल–कायदा से पहले ही ऐसे कई आतंकवादी संगठनों का उभार हो चुका था जो अंतरराज्यीय अर्थात एक देश में सक्रिय रहते हुए किसी दूसरे देश में हमले करने में समर्थ थे। इनमें से कुछ संगठनों को विभिन्न देशों की सरकारों का प्रत्यक्ष या परोक्ष समर्थन भी हासिल था। आतंकवाद का पहला चरण पारंपरिक किस्म का था जिसमें आतंकवादी संगठन विरोधी पक्ष पर हमले करके

चर्चा का केंद्र बनने की कोशिश करते रहे। सिलसिलेवार ढंग से बम विस्फोट करना, स्कूलों, सरकारी कार्यालयों, सेना व पुलिस के ठिकानों को निशाना बनाना, बड़े पदों पर बैठे प्रमुख लोगों की हत्या, फिरौती या अपनी मांगे मनवाने के लिए अपहरण, प्लेन हाईजैक करना या आत्मघाती हमले करके सरकार या सेना को ज्यादा से ज्यादा नुकसान पहुंचाने की कोशिश करना, ये सभी तौर–तरीके "आतंकवाद 1.0" के दौरान आजमाये गये।

आज भी अफगानिस्तान, पाकिस्तान, बांग्लादेश, इराक, सीरिया, यमन, लीबिया, नाइजीरिया से लेकर भारत तक एवं दुनिया के ज्यादातर अन्य हिस्सों में होने वाले आतंकवादी हमले इसी श्रेणी के हैं। इस प्रकार के आतंकवाद में देसी हथियारों से लेकर एके–47 और एके–56 जैसी राइफलों, हैवी मशीनगनों, राकेट लॉन्चर, बारुदी सुरंगों एवं आईईडी (IED - improvised explosive device) का जमकर इस्तेमाल किया गया।

संदर्भः

1. "Text of Fatwah Urging Jihad Against Americans." The Institute for Counter-Terrorism (website), accessed October 13, 2017, https://web.archive.org/web/20060422210853/http://www.ict.org.il/articles/fatwah.htm
2. "1998 US Embassies in Africa Bombings Fast Facts." CNN, last modified August 9, 2017, accessed October 17, 2017, http://edition.cnn.com/2013/10/06/world/africa/africa-embassy-bombings-fast-facts/index.html
3. "1998 U.S. Embassy blast suspect reported killed." CBS News, last modified June 11, 2011, accessed September 20, 2017. https://www.cbsnews.com/news/1998-us-embassy-blast-suspect-reported-killed/
4. "Harkat-ul-Mujahideen", South Asia Terrorism Portal, accessed September 24, 2017. http://www.satp.org/satporgtp/countries/india/states/jandk/terrorist_outfits/harkatul_mujahideen.htm
5. Schuster, Henry. 2006. "Al Qaeda's media strategy." CNN, January 30. http://edition.cnn.com/2006/US/01/20/schuster.column/
6. "As-Sahab: Al Qaeda's Nebulous Media Branch." Start for Worldview, last modified September 08, 2006, accessed September 22, 2017. https://worldview.stratfor.com/article/sahab-al-qaedas-nebulous-media-branch
7. Schuster, Henry. 2006. "Al Qaeda's media strategy." CNN, January 30. http://edition.cnn.com/2006/US/01/20/schuster.column/

3. आतंकवाद 2.0

1998 में शोधकर्ताओं ने पता लगाया कि अल–कायदा ने गुपचुप तरीके से अपनी वेबसाइट बना ली है जिसका नाम www.alneda.com है। इसके बाद www.jehad.net नाम से एक और वेबसाइट का पता चला जिसका सम्बन्ध अल–कायदा से था। इस तरह अल–कायदा दुनिया का पहला 'इस्लामिक आतंकी संगठन' बना जिसने साइबर वर्ल्ड में आतंकी गतिविधियों की शुरुआत की। हालांकि इससे पहले दिसम्बर 1996 में पेरू में "टूपाक अमारू" कम्युनिस्ट संगठन के विद्रोही भी वेबसाइट बनाकर उसके जरिये अपने एजेंडे का प्रचार करने का काम कर चुके थे। लेकिन अल–कायदा की ऑनलाइन गतिविधियां एजेंडे के प्रचार तक सीमित नहीं रहीं। 1999 तक 30 अन्य आतंकवादी संगठन ऑनलाइन दुनिया में दस्तक दे चुके थे।[1] साइबर वर्ल्ड अब वैचारिक और रणनीतिक लड़ाई का नया मैदान बन रहा था। आगे चलकर सितम्बर, 2001 में अल–कायदा दुनिया का ऐसा पहला आतंकवादी संगठन भी बना, जिसने वैश्विक प्रभाव वाले एक बड़े हमले की साजिश को अंजाम देने में इंटरनेट से मदद ली।

अमेरिका के नेतृत्व में "ग्लोबल वॉर ऑन टेरर" (Global War On Terror) के तहत अफगानिस्तान में शुरु हुए "ऑपरेशन एन्ड्योरिंग फ्रीडम" की वजह से अल–कायदा व अन्य आतंकी संगठनों के लिए खुलेआम अपनी संगठनात्मक व अन्य कार्यवाहियों को अंजाम देना मुश्किल होता गया। ऐसे में साइबर वर्ल्ड आतंकियों के लिए सुरक्षित पनाहगाह साबित हुआ और इस वर्चुअल दुनिया में उनकी सक्रियता लगातार बढ़ती गई। 9/11 के बाद की परिस्थितियों में इंटरनेट सुरक्षित एवं गोपनीय रूप से, भौगोलिक दूरी की सीमाओं से परे जाकर, आपस में संपर्क व संवाद कायम करने, प्रोपेगेंडा फैलाने, एवं विभिन्न प्रकार की सूचनाओं को पाने एवं साझा करने के माध्यम के रूप में आतंकवादी संगठनों की पहली पसंद बन गया।

'इंटरनेट और सोशल मीडिया' में आतंकवादी संगठनों की सक्रियता को भांपने वाले पहले शख्स गैब्रियल वीमैन्न थे, जो बाद में इजराइल की हैफा यूनिवर्सिटी में प्रोफेसर बने। इससे पहले 10 साल तक आतंकवाद से सम्बन्धित विभिन्न वेबसाइटों का अध्ययन–विश्लेषण करते हुए उन्होंने इस विषय पर कई शोधपत्र लिखे। प्रो. गैब्रियल के इन शोधपत्रों ने दुनियाभर के सुरक्षा विश्लेषकों, रणनीतिकारों एवं खुफिया एजेंसियों का ध्यान खींचा क्योंकि इंटरनेट की ओर से पैदा हो रहे इस बड़े खतरे की ओर कम लोगों का ध्यान गया था। प्रो. गैब्रियल द्वारा वर्ष 2005–06 में लिखे गये एक रिसर्च पेपर का शीर्षक था – "टेरर ऑन द इंटरनेट: द न्यू एरिना, द न्यू चैलेंजेज" (Terror on the Internet: The New

Arena, The New Challenges)। इस शोधपत्र को जनवरी, 2006 में 'रिसर्चगेट डॉट कॉम' द्वारा भी प्रकाशित किया गया।[2] रिसर्चगेट द्वारा प्रकाशित शोधपत्र में उनके द्वारा प्रस्तुत किये गये निम्न तथ्यों चौंकाने वाले थे –

> "वे (आतंकवादी) इंटरनेट का इस्तेमाल मनोवैज्ञानिक अभियानों को चलाने, नये वॉलंटियर्स की भर्ती एवं उन्हें निर्देशित करने, धन–संग्रह करने, हिंसा को भड़काने और ट्रेनिंग देने में कर रहे हैं। वे इसका इस्तेमाल योजना बनाने, नेटवर्क तैयार करने, और हमलों को संचालित करने में भी कर रहे हैं। इस प्रकार न केवल आतंकवाद से सम्बन्धित वेबसाइटों की संख्या बढ़ रही है बल्कि इंटरनेट का इस्तेमाल भी विभिन्न प्रकार से किया जा रहा है।"[3]

1990 के दशक में शुरु हुआ प्रोफेसर गैब्रियल का ये शोध मार्च 2006 में किताब के रूप में प्रकाशित हुआ। प्रो. गैब्रियल वीमैन्न के मुताबिक 90 के दशक में जब उन्होंने आतंकी संगठनों की वेबसाइट्स की निगरानी शुरु की थी तब मुश्किल से दर्जनभर ऐसी वेबसाइटें थीं जो आतंकवादियों द्वारा संचालित की जा रही थीं। लेकिन इन संगठनों की साइबर वर्ल्ड में सक्रियता बहुत तेजी से बढ़ी। वर्ष 2003 तक लगभग 2,600 ऐसी वेबसाइटें अस्तित्व में आ चुकी थीं जिनका सम्बन्ध आतंकवाद या किसी आतंकवादी संगठन से था। इस समय तक लगभग सभी प्रमुख आतंकी संगठनों ने इंटरनेट की दुनिया में कदम रख दिया था।

2015 तक आतंकवाद से सम्बन्धित वेबसाइटों और सोशल मीडिया प्लेटफॉर्म्स की संख्या 10,000 के करीब जा पहुंची।[4] स्पष्ट है कि इंटरनेट की ताकत को आतंकवादियों ने केवल पहचाना ही नहीं बल्कि अपने फायदे के लिए उसका भरपूर इस्तेमाल भी किया। इस सम्बन्ध में 2006 में प्रकाशित शोधपत्र में प्रो. गैब्रियल ने लिखा –

> "आधुनिक आतंकवाद की इंटरनेट पर बढ़ती उपस्थिति दो प्रचलनों के संपर्क से सम्भव हुई – संचार का लोकतंत्रीकरण जिसे इंटरनेट पर प्रयोगकर्ता द्वारा उत्पन्न विषय–वस्तु से प्रोत्साहन मिला और आधुनिक आतंकवादियों में इंटरनेट की संभावनाओं को अपने उद्देश्य के लिए इस्तेमाल करने को लेकर बढ़ती जागरुकता।"

इस तरह रियल वर्ल्ड और वर्चुअल वर्ल्ड के पारस्परिक मेल से आतंकवाद 2.0 की शुरुआत होती है। आतंक के इस चरण में आतंकवाद 1.0 वाले चरण की ज्यादातर विशेषताएं भी मौजूद रहीं। फर्क ये आया कि आतंकवादियों ने बदलते वक्त के मुताबिक खुद को ढालने की कोशिश की। नई टेक्नोलॉजी से सूचना क्षेत्र में आयी क्रांति की लहर पर वो भी सवार हुये। उन्होंने ऑनलाइन प्लेटफॉर्म्स को अपनी लड़ाई का मंच और औजार दोनों बनाया। इससे आतंक के नुकीले पंजे कहीं ज्यादा घातक हो गये। गोपनीय रूप से संगठन चलाना और एक–दूसरे से संवाद करना ज्यादा सस्ता, सुरक्षित और आसान हो गया।

9/11 को अमेरिका में हुए हमले पहले ऐसे हमले थे जिनमें किसी देश के यात्री विमानों को उसी के खिलाफ विनाशक हथियार के तौर पर इस्तेमाल किया गया। इससे पहले जब भी किसी आतंकी संगठन द्वारा यात्री विमानों को निशाना बनाया गया, तो उसमें सवार यात्रियों को जान गंवानी पड़ी थी। लेकिन 9/11 हमलों में विमान में सवार यात्रियों से कई

गुना ज्यादा लोगों को असमय मृत्यु का शिकार होना पड़ा। जांच में ये तथ्य सामने आया कि जिन 19 आतंकवादियों ने इस बर्बर हमले को अंजाम दिया उन्होंने अपनी रणनीतिक तैयारी में इंटरनेट का भी जमकर इस्तेमाल किया था। एक–दूसरे से संपर्क स्थापित करने के लिए ई–मेल का सहारा लिया गया, कई और तरह की जानकारियां भी आतंकवादियों ने इंटरनेट से ही हासिल कीं। इस तथ्य के सामने आने के बाद अमेरिका की 13 संघीय एजेंसियों एवं 3 राज्य सरकारों ने अपनी वेबसाइटों से उन संवेदनशील सूचनाओं को हटाया जो आतंकवादियों के लिए मददगार साबित हो सकती थीं।[5]

कालान्तर में जैसे–जैसे तकनीकी सुधार होते गये, नई–नई सुविधायें साइबर वर्ल्ड में उपलब्ध होती गईं। इन सुविधाओं से आतंकवादियों के लिए इंटरनेट की उपयोगिता कहीं ज्यादा हो गई। सुरक्षा विश्लेषकों के मुताबिक इंटरनेट कई प्रकार से आतंकवादियों के लिए मददगार साबित हुआ है। संक्षेप में इनका वर्णन निम्न है –[6], [7]

1. एजेंडे का प्रचार (Propaganda)

इंटरनेट पर शुरुआती सक्रियता के दौरान आतंकवादी संगठनों ने वेबसाइट बनाकर अपने एजेंडे का प्रचार–प्रसार शुरु किया। प्रचार का ये तरीका अपेक्षाकृत सस्ता और आसान था। सम्बन्धित आतंकवादी संगठन की विचारधारा क्या है, सिद्धांत क्या हैं, लक्ष्य क्या है, वो क्यों लड़ रहे हैं, किसी देश की सरकार या अन्तर्राष्ट्रीय बिरादरी से उनकी अपेक्षायें क्या हैं – इस प्रकार की सूचनाएं वेबसाइट पर उपलब्ध कराकर उन्होंने अपने एजेंडा का प्रचार किया।

वर्तमान में ऑनलाइन प्रचार करने के लिए वेबसाइट, ब्लॉग, ऑनलाइन मैगजीन, टेलीग्राम, जीमेल और स्काइप जैसे डाइरेक्ट कम्यूनिकेशन टूल, चैट रूम्स, ऑडियो–वीडियो शेयरिंग सोशल प्लेटफॉर्म्स जैसे कि फेसबुक, फ्लिकर, व्हाट्सएप, यू–ट्यूब, रैपिडशेयर इत्यादि का इस्तेमाल किया जा रहा है। इनके जरिये वर्चुअल मैसेज, हिंसा प्रभावित क्षेत्रों के ऐसे ऑडियो–वीडियो क्लिप या चित्र जिनसे मुसलमानों पर अत्याचार की झूठी–सच्ची कहानियों को प्रचारित करने में मदद मिले, एनिमेटेड वीडियो संदेश, आतंकियों के भाषणों के ऑडियो–वीडियो क्लिप, आत्मघाती या बड़े हमलों को अंजाम देने वाले आतंकियों को शहीद बताने वाली शॉर्ट फिल्में, प्रेजेंटेशन इत्यादि को समर्थकों एवं सहानुभूति रखने वालों के बीच ज्यादा से ज्यादा शेयर करने की कोशिशें की जाती हैं।

बच्चों–किशोरों के मन–मस्तिष्क में जहर घोलने के लिए खास तौर से ऐसे कार्टून, लोकप्रिय संगीत पर आधारित वीडियो या शॉर्ट फिल्मों को तैयार किया गया है जिनसे वो जिहाद की ओर उन्मुख हों और सम्बन्धित संगठन में भर्ती हो जायें। इसके लिए पॉपुलर कार्टून फिल्मों या अन्य प्रकार की बच्चों से सम्बन्धित शॉर्ट फिल्मों को बीच–बीच में एडिट कर उन्हें मनमाफिक संदेश दे सकने लायक बनाया जा रहा है। कई ऐसे वीडियो गेम भी डिजाइन किये गये हैं जिन्हें खेलते हुए बच्चे आतंकवादी गतिविधियों जैसे कि – प्रसिद्ध स्थलों पर हमले करना, किसी प्रतिष्ठित व्यक्ति को मारना जैसे काम खेल–खेल में कर सकते हैं। ऐसा ही एक गेम 'आर्मा' (ARMA) है जिसे खेलते हुए प्लेयर को ये मौका मिलता है कि वो आईएसआईएस के फाइटर के तौर पर पश्चिमी देशों के नागरिकों और प्रमुख हस्तियों

की हत्यायें करें। इसी तरह आईएसआईएस ने "सलिल अल–सावारेम" (Salil al-Sawarem) नाम से एक और वीडियो गेम डेवलप किया, जिसका मकसद अरब के युवाओं को खेल–खेल में आईएसआईएस के एजेंडे से परिचित कराना था।[8]

अल–कायदा और आईएसआईएस जैसे संगठन अपनी प्रचार सामग्रियों को कई भाषाओं में तैयार कराकर वितरित–प्रचारित करते रहे हैं जिससे अन्य भाषाओं के लोग भी इन्हें ठीक तरह से जान और समझ सकें। अमेरिका की मियामी यूनिवर्सिटी के शोधकर्ताओं ने पता लगाया कि वर्ष 2015 के शुरुआती आठ महीनों में सोशल मीडिया में 196 ऐसे ग्रुप संचालित किये जा रहे थे जो आईएसआईएस समर्थक थे। इन सभी समूहों से जुड़े सदस्यों की कुल संख्या 100,000 से ज्यादा थी।[9]

प्रमुख इस्लामिक आतंकवादी संगठन, जो एक या उससे ज्यादा वेबसाइट बनाकर ऑनलाइन आतंकवादी गतिविधियों को चला चुके हैं, या चला रहे हैं, उनके नाम निम्न प्रकार से हैं – **हमास, हिजबुल्लाह, अल–अक्सा मार्टियर्स ब्रिगेड, फिलिस्तीनी इस्लामिक जिहाद, पीपुल्स मुजाहिदीन ऑफ ईरान, फतह तंजीम, पॉपुलर फ्रण्ट फॉर द लिबरेशन ऑफ फिलिस्तीन, ग्रेट ईस्ट इस्लामिक रेडर्स फ्रण्ट, पॉपुलर डेमोक्रेटिक लिबरेशन फ्रण्ट पार्टी, लश्कर–ए–तैयबा, अंसार अल–इस्लाम, हिजबुल मुजाहिदीन, इस्लामिक मूवमेंट ऑफ उज्बेकिस्तान, मोरो इस्लामिक लिबरेशन फ्रण्ट, चेचन्या रेबेल मूवमेंट, अल–कायदा, आईएसआईएस।**

2. सूचना प्राप्ति, संवाद और प्लानिंग (Research, Communication and Planning)

किसी भी विषय से सम्बन्धित सूचनायें इंटरनेट पर आसानी से उपलब्ध हैं, जिन्हें विभिन्न सर्च इंजनों के माध्यम से कभी भी और कहीं से भी प्राप्त किया जा सकता है। इंटरनेट सूचनाओं और ज्ञान का सागर है। लिहाजा इस तक पहुंच होने के बाद ओपेन सोर्स डेटा (Open Source Data) के जरिये अपनी जरुरत की सूचनाओं को इंटरनेट पर सर्च करके उसके मुताबिक रणनीति तय करने में आतंकवादियों को सहूलियत होने लगी। 9/11 के हमलावरों ने अमेरिका में मौजूद फ्लाइट स्कूलों के विषय में जानकारी इंटरनेट पर सर्च की थी। इसके साथ ही किसी हमले से पहले आपस में संवाद व संपर्क करने, रणनीति साझा करने, सूचनाओं का आदान–प्रदान करने के लिए भी ई–मेल, टेलीफोन पर होने वाली बातचीत के मुकाबले कहीं ज्यादा बेहतर साबित हुआ।

न्यूयॉर्क के सब–वे ट्रैफिक सिस्टम पर आतंकवादी हमला करने की साजिश रचने वाले अफगान मूल के अमेरिकी नागरिक नजीबुल्लाह जाजी को 2009 में गिरफ्तार किया गया। जांच में पता चला कि जाजी ईमेल के जरिये पाकिस्तान में बैठे आतंकी से सम्पर्क में था और उस पाकिस्तानी की मदद से ही उसने इस प्रकार का बर्बर हमला करने की रणनीति बनायी थी।

इंटरनेट पर सर्च की जाने वाली सूचनाओं के जरिये कई बार आतंकवादी किसी हमले के लिए अपना टारगेट भी चुनते हैं। शुरुआती दिनों में इंटरनेट पर होने वाली बातचीत या

अन्य गतिविधियों की निगरानी के प्रति सरकारें संजीदा नहीं थीं। इस प्रकार की बातचीत को खुफिया एजेंसियों या पुलिस द्वारा रिकॉर्ड भी नहीं किया जा सकता था। हालांकि बाद में आतंकवाद से प्रभावित लगभग सभी देशों ने ऑनलाइन निगरानी के लिए तंत्र विकसित किया।

शुरु से इंटरनेट की सबसे बुनियादी विशेषता यही थी कि वो संवाद और सूचनाओं के संप्रेषण का एक सस्ता, सुरक्षित, आसान और प्रभावी माध्यम बनकर उभरा। प्रारम्भिक दौर में आतंकवादियों ने जीमेल, रेडिफमेल, ब्लैकबेरी मैसेंजर, ऑर्कुट, फेसबुक इत्यादि का इस्तेमाल कोडवर्ड में आपस में बातचीत के लिए किया। लेकिन जब सरकारों ने वर्चुअल वर्ल्ड में चल रही गतिविधियों की निगरानी शुरु कर दी तो आतंकवादियों ने इसके लिए दूसरे तरीकों का इस्तेमाल करना शुरु कर दिया। गोपनीय संदेशों के आदान–प्रदान के लिए एक तरीका "डेड ड्रॉपिंग" (dead dropping) का निकाला गया जिसमें किसी ई–मेल अकाउंट में मैसेज लिखकर उसे भेजा नहीं जाता था। इस प्रकार वो अनसेन्ट (unsent) मैसेज उस अकाउंट के ड्राफ्ट बॉक्स में सुरक्षित हो जाता था। इस मैसेज को किसी दूसरी लोकेशन पर मौजूद अन्य आतंकी, चाहे वो दुनिया में कहीं भी हो, सम्बन्धित ई–मेल अकाउंट को खोलकर आसानी से पढ़ लेता था। इस प्रकार साझा किये गये संदेशों का खुफिया एजेंसियों की नजर में आना मुश्किल था।

बाद में तकनीकी विकास ने कई ऐसी सुविधाओं को जन्म दे दिया जिनके जरिये गोपनीय संदेशों को खुफिया एजेंसियों की नजर में आने से बचाया जा सकता था। साथ ही उस संदेश को भेजने वाले या प्राप्त करने वाले व्यक्ति की पहचान करना भी काफी मुश्किल था। एनक्रिप्शन टूल्स (Encryption Tools) और एनॉनिमाइजिंग सॉफ्टवेयर (Anonymizing Software) ऐसी ही सुविधायें प्रदान करते हैं जो संदेश भेजने वाली डिवाइस के इंटरनेट प्रोटोकॉल एड्रेस को ढंक सकते हैं या कम्यूनिकेशन को किसी दूसरे देश में मौजूद सर्वर से लिंक कर रीरूट (Reroute) कर सकते हैं जिससे प्रेषक या प्राप्तकर्ता की पहचान करना मुश्किल हो जाता है। इन टूल्स को आसानी से ऑनलाइन डाउनलोड भी किया जा सकता है।

गूगल अर्थ (Google Earth) जैसे एप्लिकेशंस का इस्तेमाल करके भी आतंकवादी लाभान्वित हुए। गूगल इमेजेस में उपलब्ध लाखों प्रकार की हाई रिजॉल्यूशन वाली तस्वीरों, मानचित्रों और विभिन्न भू–आकृतियों से सम्बन्धित चित्रों की सहायता से आतंकवादियों को हमलों की प्लानिंग करने में मदद मिली।

3. ब्रेनवाश करना एवं नये सदस्यों की भर्ती (Radicalization and Recruitment)

इंटरनेट पर व्यक्तिगत एवं सामूहिक रूप से गोपनीय संवाद की सुविधा मिलने के बाद लोगों को कई प्रकार के सही–गलत तथ्यों का हवाला देकर, खास तौर से तैयार किये गये वीडियो दिखाकर एवं जिहाद से सम्बन्धित संदेश भेजकर धीरे–धीरे उन्हें इस रास्ते पर आगे बढ़ने के लिए उकसाया जाता है। पासवर्ड के द्वारा सुरक्षित वेबसाइट्स और सीमित संख्या में लोगों

को जोड़ने वाले चैट ग्रुप्स ने इस प्रक्रिया को और तेज किया।

इससे पहले इस कार्य के लिए व्यक्तिगत रूप से संपर्क करने की जरुरत होती थी जो ज्यादा खर्चीली एवं असुरक्षित थी और साथ ही जिसमें अपेक्षाकृत काफी कम लोगों से ही सीधा संपर्क हो सकता था। लेकिन इंटरनेट ने पूरी दुनिया को आतंकियों की कम्प्यूटर स्क्रीन पर समेट दिया। अब वो विश्व के किसी हिस्से में बैठकर दुनिया के किसी दूसरे हिस्से में लोगों को प्रभावित करने एवं उन्हें गुमराह कर आतंकी बनने के लिए प्रेरित करने की स्थिति में आ गये। ऑनलाइन माध्यमों का प्रयोग करके अल–कायदा ने बड़ी संख्या में स्वयं से सहानुभूति रखने वाले लोगों को जोड़ा। आगे चलकर आईएसआईएस ने भी इसी माध्यम का प्रयोग करके केवल इस्लामिक देशों से ही नहीं बल्कि गैर इस्लामिक देशों – जैसे कि अमेरिका, ब्रिटेन, फ्रांस, रूस, ऑस्ट्रेलिया, भारत से भी युवाओं एवं कट्टरपंथी मुसलमानों को गुमराह कर अपने संगठन का हिस्सा बनाया।

संयुक्त राष्ट्र की मई, 2015 की एक रिपोर्ट के मुताबिक इस समय तक करीब 100 देशों से आए 25,000 से ज्यादा महिला–पुरुष आईएसआईएस में भर्ती हो चुके थे और इराक या सीरिया पहुंचकर जिहाद के नाम पर खून बहाने में लगे थे। ट्यूनीशिया से 3,000, सऊदी अरब से 2,500, जॉर्डन से 1,500, मोरक्को से 1,500, तुर्की से 1,000, पाकिस्तान से 500, और मिस्र से 360 लोग इस्लामिक स्टेट के लिए लड़ने पहुंचे थे।[10] इसी तरह कई अन्य मुस्लिम देशों से भी सैकड़ों युवा इराक या सीरिया पहुंचकर आतंकवादी बने। चौंकाने वाली बात ये थी कि गैर मुस्लिम बहुल देश – रुस के 1,700, फ्रांस के 1,200, जर्मनी के 650, यूनाइटेड किंगडम के 600, चीन के 300 और ऑस्ट्रिया के 200, अमेरिका से 180, कनाडा से 130, ऑस्ट्रेलिया से 250 और भारत के 18 नौजवान भी आईएसआईएस से प्रभावित होकर उसका हिस्सा बनने के लिए मई 2015 तक ,राक या सीरिया चले गये थे। इनमें कई ऐसे लोग थे जो मूल रूप से ईसाई, हिंदू या किसी अन्य धर्म के अनुयायी थे लेकिन बाद में जिनका धर्मांतरण कराकर उन्हें मुसलमान बना दिया गया था।[11, 12] बड़ी संख्या में नाबालिग युवाओं को गुमराह करने में भी आईएसआईएस कामयाब रहा। छोटे बच्चों तक को आतंक की राह पर ढकेलने से परहेज नहीं किया गया। इस तरह इंटरनेट आईएसआईएस के लिए आतंकवाद के पोषण हेतु एक असीमित क्षमता वाला "ह्यूमन बैंक" साबित हुआ जिसका इस संगठन ने भरपूर लाभ उठाया।

4. प्रशिक्षण एवं हमलों के लिए निर्देशन (Training and Guidance for Attacks)

इंटरनेट जल्द ही आतंकवादियों के लिए ट्रेनिंग सेंटर का भी काम करने लगा। एक स्वीडिश नागरिक, ओसामा कासिर, दिसंबर 2001 से ही इस्लामिक आतंकवाद को बढ़ावा देने के लिए 6 वेबसाइट संचालित कर रहा था। ओसामा बिन लादेन से प्रभावित कासिर का मकसद एक आतंकी ट्रेनिंग कैम्प स्थापित करने का भी था। इसके लिए उसने पाकिस्तान जाकर आतंकवादी हमले करने से सम्बन्धित ट्रेनिंग ली थी। कासिर जिन वेबसाइट्स का संचालन कर रहा था उन पर बम बनाने एवं जहर तैयार करने के तरीकों की जानकारी उपलब्ध

करायी गई थी। 2005 में चेक रिपब्लिक में कासिर को गिरफ्तार किया गया जहां से 2007 में उसे अमेरिका प्रत्यर्पित कर दिया गया।

वर्ष 2003 में अल–कायदा से जुड़े ग्लोबल इस्लामिक मीडिया फ्रण्ट ने आतंकवादियों की ट्रेनिंग के लिए 19 अध्यायों का दस्तावेज जारी किया था जिनमें सुरक्षा, शारीरिक प्रशिक्षण, हथियारों का प्रशिक्षण और बम बनाने एवं उनका इस्तेमाल करने से सम्बन्धित जानकारियां उपलब्ध थीं। 11 मार्च, 2004 को स्पेन के मैड्रिड शहर में ट्रेनों में सिलसिलेवार ढंग से बम धमाके हुए जिनमें 192 लोगों को अपनी जान गंवानी पड़ी। इस मामले की जांच के दौरान आरोपी अल–कायदा आतंकियों के कम्प्यूटर से ग्लोबल इस्लामिक मीडिया फ्रण्ट द्वारा जारी वही दस्तावेज बरामद किये गये जिनमें ट्रेनिंग से सम्बन्धित नियम एवं निर्देश थे। जांच में ये भी सामने आया कि इस प्रकार के ज्यादातर दस्तावेजों को ऑनलाइन पोस्ट करने का काम अल–कायदा से सम्बन्धित आतंकियों या उससे प्रभावित कट्टरपंथियों ने व्यक्तिगत रूप से किये थे जो इंटरनेट को जिहाद की ट्रेनिंग के लिए लाइब्रेरी की तरह इस्तेमाल कर रहे थे।

वर्तमान में ऑनलाइन मैनुअल, ऑनलाइन मैगजीन, ऑडियो एवं वीडियो क्लिप, एनिमेटेड वीडियो इत्यादि के जरिये ऐसे संगठन अपने समर्थकों को आतंकवाद की ट्रेनिंग दे रहे हैं। आतंकवादी संगठनों से कैसे जुड़ें, बम कैसे बनायें, सामान्य किस्म के हथियारों का इस्तेमाल कैसे करें, हमले की योजना कैसे बनायें और हमलों को किस प्रकार अंजाम दें, ऐसी तमाम बातें ऑनलाइन माध्यमों से ही समझा दी जाती हैं। सोशल प्लेटफॉर्म्स आतंकवादियों के लिए एक प्रकार से वर्चुअल ट्रेनिंग कैम्पों का काम कर रहे हैं। कई ऐसे मामले भी सामने आये हैं जिसमें एक देश में बैठे हैंडलर ने किसी दूसरे देश में मौजूद रिक्रूट को आतंकवादी हमला करने के लिए निर्देशित किया।

2009 में क्रिसमस डे के दिन मिशिगन जा रहे विमान को बम विस्फोट कर उड़ाने की कोशिश करने वाले उमर फारुक अब्दुलमुतल्लब का मामला भी कुछ इसी तरह का है। इंटरनेट पर उपलब्ध कट्टरपंथी मानसिकता को बढ़ावा देने वाला साहित्य पढ़ने और इसी प्रकार के वीडियो देखने से जिहाद की ओर उसका झुकाव हुआ। अन्तत: “इंटरनेट का बिन लादेन” कहे जाने वाले अनवर अल अवलाकी के सम्पर्क में आते ही उमर फारुक पूरी तरह आतंकवादी बन गया। विमान को विस्फोट से उड़ाने की कोशिश उसने अवलाकी के निर्देश पर ही की थी, हालांकि सफल नहीं हो सका। आज पश्चिमी देशों में इस नौजवान को “अडरवीयर बॉम्बर” के रूप में जाना जाता है क्योंकि अंडर गारमेंट्स में छिपे विस्फोटक पदार्थ से विमान को उड़ाने की कोशिश करने के दौरान अब्दुलमुतल्लब गिरफ्तार किया गया था। वर्ष 2012 में अब्दुलमुतल्लब को अमेरिका की एक संघीय अदालत ने ‘चार आजीवन कारावास’ की सजा सुनाई।

5. धन संग्रह (Fundraising)

ऑनलाइन प्लेटफॉर्म को माध्यम बनाकर धन संग्रह करने की सबसे पहली कोशिश तमिल आतंकवादियों ने की थी। 1997 में श्रीलंका के लिबरेशन टाइगर्स ऑफ तमिल ईलम (LTTE)

के आतंकवादियों ने ब्रिटेन की शेफील्ड यूनिवर्सिटी (Sheffield University) से जुड़ी फैकल्टी के ई–मेल अकाउंट्स की यूजर आईडी और पासवर्ड चुरा लिये और उन अकाउंट्स के माध्यम से लोगों को ई–मेल संदेश भेजकर डोनेशन देने की अपील की थी।

जल्द ही ऑनलाइन माध्यम से आतंकवादी गतिविधियों की फंडिंग के लिए अन्य कई तरीके प्रचलन में आ गये। इनमें से प्रमुख तरीके, जिनका इस्तेमाल आतंकवादी संगठन करते हैं, निम्न हैं –

a- सीधी अपील (Direct Solicitation)

सीधी अपील के तहत आतंकवादी संगठन वेबसाइट्स, चैट ग्रुप्स, बल्क मैसेजेस और फेसबुक, ट्विटर एवं यू–ट्यूब जैसे सोशल प्लेटफॉर्म के जरिये समर्थकों से चंदा देने की अपील करते हैं। चंदा देने वाले ऑनलाइन या ऑफलाइन किसी भी माध्यम से पैसा दे सकते हैं। कई बार धार्मिक कार्यों या आपदा में राहत पहुंचाने के नाम पर लिये गये चंदे का इस्तेमाल आतंकवादी गतिविधियों की फंडिग के लिये किया जाता है। ऑनलाइन चंदा लेने के लिए फर्जी संस्थायें बनाकर भी लोगों से धन उगाही की जाती है।

b- ई–कॉमर्स (E-Commerce)

ई–कॉमर्स के तहत आतंकवादी संगठन अपनी वेबसाइट्स का इस्तेमाल ऑनलाइन स्टोर के रूप में करते हैं। एजेंडे का प्रचार–प्रसार करने वाले साहित्य एवं अन्य किताबें, मारे गये आतंकवादियों की जीवनी, एवं उनके भाषणों की ऑडियो–वीडियो रिकॉर्डिंग्स ऑनलाइन बिक्री के लिए उपलब्ध कराये जाते हैं। इस प्रकार इन सामानों को खरीदकर भी समर्थक सम्बन्धित संगठन को आर्थिक मदद करते हैं।

बाबर अहमद और सैयद तल्हा हसन नाम के दो ब्रिटिश नागरिक लंदन के बाहरी इलाके से 'अज्जम पब्लिकेशंस' नाम से कई वेबसाइट संचालित कर रहे थे। 1996 से 2004 के बीच इन वेबसाइट्स पर चेचन्या, बोस्निया और अफगानिस्तान में लड़ रहे जिहादियों से सम्बन्धित सूचनाएं उपलब्ध थीं। साथ ही ट्रेनिंग से सम्बन्धित लेख, मुजाहिदीनों की जीवनी एवं कई तरह के ऑडियो एवं वीडियो संदेश इन वेबसाइट्स पर बिक्री के लिए उपलब्ध थे। बाबर अहमद को 2004 में जबकि हसन को 2006 में यूके में गिरफ्तार किया गया। बिना ट्रायल के कैद में रखने के बाद इन दोनों को अमेरिका प्रत्यर्पित कर दिया गया।

c- ऑनलाइन पेमेंट साधनों का इस्तेमाल (Use of Online Payment Tools)

ऑनलाइन पेमेंट सुविधाओं का इस्तेमाल आतंकवादी संगठन कई प्रकार से करते हैं। फंड का इलेक्ट्रॉनिक ट्रांसफर करने के लिए क्रेडिट कार्ड या अन्य कार्ड्स से पे–पाल या स्काइप (PayPal or Skype) जैसी सुविधाओं का इस्तेमाल किया जाता है। इसके अलावा उपभोक्ताओं के क्रेडिट या डेबिट कार्ड के पासवर्ड चुराकर, वायर फ्रॉड, स्टॉक फ्रॉड, बौद्धिक संपदा की चोरी या अन्य फर्जी तरीकों का इस्तेमाल करके भी फंड की व्यवस्था की जाती है।

d- चैरिटेबल संस्थायें (Charitable Organizations)

चैरिटेबल संस्थाओं के नाम पर भी आतंकवाद की ऑनलाइन और ऑफलाइन दोनों प्रकार से फंडिंग होती है। कई आतंकवादी संगठनों ने छद्म नाम से ऐसे संगठन बना रखे हैं जो

दिखावे के लिए मानवीय या सामाजिक कार्यों में लगे रहते हैं, लेकिन जिनका असली मकसद आतंकी गतिविधियों के लिए धन उपलब्ध कराना है। ऐसे संगठनों को चंदे के नाम पर दुनियाभर से आसानी से धन मिल जाता है। पैसा उपलब्ध कराने वाले व्यक्ति या संस्था को भी ज्यादा डर नहीं रहता। पाकिस्तान में आतंकवादी हाफिज सईद लंबे वक्त तक "फलह–ए–इंसानियत फाउंडेशन" नाम से एक चैरिटेबल संस्थान चलाता रहा जिसकी आड़ में लश्कर–ए–तैयबा की फंडिंग की जाती है।[13] इसी तरह मध्यपूर्व में आतंकवादी संगठनों द्वारा ऑपरेट किये जाने वाले कुछ ऐसे ही संगठन हैं – ग्लोबल रिलीफ फाउंडेशन, बेनेवोलेंस इंटरनेशनल फाउंडेशन, द होली लैंड फाउंडेशन फॉर रिलीफ एंड डेवलपमेंट इत्यादि।

6. साइबर हमले (Cyber Attacks)

बैरी सी. कोलीन ने "साइबर आतंकवाद" (Cyber Terrorism) टर्म का सबसे पहले इस्तेमाल किया था। 1996 में अमेरिका के श्वेत आंदोलन से सम्बन्धित एक हैकर ने मैसाच्यूसेट्स में साइबर हमले करके कम्प्यूटर नेटवर्क्स को खराब करते हुए कई सूचनाएं नष्ट कर दीं। 1998 में तमिल गुरिल्लों ने भारी मात्रा में ई–मेल भेजकर श्रीलंकाई दूतावासों में कम्प्यूटर आधारित कार्यप्रणाली को ठप करने की कोशिश की। 1998 में भारत में भी भाभा परमाणु अनुसंधान केंद्र के कम्प्यूटरों को 'मिलवॉर्म' नामक पाकिस्तानी हैकरों के ग्रुप ने अपना निशाना बनाया था।

साइबर हमलों का मुख्य उद्देश्य प्रतिष्ठित एवं संवेदनशील संस्थानों के सर्वर या कम्प्यूटर नेटवर्क में दर्ज सूचनाओं को चुराना या उन्हें नष्ट करना, ऑनलाइन पेमेंट सिस्टम में सेंध लगाकर फंड इकट्ठा करना, किसी देश की कम्प्यूटर आधारित व्यवस्थाओं – जैसे कि रेल नेटवर्क, पावर ग्रिड, डैम सिस्टम, न्यूक्लियर पावर प्लांट, हवाई अड्डों, बैंकिंग सिस्टम इत्यादि को छिन्न–भिन्न करना रहा है। इसके लिये हैकिंग के अलावा कम्प्यूटर वायरस (Virus), मालवेयर (Malware), फ्लडिंग (Phlooding) इत्यादि का सहारा लिया जाता है।

अल–कायदा एवं आईएसआईएस से सम्बन्धित इस्लामिक आतंकवादियों या उनके समर्थकों ने पिछले कुछ वर्षों में बड़ी संख्या में साइबर हमलों को अंजाम देने की कोशिशें की हैं।

"अल–कायदा इलेक्ट्रॉनिक्स" (Al-Qaeda Electronics) अल–कायदा समर्थक हैकरों का ग्रुप है जिसने वर्ष 2016 में फ्रांस, रूस, ग्रीस और ईरान के संस्थानों पर साइबर हमले किये।[14] इसी तरह "संयुक्त साइबर खिलाफत" (United Cyber Caliphate), साइबर खिलाफत आर्मी (Cyber Caliphate Army) और संस ऑफ खिलाफत ऑर्मी (Sons of Caliphate Army) आईएसआईएस समर्थक हैकरों के ग्रुप हैं जो अमेरिका एवं अन्य पश्चिमी देशों के कम्प्यूटर नेटवर्क्स पर साइबर हमले करते रहे हैं।[15]

7. प्रतिबंधित सामानों की आनलाइन खरीद (Online Purchase of Illegal Materials)

'डार्क वेब' (Dark Web) जैसे प्लेटफॉर्म्स का इस्तेमाल कर अब आतंकवादी ऐसे प्रतिबंधित

सामानों – जैसे कि खतरनाक केमिकल, बम बनाने की सामग्री, हथियार, ऐसे उपकरण या उसका पार्ट – ऑनलाइन खरीदने लगे हैं जिसे सम्बन्धित देश में खुले बाजार से आसानी से नहीं खरीदा जा सकता। इन सामानों का इस्तेमाल आतंकवादी हमले को अंजाम देने में किया जा सकता है। डार्क वेब को साइबर वर्ल्ड का 'ब्लैक मार्केट' भी कहा जाता है क्योंकि गूगल या अन्य सामान्य सर्च इंजनों के जरिये इस तक नहीं पहुंचा जा सकता। ई–कॉमर्स का इस्तेमाल करते हुए भुगतान के लिए उन इलेक्ट्रॉनिक विकल्पों का इस्तेमाल किया जाता है जिससे खरीदने वाली की पहचान की गोपनीयता बनी रहे। इसके लिए अवैध तरीके से हासिल किये गये क्रेडिट कार्ड का भी इस्तेमाल किया जा सकता है।

2015 में ब्रिटेन के लीवरपूल में रहने वाले मोहम्मद अली नाम के एक आईटी पेशेवर ने केमिकल हथियार से आतंकवादी हमले की योजना तैयार की थी। इसके लिए डार्क वेब का इस्तेमाल करके उसने 500 मिलीग्राम रिसिन (Ricin) खरीदने के लिए ऑर्डर किया था। ब्रिटिश सुरक्षा अधिकारियों के मुताबिक रिसिन की इतनी मात्रा से 1,400 लोगों की जान ली जा सकती थी।[16]

संयोग से अली ने जिस ड्रग डीलर से संपर्क किया था वो दरअसल अमेरिकी खुफिया एजेंसी एफबीआई का एजेंट था, जो डार्क वेब में सक्रिय था। लिहाजा अमेरिकी और ब्रिटिश खुफिया एजेंसियों ने हमले को अंजाम देने से पहले ही मोहम्मद अली को गिरफ्तार कर लिया और उनकी मुस्तैदी से एक बर्बर हमले को नाकाम किया जा सका।

नाइजीरिया की "लागोस स्टेट यूनिवर्सिटी" के शोधार्थी जेम्स ए. फैलोडे ने अपने शोधपत्र **"टेररिज्म 4.0: ए स्ट्रक्चरल एनालिसिस" (2017)** में आतंकवाद के चार चरणों का जिक्र किया है। इस शोधपत्र में वो आतंकवाद 2.0 का जिक्र करते हुए इसे आतंकवाद का वो दौर बताते हैं जिसमें टेररिस्ट संगठनों ने किसी राज्य की सांस्कृतिक विशेषताओं और ऐतिहासिक महत्व के स्थलों को निशाना बनाया। तालिबान का उदाहरण देते हुए फैलोडे लिखते हैं कि अफगानिस्तान की तालिबान सरकार द्वारा वर्ष 2001 में बामियान में स्थित भगवान बुद्ध की विशाल प्रतिमाओं को तोड़कर नष्ट किया जाना इस श्रेणी के आतंकवाद का उदाहरण है। इस्लामिक स्टेट ने वर्ष 2015 में एवं उसके बाद इराक में भी यही सब कुछ किया। फैलोडे ने लिखा है कि आतंकवाद 2.0 में इससे पूर्व के चरण (आतंकवाद 1.0) में आतंकवादियों द्वारा अपनाये गये तौर–तरीकों का समावेश भी देखने को मिलता है।[17]

लेकिन ये जानना महत्वपूर्ण है कि आतंकवादियों द्वारा किसी राज्य या समुदाय की सांस्कृतिक–धार्मिक विशेषताओं को निशाना बनाया जाना कोई नई बात नहीं है। इतिहास के अलग–अलग कालखण्डों में भारत ने ऐसे हजारों हमले झेले हैं जिनके जरिये यहां की संस्कृति को मिटाने की कोशिशें हुई थीं। आधुनिक दौर में भी भारत के मंदिरों, तीर्थ स्थलों व धार्मिक–सांस्कृतिक प्रतीकों पर लगातार हमले करने की कोशिशें की गईं। अतः केवल सांस्कृतिक स्थलों एवं धार्मिक प्रतीकों को निशाना बनाये जाने के आधार पर आतंकवाद के दूसरे चरण का निर्धारण करना संतोषजनक नहीं प्रतीत होता।

इसमें कोई संदेह नहीं कि आतंकवाद 2.0 का जन्म ही इंटरनेट की कोख से हुआ और इंटरनेट की गोद में ही वो बड़ा हुआ। फ्रांस में 2012 में एक ऐसा मामला सामने आया जिसे

आतंकवाद 2.0 और 3.0 के बीच की कड़ी कहा जा सकता है। मोहम्मद मेराह नामक एक 23 वर्षीय मुस्लिम युवक ने मार्च 2012 में दक्षिणी–पश्चिमी फ्रांस में अलग–अलग हमले करके 3 फ्रांसीसी सैनिकों, एक यहूदी स्कूल में पढ़ने वाले 3 बच्चों और उनकी टीचर की हत्या कर दी।[18] "स्कूटर किलर" नाम से जाना जाने वाला ये हमलावर बाद में एक कमांडो कार्रवाई के दौरान मार गिराया गया। मेराह ने अपने शरीर में फिट किये गये विशेष कैमरे से हमलों का वीडियो बनाया था और उसे अल–जजीरा न्यूज चैनल को भेजा था। कमांडो कार्रवाई के दौरान स्पेशल फोर्सेज से बातचीत में उसने खुद के अल–कायदा से सम्बन्धित होने का खुलासा भी किया। मेराह के 2010 एवं 2011 में पाकिस्तान एवं अफगानिस्तान जाने के तथ्य सामने आये।

फ्रांस की आंतरिक खुफिया शाखा के प्रमुख बर्नार्ड स्क्वार्सिनी ने शुरुआत में इन हमलों को "लोन वुल्फ अटैक" बताया था। हालांकि बाद में हमलावर के पाकिस्तान और अफगानिस्तान जाने के तथ्य सामने आने के बाद फ्रांस के तत्कालीन आंतरिक मामलों के मंत्री ने इन हमलों को लोन वुल्फ श्रेणी का मानने से इंकार कर दिया था। लेकिन इस घटना के 5 साल बाद 2017 तक भी फ्रांस की सुरक्षा एजेंसियां इस बात को लेकर स्पष्ट नहीं हो सकीं कि हमलों को अंजाम देने में अल–कायदा या किसी अन्य आतंकी संगठन ने मेराह की कोई मदद की थी या नहीं। मेराह ने अफगानिस्तान में सैन्य कार्रवाई और फिलिस्तीन में मुस्लिमों पर अत्याचार का हवाला देते हुए इन हमलों को अंजाम दिया था। जांच में ये तथ्य सामने आया कि मेराह अफगानिस्तान, फिलिस्तीन से सम्बन्धित हिंसात्मक वीडियो देखा करता था।[19] इन हमलों से 2 वर्ष पूर्व से ही फ्रांस की खुफिया एजेंसियां उस पर नजर रख रही थीं, लेकिन इस दौरान उन्हें उसके अल–कायदा या किसी अन्य आतंकी संगठन से संपर्क होने के कोई सबूत नहीं मिले थे। लिहाजा उसके खिलाफ कोई कार्रवाई नहीं की जा सकी थी।

आतंकवाद 2.0 और मीडिया

फरवरी 2004 में अल–कायदा की ओर से पहली ऑनलाइन मैगजीन लॉन्च की गई थी। इसका नाम था– जिहाद की आवाज (Sawt al-jihad or Voice of Jihad)। मैगजीन के पहले संस्करण में एक लेख अल–कायदा द्वारा तैयार किये गये खास वीडियो की लोकप्रियता को समर्पित था। इस लेख में बताया गया कि किस तरह "बद्र अल–रियाद" (Badr al-Riyadh) शीर्षक वाला ये वीडियो बड़ी संख्या में लोगों द्वारा पसंद किया जा रहा है। लेख में दावा किया गया कि ऑनलाइन पोस्ट किये जाने के पहले पांच दिन में ही 300,000 – 400,000 लोगों ने इस वीडियो को डाउनलोड किया।[20] ये भी दावा किया गया कि कई टीवी चैनलों ने इस वीडियो को प्रसारित किया और लोगों ने इसे सीडी और डीवीडी में कॉपी करके भी बांटा। इस मैगजीन में शामिल अन्य लेख भी इसी प्रकार अल–कायदा की गतिविधियों और जिहादी उद्देश्य का महिमामंडन कर रहे थे।

2004 में ही अल–कायदा की सऊदी ब्रांच ने महिलाओं के लिए "अल–खानसा" (Al-Khansaa) नाम से ऑनलाइन मैगजीन लॉन्च की।[21] इस मैगजीन के जरिये महिलाओं को

ये निर्देश दिये जाते थे कि वो जिहाद में किस तरह मदद करें, घायल जिहादियों का इलाज और उनका बचाव कैसे करें, बच्चों की परवरिश कैसे करें जिससे वो जिहाद की ओर उन्मुख हों।

दिसंबर 2004 में ओसामा बिन लादेन का ऑडियो संदेश सीधे एक वेबसाइट के माध्यम से दुनिया के सामने आया। इससे पहले इस प्रकार के संदेशों को अरब जगत के लोकप्रिय समाचार चैनल 'अल–जजीरा' को भेजा जाता था।[22] वेबसाइट के जरिये पोस्ट किये गये लगभग एक घंटे के इस ऑडियो संदेश का मुख्यधारा की मीडिया ने भी संज्ञान लिया। इससे पहले अल–कायदा की ओर से जो लिखित या ऑडियो संदेश भेजे जाते थे, उनमें कांट–छांट करके, ज्यादा आपत्तिजनक या भड़काऊ बातों को निकालकर ही अल जजीरा ऐसे संदेशों को प्रसारित करता था। इस तरह आतंकवादियों की नजर में, पूरी बात को वो दुनिया के सामने नहीं ला पा रहे थे। लेकिन इंटरनेट ने उन्हें ये ताकत दी कि दुनिया के किसी हिस्से में रहते हुए वो इस प्रकार के संदेशों को विश्व के कोने–कोने तक सीधे पहुंचा सकें। इस प्रकार उनका पूरा संदेश सम्बन्धित संगठन से सहानुभूति रखने वाले लोगों तक बिना किसी कांट–छांट के पहुंचने लगा। ट्विटर, फेसबुक, यू–ट्यूब और रैपिडशेयर जैसे सोशल प्लेटफॉर्म्स ने इस काम को और आसान बना दिया।

इराक में अल–कायदा (Al-Qaeda in Iraq = AQI) का चेहरा माने जाने वाले अबू मुसाब अल जरकावी ने भी 2004 में ऑडियो संदेश जारी कर अपनी गतिविधियों का महिमामंडन किया था। इन ऑडियो संदेशों को आतंकी गतिविधियों से जुड़ी विभिन्न वेबसाइटों के द्वारा पोस्ट किया गया।[23] 2006 में उसने अपनी मौत से पहले आतंकवादी गतिविधियों से सम्बन्धित कई वीडियो पोस्ट किये। इनमें से कुछ वीडियो आतंकियों द्वारा किये गये हमलों से सम्बन्धित थे जबकि अन्य में जरकावी ने अपनी बर्बर कार्रवाइयों को जायज ठहराने के लिए तर्क पेश किये थे। जरकावी द्वारा पेश की गई ये सफाई अपने समर्थकों के अलावा मुख्यधारा की मीडिया के लिए भी था।

इसी प्रकार अन्य आतंकी संगठनों द्वारा भी इंटरनेट का इस्तेमाल अपने समर्थक वर्ग से सीधे संपर्क–संवाद करने एवं साथ ही इसी बहाने मीडिया को खबरों के लिए मसाला उपलब्ध कराने के इरादे से किया गया। जुलाई 2005 में अल–कायदा में नंबर दो की हैसियत रखने वाले आतंकवादी अयमान अल जवाहिरी ने कहा था –

> "हम एक लड़ाई को लड़ रहे हैं और ये लड़ाई आधी से ज्यादा मीडिया के रणक्षेत्र में लड़ी जा रही है। (हम) मीडिया में लड़ी जा रही इस लड़ाई का हिस्सा अपने उम्मा के दिलो–दिमाग (को प्रभावित करने) के लिए बने हैं।"[24]

जवाहिरी का बयान ये समझाने के लिए काफी है कि 2005 तक आते–आते लादेन और उसकी टीम की रणनीति के केंद्र में मीडिया आ चुका था। इसी तरह इन लोगों ने इंटरनेट के रूप में सामने आयी तकनीकी क्रांति की शक्ति को भी शुरुआती वर्षों में ही पहचान लिया और उसका दोहन किया। इस सिलसिले को आगे बढ़ाते हुए 2010 में अल–कायदा ने 'इन्स्पायर' (Inspire) नाम से अंग्रेजी भाषा की अपनी ऑनलाइन मैगजीन भी लॉन्च की।[25]

अक्टूबर 2006 में जब इराक में सक्रिय अल–कायदा से जुड़े आतंकवादियों के एक

धड़े ने अपना नाम बदलकर 'इस्लामिक स्टेट ऑफ इराक' रखा, उसी समय 'उल–फुरकां फाउंडेशन फॉर मीडिया प्रोडक्शन' की स्थापना की गई। इसके जिम्मे इस्लामिक स्टेट ऑफ इराक (ISI) के लिए सोशल मीडिया और वेबसाइट्स से संबंधित कंटेंट, सीडी, डीवीडी, पोस्टर, पैम्फलेट और अधिकृत रूप से दिए जाने वाले बयान तैयार करने का काम सौंपा गया।[26] इसी तरह 2013 में 'अल–एहतेशाम मीडिया फाउंडेशन' बनाया गया। 2013 के ही अगस्त महीने में 'इस्लामिक स्टेट ऑफ इराक एंड लैवेंट' (इसी धड़े का एक और नाम) की ओर से 'अजनद फाउंडेशन फॉर मीडिया प्रोडक्शन' की स्थापना की गई । इस संगठन को नशीद (भजन–कीर्तन जैसा संगीत) और प्रचार के लिए ऑडियो कंटेंट तैयार करने का जिम्मा सौंपा गया।[27] नवंबर 2014 में जब इस्लामिक स्टेट ने इराक और सीरिया से बाहर कदम रखने का ऐलान किया, तो इसकी मीडिया विंग ने कब्जे वाले नए क्षेत्रों में भी उसी ढर्रे पर आधारित नए मीडिया संस्थानों के गठन किये।

2014 के अंत तक आते–आते आईएसआईएस को गैर मुस्लिम मुल्कों, खास तौर से पश्चिमी देशों की जनता तक अपना संदेश पहुंचाने की जरुरत महसूस होने लगी। लिहाजा 'अल–हयात मीडिया सेंटर' की स्थापना की गई जिसको पश्चिमी देशों की जनता को टारगेट करने की जिम्मेदारी मिली।[28] अल हयात मीडिया सेंटर अंग्रेजी, जर्मन, रशियन समेत लगभग 23 विदेशी भाषाओं में आईएसआईएस के एजेंडे पर आधारित प्रोपेगेंडा सामग्री तैयार कर रहा था।[29]

जुलाई–2014 से अल–हयात मीडिया सेंटर की ओर से 'दाबिक' नाम की एक डिजिटल मैगजीन का प्रकाशन शुरु किया गया। ये मैगजीन भी अंग्रेजी समेत कई भाषाओं में ऑनलाइन प्रकाशित की जाने लगी।[30] आईएसआईएस ने एक रेडियो नेटवर्क भी स्थापित किया जिसका नाम 'अल–बयान' रखा गया। ये नेटवर्क इराक, सीरिया और लीबिया में अरबी भाषा के अलावा अंग्रेजी और रशियन में भी समाचारों का प्रसारण कर रहा था।[31]

आईएसआईएस ने साइकोलॉजिकल वारफेयर के तहत लगातार क्रूरता की ब्राण्डिंग की और इसके लिए सोशल मीडिया से लेकर ग्लोबल न्यूज मीडिया तक को 'प्रोपेगेंडा वॉर' का हिस्सा बना लिया। इस काम के लिए अंग्रेजी, फ्रेंच, जर्मन और अन्य प्रमुख भाषाओं की जानकारी रखने वाले, दुष्प्रचार में माहिर लोगों को रखा गया। आईएसआईएस आतंकवादी पूरी प्लानिंग के साथ ऐसी जघन्य वारदातों को नाटकीय तरीके से अंजाम देने लगे जिससे वे वैश्विक मीडिया की सुर्खियां बटोरकर आम लोगों की नजरों में चमक सकें। जॉर्डन के पायलट को पिंजरे में बंद कर जिंदा जलाने की घटना को याद करें। इस हत्याकांड को तमाशे की तरह आयोजित किया गया। एक तरफ पायलट मुआद अल कस्साबेह चीखते–चिल्लाते हुए पिंजरे के अंदर तड़पते रहे, दूसरी ओर बाहर खड़े आतंकवादी जश्न मनाते हुए इस पूरी घटना की वीडियो रिकॉर्डिंग करा रहे थे।

2013–14 में इराक और सीरिया के बड़े हिस्से में पैठ बनाने के बाद आईएसआईएस ने "अमाक न्यूज एजेंसी" (Amaq News Agency) की शुरुआत की, जिसके जरिये ये संगठन आतंकवादी हमलों और पश्चिमी कार्रवाइयों पर अपनी सीधी प्रतिक्रिया देने लगा। माना जाता है कि पूर्व सीरियाई पत्रकार बारा कादेक (Baraa Kadek) और उनके 7 साथी

पत्रकारों के 2013 में आईएसआईएस से जुड़ने के बाद उनकी मदद से ही अमाक न्यूज एजेंसी का गठन किया गया था।[32] हालांकि अमाक न्यूज एजेंसी के बारे में दुनिया को पहली बार 2014 में पता चला। 2015 में अमाक न्यूज एजेंसी ने औपचारिक रूप से अपना मोबाइल एप्प भी लॉन्च किया था।[33]

इस तरह हम देखते हैं कि 1.0 के मुकाबले आतंकवाद 2.0 में आतंकवादियों ने अपने एजेंडे के प्रचार के लिए मीडिया का बेहतर इस्तेमाल करना शुरु कर दिया। अखबार, रेडियो, सोशल मीडिया, वेब कंटेंट और वीडियो प्रोडक्शन क्षेत्र में काम कर चुके प्रोफेशनल्स के इन संगठनों से जुड़ जाने से इस काम को बेहद सधी हुई रणनीति के साथ अंजाम दिया जाने लगा। इस चरण में आतंकवादियों की मुख्यधारा की मीडिया पर निर्भरता खत्म हो चुकी थी। उनके पास अपने कार्यों और एजेंडे के प्रचार–प्रसार के लिए कई विकल्प उपलब्ध हो चुके थे। उन्होंने सभी विकल्पों को आजमाने की कोशिश की। विशेष रूप से सोशल मीडिया में आतंकवादियों की सक्रियता उनके लिए काफी फायदेमंद साबित हुई।

संदर्भ:

1. Mantel, Barbara. “Terrorism and the Internet” Sage Publication (website), accessed October 15, 2017, https://www.sagepub.com/sites/default/files/upm-binaries/36306_6.pdf
2. Weimann, Gabriel. (2006). Terror on the Internet: The New Arena, The New Challenges. ResearchGate. https://www.researchgate.net/publication/238077713_Terror_on_the_Internet_The_New_Arena_The_New_Challenges
3. Ibid.
4. Weimann, Gabriel. 2015. “Terrorism in Cyberspace: The Next Generation.” Columbia University Press (website). https://cup.columbia.edu/book/terrorism-in-cyberspace/9780231704496
5. Fox, Susannah, and Lee Rainie, and Mary Madden. 2002. “One year later: September 11 and the Internet.” Pew research Center, September 05. http://www.pewinternet.org/2002/09/05/one-year-later-september-11-and-the-internet/
6. “The use of the Internet for terrorist purposes.” United Nations Office on Drugs and Crime's Report (2012). accessed October 10, 2017, https://www.unodc.org/documents/frontpage/Use_of_Internet_for_Terrorist_Purposes.pdf
7. Piper, Paul. 2008. “Nets of Terror: Terrorist Activity on the Internet.” information Today, November. http://www.infotoday.com/searcher/nov08/Piper.shtml
8. Falode, Adewunmi. 2017. “Terrorism 4.0: A Structural Analysis.” SSRN's e-library, January 03. https://ssrn.com/abstract=2893253
9. Burke, Jason. 2017. “The myth of the ‘lone wolf’ terrorist.” The Guardian, March 30. https://www.theguardian.com/news/2017/mar/30/myth-lone-wolf-

terrorist

10. “UN says ’25,000 foreign fighters’ joined Islamist militants”, BBC News, last modified April 02, 2015, accessed October 06, 2017. http://www.bbc.com/news/world-middle-east-32156541?utm_source=Sailthru&utm_medium=email&utm_term=*Mideast%20Brief&utm_campaign=2014_The%20Middle%20East%20Daily
11. Carty, Sarah. 2014. “HOW many? Authorities claim ‘up to 250’ Australians are linked to ISIS terrorists.” Daily Mail, October 31. http://www.dailymail.co.uk/news/article-2815858/Authorities-claim-250-Australians-linked-ISIS-terrorists.html
12. Bagchi, Indrani. 2014. “India tracking 18 desi jihadis in Iraq, Syria.” Times of India (website), July 09. http://timesofindia.indiatimes.com/india/India-tracking-18-desi-jihadis-in-Iraq-Syria/articleshow/38036066.cms?from=mdr
13. “Pakistan bans Hafiz Saeed-led Jamaat-ud Dawa and Falah-i-Insaniat Foundation from collecting donations.” The New Indian Express, last modified January 01, 2018, accessed January 02, 2018. http://www.newindianexpress.com/world/2018/jan/01/pakistan-bans-hafiz-saeed-led-jamaat-ud-dawa-and-falah-i-insaniat-foundation-from-collecting-donatio-1741871.html
14. “Al-Qaeda Electronic.” Intelligence Group Enterprise, accessed December 06, 2017. https://ent.siteintelgroup.com/index.php?option=com_customproperties&view=search&task=tag&tagId=656
15. “Cyber Caliphate.” Intelligence Group Enterprise, accessed December 06, 2017. https://ent.siteintelgroup.com/index.php?option=com_customproperties&view=search&task=tag&bind_to_category=content:37&tagName=Hacking%20Groups%20(Cyber):Cyber-Caliphate&Itemid=1355
16. Robinson, Martin. 2015. “Breaking Bad-inspired computer geek who tried to buy enough ricin to kill 1,400 people from undercover FBI agent on hidden ‘Dark Web’ is jailed for eight years.” Daily Mail, September 18. http://www.dailymail.co.uk/news/article-3239810/Computer-geek-tried-buy-ricin-kill-1-400-people-undercover-FBI-agent-hidden-Dark-Web-jailed-eight-years.html
17. Falode, Adewunmi. 2017. “Terrorism 4.0: A Structural Analysis.” SSRN’s e-library, January 03. https://ssrn.com/abstract=2893253
18. Spark, Laura S. 2012. “Who was French gunman Mohammed Merah?” CNN, March 23. http://edition.cnn.com/2012/03/21/world/europe/france-shooting-suspect-profile/index.html
19. Ibid.
20. Weimann, Gabriel. “Terror on the Internet: The New Arena, the New Challenges.” Google Books, accessed December 12, 2017. https://books.google.co.in/books?id=19iCbNOoYmIC&pg=PA44&lpg=PA44&dq=first+online+magazine+of+al+qaeda&source=bl&ots=PKIZxMqf0o&sig=YxJYe5guU7yR2Q8-xyU6d—

XGbo&hl=en&sa=X&ved=0ahUKEwi3lPuqnmXAhUhS48KHWprAHU4ChDoAQhMMAY#v=onepage&q=first%20online%20magazine%20of%20al%20qaeda&f=false

21. "Online magazine grooms women for jihad.", ABC News, last modified September 04, 2004, accessed December 13, 2017, http://www.abc.net.au/news/2004-09-04/online-magazine-grooms-women-for-jihad/2038138
22. "Timeline of Al-Qaeda Statements." NBC News, accessed December 15, 2017, http://www.nbcnews.com/id/4686034/ns/world_news-hunt_for_al_qaida/t/timeline-al-qaida-statements/#.Wkxr1iOWbMw
23. "First Audio Recording By Al-Qa'ida Leader in Iraq Abu Mus'ab Al-Zarqawi." The Middle East Media Research Institute (website), last modified January 07, 2004, accessed November 12, 2017, https://www.memri.org/reports/first-audio-recording-al-qaida-leader-iraq-abu-musab-al-zarqawi
24. Lynch, Marc. 2006. "Al-Qaeda's Media Strategies." The National Interest, No. 83, pp. 50-56. https://www.jstor.org/stable/42897599?seq=1#page_scan_tab_contents
25. "Al Qaeda launches its first online magazine in English." Daily Mail, last modified July 01, 2010, accessed November 07, 2017, http://www.dailymail.co.uk/news/article-1291143/Al-Qaeda-launches-Inspire-online-magazine-English.html
26. Ismay, John. 2013. "Insight into How Insurgents Fought in Iraq", The New York Times, October 17. http://atwar.blogs.nytimes.com/2013/10/17/insight-into-how-insurgents-fought-in-iraq/
27. Sherlock, Ruth. 2014. "Ir ıq jihadists seize 'nuclear material', says ambassador to UN", The Telegraph, July 10. http://www.telegraph.co.uk/news/worldnews/middleeast/iraq/10958388/Iraq-jihadists-seize-nuclear-material-says-ambassador-to-UN.html
28. Bunn, Matthew. 2014. "ISIS Seizes Nuclear Material - but That's Not the Reason to Worry." The National Interest, July 11. http://nationalinterest.org/feature/isis-seizes-nuclear-material%E2%80%94-that%E2%80%99s-not-the-reason-worry-10849
29. Khan, Maria. 2015. "Isis: India warns Islamic State can obtain nuclear weapons from Pakistan." International Business Times, May 31. http://www.ibtimes.co.uk/isis-india-warns-islamic-state-can-obtain-nuclear-weapons-pakistan-1503755
30. Prusher, Ilene. 2014. "What the ISIS Flag Says About the Militant Group." Time, September 09. http://time.com/3311665/isis-flag-iraq-syria/
31. Roggio, Bill. 2007. "US targets al Qaeda's al Furqan media wing in Iraq." The Long War Journal, October 28. http://www.longwarjournal.org/archives/2007/10/us_targets_al_qaedas.php#
32. Callimachi, Rukmini. 2016. "A News Agency With Scoops Directly

From ISIS, and a Veneer of Objectivity." The New York Times, January 14.
https://www.nytimes.com/2016/01/15/world/middleeast/a-news-agency-with-scoops-directly-from-isis-and-a-veneer-of-objectivity.html

33. Russon, Mary A. 2016. "Islamic State: Fake version of Isis Amaq news app is spying on its supporters." International Business Times, June 02.
http://www.ibtimes.co.uk/islamic-state-fake-version-isis-news-app-amaq-android-spying-its-supporters-1563313

4. आतंकवाद 3.0

ऐसा लगता है कि टेक्नोलॉजी का अवतार ही वर्जनाओं, सीमाओं और जकड़ी हुई धारणाओं को तोड़ने के लिए हुआ है। कुछ समय पहले तक जो कुछ असंभव लगता है, टेक्नोलॉजी में परिवर्तन होते ही वही सब न केवल संभव हो जाता है बल्कि बेहद आसान लगने लगता है। ये विज्ञान और तकनीक की खूबी है। कमी ये है कि टेक्नोलॉजी कई बार दोधारी तलवार की विशेषताओं के साथ अवतरित होती है। इसलिये वो हमारी मुश्किलें भी बढ़ाती है।

हम देखते हैं कि पिछले चरण 2.0 में ही आतंकवाद पूरी तरह ऑनलाइन हो चुका था। एक आतंकवादी या उसके संगठन के लिए ज्यादातर ऑपरेशंस को ऑनलाइन अंजाम देना संभव हो गया। इसे निम्न तरीके से भी समझा जा सकता है –

आतंकी	–	**ऑनलाइन**
संगठन	–	**ऑनलाइन**
मीटिंग	–	**ऑनलाइन**
फंडिंग	–	**ऑनलाइन**
प्रोपेगेंडा	–	**ऑनलाइन**
ब्रेनवॉश	–	**ऑनलाइन**
रिक्रूटमेंट	–	**ऑनलाइन**
ट्रेनिंग	–	**ऑनलाइन**
हथियार	–	**ऑनलाइन**
हमला	–	**ऑनलाइन**

शुरुआती अध्याय में पश्चिमी देशों से ताल्लुक रखने वाले जिन आतंकवादियों का जिक्र किया गया, जैसे कि एडम गैडाह्न, जॉन फिलिप वॉकर लिंध, अनवर अल–अवलाकी, कोलीन लारोज, जुनैद और जिहादी जॉन – इनमें से कई आतंकियों की सक्रियता साइबर वर्ल्ड में काफी ज्यादा थी, फिर भी इनमें से कोई भी '3.0' की श्रेणी का आतंकवादी नहीं कहा जा सकता। इन सभी की गतिविधियां '2.0' के तहत ही आती हैं। लेकिन ऐसे ही आतंकवादियों की ऑनलाइन सक्रियता से कट्टरपंथ के उस रूप का बीजारोपण हुआ, जिसमें से आतंकवाद 3.0 के कोंपल फूटे।

वर्ष 2011 में लंदन की हेनरी जैक्सन सोसाइटी के द्वारा "इस्लामिक आतंकवाद" शीर्षक के तहत एक रिपोर्ट तैयार की गयी थी। इस रिपोर्ट में लेखकों ने ये इंगित किया कि 1999 से 2010 के बीच यूनाइटेड किंगडम में हुए 66 फीसदी इस्लामिक आतंकवादी हमलों का किसी आतंकवादी संगठन से कोई सीधा सम्बन्ध नहीं था। वहीं 2006 से 2010 के बीच

संगठनों से सम्बन्धित हमलों के मामले निरंतर कम होते गये जबकि व्यक्तिगत रूप से हमला करने वाले या आतंकवादी गतिविधियों में व्यक्तिगत रूप से शामिल होने की इच्छा रखने वाले लोगों की संख्या में बढ़ोतरी देखने को मिली।[1]

2006 में अमेरिका के इलिनोइस में रहने वाले डेरिक शरीफ नाम के एक 22 वर्षीय युवक को गिरफ्तार किया गया। गिरफ्तारी के वक्त शरीफ एक स्टीरिओ सिस्टम को देकर उसके बदले चार हैंड ग्रेनेड और एक हैंडगन लेना चाहता था।[2] इसके लिए उसने जमाल नाम के जिस व्यक्ति से सौदा किया था वो वास्तव में एफबीआई का अंडरकवर एजेंट था। इन हथियारों के जरिये शरीफ रॉकफोर्ड में स्थित एक शॉपिंग मॉल को निशाना बनाना चाहता था। उसने खुद ही 22 दिसंबर, 2006 को इस मॉल पर आतंकवादी हमला करने की पूरी प्लानिंग कर ली थी। लेकिन ऐसा कुछ करने से पहले ही शरीफ को एफबीआई ने गिरफ्तार कर लिया क्योंकि उस पर लंबे समय से नजर रखी जा रही थी।[3] सितम्बर 2008 में अमेरिका की एक अदालत ने उसे 35 वर्ष के आजीवन कारावास की सजा सुनाई।[4]

डेरिक शरीफ का केस आम आतंकवादियों से कई मामलों में अलग था। अल–कायदा या किसी अन्य आतंकवादी संगठन से उसका ऑनलाइन या ऑफलाइन किसी प्रकार का कोई सम्बन्ध नहीं था। माता–पिता के बीच तलाक होने के बाद वो अपनी मां के साथ रहता था जो क्रिश्चियन थीं। 16 वर्ष की उम्र में डेरिक ने इस्लाम कुबूल कर लिया और अपना नाम बदलकर तालिब अबू सलाम इब्न शरीफ रख लिया। उसकी चरमपंथी मानसिकता अधिकांशतः आतंकवादियों द्वारा इंटरनेट पर उपलब्ध कराये गये कट्टरपंथी साहित्य और हमले के लिए उकसाने वाले संदेशों को पढ़ने से विकसित हुई थी। जुलाई 2006 में लेबनान में जड़ें जमाये बैठे आतंकी संगठन हिजबुल्लाह के खिलाफ इजराइल की सैन्य कार्रवाई से शरीफ काफी आहत हुआ था। संभव है कि इसी दौरान उसने खुद ही आतंकवादी हमले को अंजाम देने का फैसला किया हो।

डेरिक शरीफ के पास कुल मिलाकर 100 अमेरिकी डॉलर भी नहीं थे। वो एक वीडियो गेम स्टोर में काम करने वाला मामूली कर्मचारी था। उसकी योग्यता और मानसिक क्षमता भी सामान्य किस्म की थी। फिर भी कई महीने से वो अमेरिका में आतंकवादी हमले को अंजाम देने की साजिश रच रहा था। शरीफ ने अल–कायदा से सम्बन्धित किसी वेबसाइट से हिंसा के लिए उकसाने वाले वीडियो डाउनलोड किये थे और इनसे काफी प्रभावित हुआ था।[5]

बाद में अपने रूम पार्टनर के साथ मिलकर उसने खुद भी ऐसे वीडियो तैयार किये, जिसमें वो पश्चिमी देशों को इस्लाम का दुश्मन बताते हुए उन पर हमले करने की धमकी देता दिखाई दे रहा था। ऐसे ही एक वीडियो में, जिसकी पृष्ठभूमि को मध्यपूर्व के क्षेत्र जैसा दर्शाने की कोशिश की गई थी, शरीफ कहता है –

> "तुम लोग इस्लाम के दुश्मन हो ... हम तुम्हें तुम्हारे घरों में निशाना बनाएंगे। हम तुम्हें तुम्हारे व्यापारिक स्थलों पर निशाना बनाएंगे। हम तुम्हें तुम्हारे सिनेगॉग (यहूदी धर्मस्थल) और चर्च में निशाना बनाएंगे। काफिरों, हम तुमसे नहीं डरते। मैं अल्लाह की कसम खाता हूं कि मैं इस उद्देश्य के लिए अपनी जिंदगी देने को तैयार हूं।"[6]

इसी तरह 26 नवंबर, 2010 को सोमालियाई मूल के एक अमेरिकी छात्र को एफबीआई ने गिरफ्तार किया। मोहम्मद उस्मान महमूद नाम का ये 21 वर्षीय छात्र उस वक्त खुफिया एजेंसी की नजर में आ गया जब वो यमन लौट चुके एक ऐसे व्यक्ति से ई–मेल के जरिये बातचीत कर रहा था, जिसे सुरक्षा अधिकारी आतंकवाद का समर्थक मानते थे। इसके बाद एफबीआई ने महमूद के इरादों को भांपने के लिए जून 2010 से एक स्टिंग ऑपरेशन शुरु किया। इसके तहत एक अंडरकवर एजेंट को इस्लामिक आतंकवादी बनाकर उसे महमूद के संपर्क में लाया गया। इस एजेंट की बातों पर भरोसा कर महमूद ने अपने शहर ओरेगोन (अमेरिका) की सर्वाधिक भीड़–भाड़ वाली जगह पर मौजूद क्रिसमस ट्री समारोह को कार बम का इस्तेमाल कर निशाना बनाने की प्लानिंग की। निर्धारित तारीख से पहले उसने एफबीआई एजेंट के साथ मिलकर असली बमों का इस्तेमाल करते हुए हमला करने की प्रैक्टिस भी की। तय तारीख पर एफबीआई ने उसे कार में नकली बम उपलब्ध कराये जिन्हें असली समझकर वो हमले के लिए चुनी गई जगह पर पहुंच गया। उसने हमला करने की कोशिशें भी कीं, तभी एफबीआई ने उसे गिरफ्तार कर लिया।[7]

अमेरिका के टेक्सास में स्थित फोर्ट हूद मिलिटरी बेस पर लोन वुल्फ अटैक करके 13 अमेरिकी सैनिकों की हत्या करने वाले मेजर निदाल हसन (जो अल–कायदा आतंकी अनवर अल अवलाकी का पूर्व परिचित था) से प्रेरित होकर अगस्त, 2011 में एक और अमेरिकी सैनिक फोर्ट हूद मिलिटरी बेस पर ही फिर हमले की योजना बना रहा था। इस मामले का खुलासा होने पर जब तलाशी ली गई तो उसके सामानों में अल–कायदा की ऑनलाइन मैगजीन द्वारा प्रकाशित एक लेख पाया गया जिसका शीर्षक था – "अपनी मां के किचेन में बम कैसे बनायें?" (How to Build a Bomb in the Kitchen of Your Mom)[8]

उपरोक्त तीनों मामलों में वो संकेत मौजूद थे जो नई रणनीति व नये रूप के साथ उभर रहे एक नये किस्म के आतंकवाद की ओर इशारा कर रहे थे। हालांकि इन तीनों ही मामलों में कोई आतंकवादी हमला नहीं हुआ, क्योंकि सुरक्षा एजेंसियों को पहले ही इन साजिशों की भनक लग गई। लेकिन अगर डेरिक शरीफ या उस्मान महमूद या वो सैनिक अपनी योजना में सफल होते तो उन्होंने अमेरिका में बड़े आतंकवादी हमलों को अंजाम दिया होता। उनके इरादे बताते हैं कि ऐसा करते हुए वो अपनी जिंदगी कुर्बान करने को तैयार थे यानी हमला आत्मघाती होता। इन तीनों के जिहादी आतंकवाद की ओर झुकाव होने में इंटरनेट का अहम रोल था। ये ऐसे हमले होते जिनमें हमलावरों का किसी आतंकवादी संगठन से कोई सम्बन्ध नहीं था, हमले के लिए किसी हैंडलर ने उन्हें कोई दिशा–निर्देश नहीं दिये, फंडिंग निजी तौर से करने की कोशिश हो रही थी, रणनीति भी 1, 2 या 3 लोगों का छोटा समूह बना रहा था और सम्भवतः इस हमले को एक या दो लोगों का छोटा समूह ही अंजाम भी देता। ये सब कुछ स्वतः स्फूर्त ढंग से होने जा रहा था, लेकिन वक्त रहते अमेरिकी सुरक्षा एजेंसियों ने इसे टाल दिया। आज जब हम पिछले वर्षों की ओर मुड़कर देखते हैं तो हमें ज्ञात होता है कि 2006, 2010 या 2011 में तात्कालिक रूप से इस तरह के हमलों की आशंका को तो टाल दिया गया, लेकिन भविष्य में इस प्रकार के हमले होने के खतरे को

टाला नहीं जा सका था।

9/11 हमले के बाद के वर्षों में पश्चिमी देशों में नये हमले करना एशियाई या अफ्रीकी मूल के मुस्लिम आतंकवादियों के लिए काफी मुश्किल हो गया था। ऐसे में आतंकवादी संगठन भी पश्चिमी देशों के युवाओं को उनके अपने देश में हमले के लिए बार–बार उकसाने की कोशिश कर रहे थे, लेकिन इसमें उन्हें आशातीत सफलता नहीं मिल पा रही थी। ये संभव है कि डेरिक शरीफ, महमूद उस्मान या उस अमेरिकी सैनिक के मामले के सामने आने के बाद विभिन्न इस्लामिक देशों में बेस बनाकर बैठे आतंकवादियों को उम्मीद की एक नई रोशनी नजर आयी हो। इन तीनों मामलों के सामने आने से एक बात स्पष्ट थी कि पश्चिमी देशों में रहने वाले मुस्लिम समाज में भी एक ऐसा तबका मौजूद था, जो भावनात्मक, धार्मिक या सामाजिक वजहों से इस्लामिक चरमपंथ की ओर झुकाव रखता था। ये ऐसे युवा थे जो इस्लाम के नाम पर अपने मूल देश में ही हमले करने और इसके लिए अपनी जान देने को तैयार थे, लेकिन उनके पास इसके लिए जरुरी कौशल या अनुभव नहीं था। अब जरुरत बस इस बात की थी कि उन्हें इसके लिए सही दिशा–निर्देश प्राप्त हो जाये जिससे वो सीमित संसाधनों व समझ के बावजूद आतंकवादी हमलों को अंजाम देने में सफल हों। हजारों किलोमीटर दूर बैठे ऐसे युवाओं को जरुरी गाइडलाइंस उपलब्ध कराने का काम इंटरनेट की मदद से हो सकता था।

लेकिन पश्चिमी देशों में रहने वाले इस तरह के प्रत्येक युवा से सीधे संपर्क करना न तो संभव था, न ही सुरक्षित। जैसा कि उपरोक्त मामलों में देखा गया, सीधे संपर्क करने से इन युवाओं के हमले से पहले ही पकड़े जाने का भी खतरा था। लिहाजा आतंकवादी संगठनों ने वेबसाइट्स, सोशल मीडिया और अन्य माध्यमों से बड़े पैमाने पर सार्वजनिक रूप से निर्देश जारी करने शुरु कर दिये। जिहाद से सम्बन्धित गाइडलाइंस तो अल–कायदा 2004 में अपनी ऑनलाइन मैगजीन 'जिहाद की आवाज' (Sawt al - jihad or Voice of Jihad) को लॉन्च करने के बाद से ही जारी कर रहा था, लेकिन अब ये गाइडलाइंस और ज्यादा विस्तृत हो गईं।[9] बाद में आईएसआईएस ने भी इसी रणनीति पर अमल किया। छोटी से छोटी बातों पर भी विस्तृत जानकारी दी गई – हमला कैसे करें, हथियारों को कैसे चलायें, बम कैसे बनायें, हथियार ना मिले तो चाकू, कार या ट्रक का इस्तेमाल करें, और ये सब करना क्यों जरुरी है, इस तरह के तमाम दिशा–निर्देश विभिन्न ऑनलाइन प्लेटफॉर्म्स पर उपलब्ध करा दिये गये। उदाहरण के लिए, अल–कायदा की ऑनलाइन अंग्रेजी पत्रिका 'इन्स्पायर' के जुलाई 2010 के एक संस्करण में विस्तार से ये बताया गया था कि चार पहिया वाहनों को हथियार के रूप में इस्तेमाल करके कैसे सार्वजनिक स्थानों पर आम जनता को निशाना बनाया जा सकता है और किस तरह एक अकेला व्यक्ति किसी ऊंचे टावर पर खड़े होकर अंधाधुंध फायरिंग करके ज्यादा से ज्यादा लोगों की जान ले सकता है।[10]

आतंकवादी संगठनों के समर्थक इन्हें ज्यादा से ज्यादा शेयर करने लगे। इससे वो युवा, जो इस्लामिक आतंकवाद की राह पर चलना चाहते थे, उन्हें घर बैठे ही वो तमाम जानकारियां मिलने लगीं, जो इससे पहले किसी आतंकवादी संगठन में भर्ती होने पर या किसी हैंडलर के सीधे संपर्क में आने पर ही मिलती थीं। इस तरह के संदेशों को ऑनलाइन

पढ़ने वाले लोगों की पहचान करना और अगर उनका पता चल भी जाये तो उनके खिलाफ कोई कड़ी कार्रवाई करना पश्चिमी सुरक्षा तंत्र के तहत मुश्किल काम था। इस तरह एक ऐसा चेन अस्तित्व में आने लगा जिसका एक सिरा तो आतंकवादी संगठनों से जुड़ा था, लेकिन दूसरा सिरा कहां तक जा पहुंचा है, इसका अंदाजा न तो आतंकवादी संगठन लगा सकते थे और न ही सुरक्षा एजेंसियां। आतंकवादी संगठन भी अपने संदेशों में समर्थकों से लगातार ये अपील कर रहे थे कि वे अपने स्तर से सीधे हमलों को अंजाम दें।[11], [12]

इस तरह आतंकवाद के दूसरे चरण "2.0" में ही दुनियाभर के मुस्लिमों को जिहाद के लिए उकसाने के लिए जरुरी संदेशों, मुस्लिमों पर अत्याचारों की सच्ची–झूठी कहानियों, हमले करने से सम्बन्धित दिशा–निर्देशों से लेकर बम–बंदूक बनाने व चलाने के तरीकों से सम्बन्धित सूचनाओं की साइबर वर्ल्ड में बाढ़ आ चुकी थी।[13] ये सूचनायें उन लोगों तक तो पहुंचीं ही जो सोशल साइट्स या अन्य ऑनलाइन तरीकों का इस्तेमाल करके आतंकवादियों के सीधे संपर्क में आ चुके थे। साथ ही इनमें से ज्यादातर सूचनायें ऐसे किसी व्यक्ति के लिए भी आसानी से उपलब्ध हो गईं जो किसी वजह से आतंकवादी संगठनों के सीधे सम्पर्क में नहीं आ सका था लेकिन जो ऐसी सूचनाओं को प्राप्त करने की इच्छा रखता था। अपने देश से अफगानिस्तान, पाकिस्तान, इराक, सीरिया या यमन जैसे देशों में जाकर किसी आतंकी संगठन का सदस्य बनने वालों या अपने देश में रहते हुए ही इन संगठनों के सीधे संपर्क में आ चुके लोगों से अलग ये एक तीसरा वर्ग उभर रहा था। आतंकी संगठनों या उनके समर्थकों द्वारा विभिन्न तरीकों से ऑनलाइन उपलब्ध करायी गई सूचनाओं को पढ़कर या अपेक्षाकृत ज्यादा असर डालने वाले वीडियो संदेशों को देखकर इस तीसरी श्रेणी के कुछ लोगों के अंदर भी "काफिरों" पर हमला करके जिहाद की राह पर कुर्बान होने का ख्याल हिलोरें मारने लगा। इस ख्याल को अमल में लाने के ढेरों तरीके ऑनलाइन उपलब्ध थे ही, लिहाजा ऐसे हमले करने की कोशिशें भी शुरु हुईं। विशेष बात ये है कि अधिकांशत: व्यक्तिगत रूप से या बेहद छोटे समूहों के द्वारा निजी संसाधनों का इस्तेमाल करते हुए इस तरह के प्रयास किये जा रहे थे।

साइबर वर्ल्ड में पनप रहे इस खतरे की ओर अमेरिका की "फेडरल ब्यूरो ऑफ इन्वेस्टीगेशन" के निदेशक रॉबर्ट एस. मुलर और अमेरिकी नेशनल इंटेलीजेंस के डायरेक्टर माइक मैककोनेल ने अमेरिकी सीनेट का ध्यान आकृष्ट किया था। 5 फरवरी, 2008 को सीनेट की इंटेलीजेंस से सम्बन्धित सेलेक्ट कमेटी (The Senate Select Committee on Intelligence) के सामने बोलते हुए एफबीआई के निदेशक मुलर ने कहा था –

> "हम एक तीसरे समूह द्वारा पेश की जा रही चुनौतियों का सामना कर रहे हैं जो स्वत: कट्टरपंथ की ओर उन्मुख हुए हैं, (ये) अमेरिकी घरों में पनपे चरमपंथी हैं। हालांकि इनका औपचारिक रूप से विदेशी आतंकवादी संगठनों से सम्बन्ध नहीं है, लेकिन ये उन संगठनों के हिंसक संदेशों से प्रभावित हैं, जो अधिकांशत: इंटरनेट के माध्यम से इन्हें प्राप्त हो रहे हैं, और क्योंकि इनका (उन संगठनों से) औपचारिक गठबंधन नहीं है, ऐसे में प्राय: इनके बारे में पता लगाना बहुत मुश्किल है।"[14]

इसी मीटिंग में अपना पक्ष रखते हुए नेशनल इंटेलीजेंस के डायरेक्टर मैककोनेल ने अमेरिकी सीनेट को बताया –

> "अब तक यूनाइटेड स्टेट्स में जिन (आतंकवादी) समूहों को चिन्हित किया गया है, उनकी दक्षता व अनुभव का स्तर और संसाधनों तक पहुंच विदेशी संगठनों के मुकाबले कमतर है ... फिर भी, दुनिया के अन्य नेटवर्कों की पहचान और उनसे संपर्क के लिए इंटरनेट का बढ़ता इस्तेमाल वैसे सम्बन्ध ा जोड़ने और विशेषज्ञता हासिल करने के अवसर देता है जैसा इससे पहले केवल विदेशी ट्रेनिंग कैम्पों में ही संभव था। इस बात की पूरी संभावना है कि इस प्रकार के स्वतंत्र समूह इंटरनेट पर मौजूद विध्वंसक युद्धकौशल से सम्बन्धित सूचनाओं का इस्तेमाल अपनी क्षमताओं को बढ़ाने के लिए करेंगे।"[15]

अनुभव बताता है कि 2008 में मुलर और मैककोनेल ने जिस खतरे की आशंका जताई थी वो बिल्कुल सच साबित हुई।

लंदन की रॉयल हॉलोवे यूनिवर्सिटी (Royal Holloway University of London) में वर्ष 2011 में जमा की गयी एक थीसिस में **"आतंकवाद 3.0" शब्द का सबसे पहला इस्तेमाल** देखने को मिलता है।[16] शोधकर्ता लॉरेंस पीटर एम्पोफो द्वारा प्रस्तुत इस थीसिस का शीर्षक था – **"टेररिज्म 3.0 : अंडर्स्टैंडिंग पर्सेप्शंस ऑफ टेक्नोलॉजी, टेररिज्म एंड काउंटर टेररिज्म इन स्पेन"** (Terrorism 3-0: Understanding Perceptions of Technology, Terrorism and Counter-Terrorism in Spain)।

इस थीसिस में शोधार्थी लॉरेंस पीटर एम्पोफो ने उल्लेख किया था कि 'वेब 3.0' (Web 3.0) तकनीक, 4G सेल्यूलर नेटवर्क, IPv6 (Internet Protocol version 6) और मोशन सेंसर्स जैसी उन्नत टेक्नोलॉजी का प्रयोग इंटरनेट की दुनिया को ज्यादा सजीव व व्यापक बनाने के साथ ही उसे वास्तविक संसार के और करीब ले आयेगा। इससे लोग पहले के मुकाबले कहीं ज्यादा ऑनलाइन सुविधाओं का इस्तेमाल करते हुए अपने परिवेश को प्रभावित करेंगे। इसी तथ्य को आधार बनाकर शोधकर्ता ने आशंका जताई थी कि 'वेब 3.0' से सम्बन्धित तकनीकी सुविधायें आतंकवादियों को भी इसके इस्तेमाल के लिए प्रेरित करेंगी। सामाजिक–तकनीकी व्यवस्थाओं के बीच अन्तः क्रिया इस तरह एक नये किस्म के आतंकवाद को जन्म देगी जहां ऑनलाइन यूजर वेब 3.0 की मदद से अपने समुदाय के साथ सीधे जुड़ सकेगा और इस प्लेटफॉर्म का इस्तेमाल अपने एजेंडे को पूरा करने के लिए कर सकेगा। आतंकवाद के इस चरण को लॉरेंस पीटर एम्पोफो ने "टेररिज्म 3.0" की संज्ञा दी। इस विषय को और स्पष्ट करते हुए एम्पोफो ने ब्रियां जेनकिंस को उद्धृत करते हुए लिखा कि –

> "टेररिज्म 1.0 में आतंकवादी एकमार्गी संचार सुविधाओं जैसे कि रेडियो, टीवी या न्यूज एजेंसी को अपने उद्देश्य या विचारधारा के प्रचार का औजार बनाते थे। वेब 2.0 टेक्नोलॉजी के विकास के साथ ही सोशल नेटवर्किंग साइट्स, ब्लॉग जैसी ऑनलाइन सुविधायें अस्तित्व में आयीं जिन्हें आतंकवादियों ने अपने मकसद को पूरा करने के लिए इस्तेमाल किया। इससे टू–वे कम्यूनिकेशन

संभव हो सका। वेब 3.0 टेक्नोलॉजी ने इस कम्यूनिकेशन को कहीं ज्यादा तेज, विकेंद्रित, तत्क्षण व निरंतर उपलब्ध हो सकने वाली सुविधा में बदल दिया है, जिसकी पहुंच विश्व के कोने–कोने तक है। टैबलेट कम्प्यूटर्स, स्मार्टफोन के फीचर्स में नई सुविधायें जुड़ती गईं और इन तक आम लोगों की पहुंच भी आसान हो गई।"[17]

नाइजीरिया की "लागोस स्टेट यूनिवर्सिटी" के शोधार्थी जेम्स ए. फैलोडे ने वर्ष 2017 में प्रकाशित अपने शोधपत्र **"टेररिज्म 4.0: ए स्ट्रक्चरल एनालिसिस"** में आतंकवाद के चार चरणों का वर्णन किया।[18] फैलोडे इन चरणों को 'आतंकवाद 1.0' (T1), 'आतंकवाद 2.0' (T2), 'आतंकवाद 3.0' (T3) और 'आतंकवाद 4.0' (T4) में विभाजित करते हैं। उनका कहना है कि अल–कायदा जैसे संगठन टेररिज्म के इन चारों प्रकारों का अपने उद्देश्य को पाने के लिए इस्तेमाल करते हैं। अपने इसी विभाजन के तहत "आतंकवाद 3.0" का वर्णन करते हुए फैलोडे ने लिखा है कि इसमें "1.0" और "2.0" चरण की विशेषताएं भी पायी जाती हैं। 3.0 के तहत आतंकवादी संगठन किसी राज्य की सेना सरीखा बर्ताव करने की कोशिश करते हैं और इसके लिए गुरिल्ला और हाइब्रिड वारफेयर का इस्तेमाल करते हैं। इसमें आतंकवादियों का मकसद एक राजनीतिक इकाई का गठन करना भी होता है जिसे वे "वेस्टफालिया मॉडल" पर ही सृजित करना चाहते हैं। आतंकवाद 3.0 की एक महत्वपूर्ण विशेषता उन्होंने ये भी बतायी कि इसमें आतंकवादी साइबर स्पेस और अनमैन्ड एरियल वेहिकल या ड्रोन जैसे हथियारों का इस्तेमाल विरोधी देश की मनोवैज्ञानिक और सामरिक संरचनाओं को निशाना बनाने के लिए करते हैं। इस श्रेणी के आतंकवाद में लिप्त संगठनों के रूप में फैलोडे ने आईएसआईएस और बोको हराम का उल्लेख किया।[19]

"आतंकवाद 4.0" को फैलोडे आतंकवाद का वो रूप बताते हैं जिसमें आतंकवादी संगठन अन्य धर्मों, पंथों, जातियों या समुदायों से सम्बन्धित लोगों का नरसंहार करने के साथ ही अपने समूह से सम्बन्धित लेकिन भिन्न मत रखने वाले वर्ग के लोगों की भी सामूहिक हत्यायें करते हैं। इराक में आईएसआईएस द्वारा यजीदी समुदाय के लोगों का सामूहिक नरसंहार करने की घटनाओं को फैलोडे ने '4.0' के उदाहरण के रूप में पेश किया है। हालांकि उनका ये भी कहना है कि इस चरण के आतंकवाद में भी T1, T2 और T3 चरण के आतंकवाद की विशेषताएं मौजूद हो सकती हैं।

अगर हम शोधकर्ता लारेंस और फैलोडे द्वारा वर्णित किये गये आतंकवाद के विभिन्न चरणों की तुलना करें, तो ये स्पष्ट है कि दोनों ने टेररिज्म के 3 या 4 चरणों का विभाजन अलग–अलग आधारों पर किया है। हालांकि फैलोडे द्वारा वर्णित आतंकवाद 3.0 या 4.0 में से किसी में भी उन लक्षणों का जिक्र नहीं है, जिन लक्षणों का अध्ययन एवं विश्लेषण प्रस्तुत पुस्तक में करने का प्रयास किया गया है। लेकिन लारेंस ने बदलती टेक्नोलॉजी के मुताबिक आतंकवाद के बदलते व्यवहारों का जो वर्णन किया है, वही व्यवहार उन परिस्थितियों के निर्मित होने का संकेत करते हैं जिनमें इस पुस्तक में वर्णित आतंकवाद 3.0 का जन्म होता है।

उपरोक्त विवेचना से ये स्पष्ट है कि वेब 3.0 ने ही टेररिज्म 3.0 के उदय के लिए मार्ग प्रशस्त किया। शोधकर्ता लारेंस ने उपलब्ध टेक्नोलॉजी की सामर्थ्य को पहचानते हुए इस

बात का आकलन किया था कि नई तकनीकें कई प्रकार से आतंकवादियों को मदद पहुंचा सकती हैं जिससे आतंकवाद का एक नया रूप सामने आयेगा। लेकिन ये नया रूप क्या और कैसा होगा, हमले किस प्रकार के होंगे, इन हमलों को अंजाम देने वाले आतंकवादियों का संगठन कैसा होगा, इन बातों का अंदाजा वो नहीं लगा सके थे।

आज हम जिसे आतंकवाद 3.0 कहकर संबोधित कर रहे हैं, उस श्रेणी में अब तक हुए सभी हमले "लोन वुल्फ अटैक" हैं। वर्तमान समय में "लोन वुल्फ अटैकर" पश्चिमी देशों के लिए चिंता का बड़ा सबब बन चुके हैं। लेकिन ये जानना दिलचस्प है कि "लोन वुल्फ अटैक" का कॉन्सेप्ट भी पश्चिम की ही देन है। 1983 के आस-पास जब अमेरिका में राइटविंग चरमपंथी संगठन एफबीआई की वजह से भारी दबाव में थे, ऐसे समय में लुइस बीम (Louis Beam) नामक एक श्वेत राष्ट्रवादी ने "नेतृत्वविहीन प्रतिरोध" की अपील करते हुए एक घोषणापत्र प्रकाशित किया। लुइस "कू क्लक्स क्लान" (Ku Klux Klan) और "द आर्यन नेशंस ग्रुप" (The Aryan Nations Group) जैसे श्वेत अतिवादी संगठनों से जुड़ा था। उसने बेहद छोटे समूहों या अलग-अलग व्यक्तियों के द्वारा अकेले ही सरकार का प्रतिरोध करने की अपील अपने समर्थकों से की थी।[20] श्वेत चरमपंथी आंदोलन से जुड़े एक अन्य अहम किरदार टॉम मेट्ज़र (Tom Metzger), जो "व्हाइट आर्यन रेजीस्टेंस" (White Aryan Resistance) का नेता था, ने "लोन वुल्फ" टर्म का व्यापक रूप से इस्तेमाल किया। उसने अपनी वेबसाइट्स पर "अकेले भेड़ियों के लिए कानून" (Laws for the Lone Wolf) को प्रकाशित किया था।[21]

सीरियाई आतंकवादी मुस्तफा सेटमैरियम नसर उर्फ अबू मुसाब अल-सूरी इस्लामिक आतंकवादी जमात से जुड़ा ऐसा पहला आतंकवादी था, जिसने 2004 में कुछ उसी तरह के नेतृत्वहीन आतंकवाद की परिकल्पना प्रस्तुत की, जैसा कि 1983 में लुइस बीम ने पेश किया था। अल-कायदा से जुड़े होने के बावजूद उसका स्त्रातजिक दृष्टिकोण अल-कायदा के शीर्ष नेतृत्व से अलग था। तत्कालीन समय में अल-सूरी ने बिन लादेन की रणनीतियों की मुखर आलोचना करनी शुरु कर दी थी। अपने विचारों को उसने जॉर्डन मूल के आतंकवादी अबू मुसाब अल-जरकावी, जिसे इस्लामिक स्टेट का 'ग्रैंडफादर' कहा जाता है, के साथ साझा भी किया था। अबू मुसाब अल-सूरी ने अपने इन्हीं विचारों पर आधारित 1,600 पृष्ठों वाली एक किताब लिखी जिसका नाम **"द कॉल टू ए ग्लोबल इस्लामिक रेजिस्टेंस"** (The Call to a Global Islamic Resistance) है। उसकी ये किताब दिसम्बर 2004 में इंटरनेट पर लॉन्च की गई थी जिसके बाद बड़ी संख्या में दुनियाभर के आतंकवादियों और कट्टरपंथियों ने इसे केवल पढ़ा ही नहीं बल्कि दूसरों को वितरित भी किया। हालांकि कुछ अन्य स्रोतों के मुताबिक ये किताब वर्ष 2005 में साइबर वर्ल्ड में लॉन्च की गई थी।[22]

इस किताब में अल-सूरी ने पुराने ढर्रे एवं पदानुक्रम वाले आतंकवादी संगठनों की बजाय ऐसे वैश्विक इस्लामिक संघर्ष का विचार दिया जिसमें अदृश्य रूप से जिहादियों को प्रेरित और प्रशिक्षित करने वाले नेतृत्वकर्ता उन्हें ट्रेनिंग लेने एवं हथियारों से लैस होकर स्वतंत्र रूप से छोटे आतंकवादी समूहों का गठन करने के लिए उकसायेंगे। इस तरह गठित छोटे आतंकवादी समूहों का मकसद पश्चिमी नागरिकों को अपना निशाना बनाना था।[23] अबू

मुसाब अल–सूरी ने तर्क पेश किया कि पारंपरिक किस्म के गोपनीय रूप से संचालित, पदानुक्रम वाले एवं केंद्रीयकृत आतंकवादी संगठन में किसी एक सदस्य के पकड़े जाने के बाद अन्य सदस्यों के पकड़े जाने की आशंकायें प्रबल हो जाती हैं क्योंकि इन संगठनों के सभी सदस्य एक–दूसरे से जुड़े होते हैं। अल–सूरी के मुताबिक अब आवश्यकता संगठन की नहीं बल्कि 'सिस्टम' की थी। इस काल्पनिक 'प्रतिरोधक तंत्र' के केंद्र में ऐसे लोग थे जो उन 'विचारों' पर भरोसा करें (जो उन तक पहुंचायी जायें), अपने इरादों में स्पष्ट हों, निर्देशों का पालन करें, स्वयं को व अपने आस–पास के लोगों को इस विषय पर शिक्षित करें, और इन सबके साथ ही उस 'तंत्र' के प्रति अपनी निष्ठा को व्यक्त करें। अल–सूरी ने अपनी इस रणनीति को **"व्यक्तिगत जिहाद"** (Individual Jihad) की संज्ञा दी।[24]

अब तक ये स्पष्ट नहीं हो सका है कि अल–सूरी के ये विचार उसके अपने थे, या फिर लुईस बीम व टॉम मेट्ज़र से प्रभावित होकर उसने इस नये किस्म के इस्लामिक आतंकवाद की कल्पना पेश की थी। इस अध्याय में अब तक जिन घटनाओं, विचारों, व्यक्तियों एवं उनकी रणनीतियों का जिक्र किया गया, यदि हम उन सभी को एक सूत्र में जोड़कर देखने की कोशिश करें तो ये स्पष्ट हो जाता है कि अबू मुसाब अल–सूरी के विचारों से प्रभावित होकर ही पहले अल–कायदा और बाद में आईएसआईएस ने इंटरनेट के माध्यम से अपने अनुयायियों के लिए ऐसे नियमों, निर्देशों एवं अपीलों को जारी करना शुरु किया जिनके जरिये इन संगठनों के प्रति सहानुभूति रखने वाले लोगों को "लोन वुल्फ अटैक" के लिए उकसाया जा सके। साथ ही, व्यक्तिगत रूप से संपर्क में लाये बिना उन्हें इसके लिए निर्देशित किया जा सके।

अप्रैल, 2008 में विभिन्न आतंकवादियों द्वारा अल–कायदा की नई रणनीति के बारे में पूछे गये सवालों का जवाब देते हुए अयमान अल–जवाहिरी ने अबू मुसाब अल–सूरी की 1,600 पृष्ठों वाली किताब का हवाला देते हुए उसके विचारों का उल्लेख किया था। अज–शहाब द्वारा तैयार किये गये एक ऑडियो संदेश में जवाहिरी कहता है –

> "अबू मुसाब द्वारा दिये गये सुझाव बेहद कीमती विचार हैं जिनसे मुजाहिदीन फायदा उठा सकते हैं। शेख अबू मुसाब की बौद्धिक सम्पदा मुजाहिदीनों के लिए एक समृद्ध नदी जैसी है।"[25]

इस्लामिक स्टेट ने 'व्यक्तिगत जिहाद' के इसी विचार को और विकसित एवं प्रभावी रूप में लागू करने की कोशिश की। अतः ये स्पष्ट हो जाता है कि पिछले कुछ वर्षों में पारंपरिक आतंकवादी हमलों से अलग जो भिन्न प्रकार के आतंकवादी हमले हुए हैं, वो अल–कायदा एवं आईएसआईएस द्वारा अबू मुसाब अल–सूरी के विचारों को लागू करने का ही प्रतिफल हैं। ये भी स्पष्ट है कि वर्तमान समय में पश्चिमी देशों में दहशत का पर्याय बन चुके 'लोन वुल्फ अटैक' कोई आकस्मिक घटनायें नहीं हैं, बल्कि सुनियोजित तरीके से, पिछले एक दशक से भी ज्यादा समय से आतंकवादी समूहों द्वारा इस्लामिक जिहादी हमलों को विकेंद्रित एवं संगठन को विकीर्ण करने के लिए किये गये गोपनीय प्रयासों का नतीजा हैं।

दूसरे शब्दों में, हम ये भी कह सकते हैं कि लुइस बीम, टॉम मेट्ज़र और नसर ने अलग–अलग समय और परिस्थितियों में हमले की जिस नई स्त्रातजी पर अपने विचार व्यक्त

किये, वही स्त्रातजी "आतंकवाद 3.0" के आतंकवादियों की उड़ान के लिए रनवे का काम कर रही है। सितम्बर 2017 में वाशिंगटन में आसूचना और सुरक्षा से जुड़ा एक एक सम्मेलन आयोजित किया गया था, जिसमें अमेरिका, कनाडा, जर्मनी और यूनाइटेड किंगडम के शीर्ष स्तर के काउंटर टेररिज्म एक्सपर्ट्स, खुफिया एजेंसियों के प्रमुख और नेशनल सिक्यूरिटी से जुड़े आला अधिकारियों ने शिरकत की। इस सम्मेलन में कनाडा के इंटीग्रेटेड काउंटर टेररिज्म सेंटर के प्रमुख 'क्रिस रूसो' ने बार–बार "आतंकवाद 3.0" टर्म का इस्तेमाल किया। अपने सम्बोधन में उन्होंने इसे "प्रेरित या समर्थित आतंकवाद" की संज्ञा देते हुए कहा कि–

> "अब हम एक ऐसे संसार में हैं जो पहले से ज्यादा कठिन है क्योंकि हम ना केवल उन्हें रोकने में असमर्थ हैं, बल्कि वे आप पर किसी चाकू या ट्रक (या कोई ऐसी चीज, जो आसानी से मिल सकती है), से हमला करने जा रहे हैं; और हमारे पास इस परिस्थिति से निपटने के लिए कोई उपाय नहीं है।"[26]

अमेरिका के बोस्टन शहर में 15 अप्रैल, 2013 को हुआ हमला आतंकवाद 3.0 का बिल्कुल सटीक उदाहरण है। इस दिन बोस्टन शहर में आयोजित मैराथन प्रतियोगिता के दौरान दो प्रेशर कुकर बमों का इस्तेमाल करके बम विस्फोट किया गया।[27] इस हमले में 3 लोगों की मौत हो गई जबकि 264 से ज्यादा लोग घायल हुए। घायल लोगों में से 16 ऐसे थे जिन्हें अपने शरीर के एक या अधिक अंगों को खो देना पड़ा। एफबीआई (**FBI**) ने इस हमले को अंजाम देने वाले संदिग्धों की पहचान किर्गिस्तानी मूल के अमेरिकी नागरिक टैमरलान जारनाएव (**Tamerlan Tsarnaev**) और जोखर जारनाएव (**Dzhokhar Tsarnaev**) नामक दो सगे भाइयों के रूप में की। 18 अप्रैल, 2017 को पुलिस के साथ हुई एक मुठभेड़ में टैमरलान मारा गया जबकि 19 अप्रैल को जोखर को गिरफ्तार कर लिया गया जो मैसाच्यूसेट्स की डार्टमाउथ यूनिवर्सिटी का स्टूडेंट था।

इस केस की तफ्तीश के दौरान एफबीआई ने पता लगाया कि इतने बड़े हमले को अंजाम देने वाले दोनों भाइयों का किसी आतंकवादी संगठन से कोई सम्बन्ध नहीं था। बड़ा भाई टैमरलान आतंकवादी संगठनों द्वारा वेबसाइट्स एवं सोशल मीडिया के माध्यम से उपलब्ध करायी जा रही सूचनाओं, जिहाद के विचार और मुस्लिमों पर अत्याचार का बदला लेने की भावुक अपीलों से प्रभावित था। अफगानिस्तान–इराक में पश्चिमी देशों द्वारा की जा रही कार्यवाहियों ने उसे इस दिशा में सोचने के लिए मजबूर किया था। स्वयं कट्टरपंथ की ओर उन्मुख होने के बाद टैमरलान ने अपने छोटे भाई को भी इसी रास्ते पर चलने के लिए उकसाया। पूछताछ में जोखर जारनाएव ने एफबीआई को ये भी बताया कि प्रेशर कुकर बम बनाने का तरीका उन्होंने अल–कायदा की ऑनलाइन मैगजीन को पढ़कर सीखा।[28] जारनाएव के मुताबिक वो और हमले के दौरान मारा गया उसका भाई ऑनलाइन उपलब्ध जिहाद से सम्बन्धित लेखों, दिशा–निर्देशों और कट्टरपंथियों व आतंकियों के भाषणों को पढ़कर–सुनकर ये हमला करने के लिए प्रेरित हुए।

उपरोक्त तथ्यों को देखते हुए इसमें सन्देह नहीं रह जाता कि आतंकवाद के रास्ते को इन दोनों भाइयों ने खुद चुना था, कट्टरपंथी सोच को इन्होंने खुद विकसित किया, हमले की जगह और तरीके का सेलेक्शन भी स्वयं किया और इन सभी कार्यों में इंटरनेट ने इनके गुरु,

शिक्षक एवं प्रशिक्षक की भूमिका निभाई। पश्चिमी देशों में पिछले कुछ वर्षों में ऐसे ही आतंकवादी हमलों की झड़ी लग गई है। ये पहले हुए हमलों से कई मायनों में भिन्न हैं। ये हमले उसी नए किस्म के आतंकवाद की ओर इशारा करते हैं जिसका जिक्र मुलर और मैककोनेल ने सीनेट के सामने किया था और तकनीकी विकास से जोड़ते हुए जिसका पूर्वानुमान लगाने में लारेंस काफी हद तक कामयाब हुए थे।

आतंकवाद 3.0 के लक्षण

अब तक हुए हमलों से आतंकवाद 3.0 के निम्न लक्षण पूरी तरह स्पष्ट हो चुके हैं–

1. 'ऑनलाइन जिहाद' का प्रोडक्ट

आतंकवाद 3.0 निःसंदेह साइबर वर्ल्ड में छेड़े गये जिहाद का प्रोडक्ट है। इस श्रेणी के ज्यादातर आतंकियों को हमले के लिए उकसाने का कार्य इंटरनेट की मदद से परोक्ष रूप से हुआ। अफगानिस्तान, इराक, सीरिया से लेकर नाइजीरिया और केन्या तक फैले आतंकी संगठन विशेष मकसद और पेशेवर दक्षता के साथ तैयार की गई प्रोपेगेंडा सामग्री को पोस्ट करते हैं। भावुक अपीलों और कुर्बानी की दलीलों से भरे ऐसे संदेशों की वजह से भावात्मक आवेश में आकर सामान्य लोग भी आतंक की राह पकड़ रहे हैं।

2. स्व–प्रेरित, स्व–निर्देशित आतंकवादी

इस श्रेणी के आतंकियों को "बेडरूम जिहादी" भी कहा जा रहा है। ये वो लोग थे जो घर के किसी कोने में गोपनीय रूप से सर्फिंग करते हुए कट्टरपंथ को बढ़ावा देने वाली सूचनाओं को ऑनलाइन सर्च करते थे और उनसे प्रभावित होकर आतंकवादी बन गये। आतंकवाद 1.0 के आतंकवादियों की तरह उनका ब्रेनवॉश चरमपंथियों की संगत में, मस्जिदों की तकरीरों में, किसी ट्रेनिंग कैम्प या "जमात" में नहीं हुआ। ना ही दूसरे चरण 2.0 की तरह ये लोग किसी हैंडलर से ऑनलाइन चैटिंग करते हुए उसके द्वारा गुमराह किये गये। इन सभी हमलावरों का आतंकवाद की ओर रुझान स्वयं की प्रेरणा से हुआ और स्वयं के प्रयासों से ही इन्होंने कट्टरपंथी मानसिकता को अपने अंदर विकसित होने का मौका दिया।

3. आतंकी संगठनों के सदस्य नहीं

1.0 में व्यक्तिगत संपर्कों के माध्यम से और 2.0 में इंटरनेट के माध्यम से लोगों को विभिन्न आतंकवादी संगठनों ने खुद से जोड़ने की कोशिशें कीं। लेकिन 3.0 में हमलों को अंजाम देने वाले लोगों का किसी आतंकवादी संगठन से कोई सम्बन्ध नहीं था। इनमें से ज्यादातर लोग न तो कभी किसी आतंकवादी से मिले और न ही उनकी बैठकों या कार्यक्रमों में शिरकत की। यहां तक कि इंटरनेट या सोशल मीडिया के माध्यम से भी किसी आतंकवादी संगठन से इनका संपर्क साबित नहीं किया जा सका। हालांकि इनमें से कुछ लोग ऐसे संगठनों से जुड़ने की इच्छा रखते थे, लेकिन पकड़े जाने के डर से इसके लिए उन्होंने बेहद सीमित प्रयास किये, इसलिये सफल नहीं हो सके।

4. हमले की प्रेरणा के मूल में आतंकवादी संगठन

लगभग सभी हमलावर किसी ना किसी आतंकवादी संगठन से गहराई तक प्रभावित थे और उनके एजेंडे व कार्यों से जुड़ाव महसूस करते थे। यही वजह है कि हमलों को अंजाम देते समय इनमें से कई ने खुद को अल–कायदा या आईएसआईएस का 'सिपाही या समर्थक' बताया और इन संगठनों के सरगनाओं के प्रति निष्ठा जाहिर की। ये लोग इन संगठनों द्वारा वेबसाइट्स या सोशल मीडिया में उपलब्ध करायी सूचनाओं से नियमित रूप से अपडेट हो रहे थे और उनके निर्देशों का पालन करते थे।

5. स्वतः स्फूर्त हमले

आतंकवाद 3.0 के तहत आने वाले सभी हमले ऐसे हैं जिनको सम्बन्धित हमलावरों ने स्वत: स्फूर्त ढंग से अंजाम दिये। इन हमलों की प्लानिंग या उनके क्रियान्वयन में किसी आतंकवादी संगठन की कोई सीधी भूमिका नहीं थी। न ही इन हमलों के लिए किसी हैंडलर ने उन्हें कोई निर्देश दिये थे। हां, ये जरूर था कि समय–समय पर ऐसे संगठनों द्वारा जारी किये गये हमलों की अपीलों का इन लोगों पर गहरा असर हुआ। लेकिन उपलब्ध विकल्पों के मुताबिक अपने तरीके से, अपने चुने हुए वक्त पर इन्होंने हमले किये।

6. 'लोन वुल्फ अटैकर'

सभी हमलों को अंजाम देने में "लोन वुल्फ सामरिकी" का इस्तेमाल किया गया। सामान्य जिंदगी जी रहे लोगों ने अचानक अपने चुने हुए टारगेट को निशाना बनाकर अकेले ही हमला किया और ज्यादा से ज्यादा नुकसान पहुंचाने की कोशिश की। जिन मामलों में हमलावरों की संख्या एक से ज्यादा थी, उसमें भी हमलावरों ने अपने इरादों व योजनाओं की भनक बेहद करीबी लोगों को भी नहीं लगने दी थी। सारी गतिविधियों को उन्होंने व्यक्तिगत प्रयासों से और बेहद गोपनीय ढंग से अंजाम दिया।

7. आतंकी कैम्पों में प्रशिक्षण नहीं

चूंकि हमलावरों का किसी आतंकी संगठन से कोई सम्बन्ध नहीं था, इसलिये संभावित हमलों के लिए उन्हें किसी ट्रेनिंग कैम्प में ले जाकर किसी प्रकार का प्रशिक्षण नहीं दिया गया था। हालांकि इनमें से कुछ लोगों ने हमले करने की प्रैक्टिस करने के लिए व्यक्तिगत रूप से इंतजाम किये थे। आतंकवादियों द्वारा बम बनाने, हथियार चलाने, फिजिकल ट्रेनिंग इत्यादि से सम्बन्धित ऑनलाइन पोस्ट किये गये निर्देशों से हमलावरों को मदद मिली।

8. 'आत्मघाती' मानसिकता

3.0 के अधिकांश हमलावरों की इच्छा अपने दुश्मन को ज्यादा से ज्यादा नुकसान पहुंचाते हुए "शहीद" हो जाने की थी। इन्हें अच्छी तरह मालूम था कि इस तरह का प्रयास करने के बाद ये पुलिस या सेना की गोलियों का निशाना बन जायेंगे, और ये लोग इसके लिए मानसिक रूप से तैयार होकर निकले थे। जिन आतंकवादियों को हमलों के दौरान जिंदा पकड़ लिया

गया, उनमें से कई ने बाद में अदालती प्रक्रिया में विशेष दिलचस्पी नहीं दिखाई और न ही अपने किये पर कोई पछतावा व्यक्त किया।

9. सामान्य हथियारों का इस्तेमाल

अमेरिका जैसे देशों में "गन कल्चर" की वजह से हथियारों को खरीदना आसान है। लिहाजा यहां जिन हमलावरों के लिये हथियार खरीदना संभव हुआ उन्होंने हमले के लिए स्वचालित हथियारों का इस्तेमाल किया और सामूहिक नरसंहारों को अंजाम दिया। लेकिन फ्रांस, कनाडा जैसे देशों में, जहां हथियार खरीदना मुश्किल था या अमेरिका में जो हमलावर किसी वजह से हथियार नहीं खरीद सके, उन्होंने चाकू से हमले किये। अल–कायदा व आईएसआईएस द्वारा कार या ट्रक से दुश्मन को कुचलने की अपीलों के बाद कार व ट्रक को हथियार के तौर पर इस्तेमाल करने का सिलसिला तेज हो गया। इससे पहले अमेरिका में जारनाएव ब्रदर्स ने ऑनलाइन उपलब्ध मैनुअल पढ़कर प्रेशर कुकर बम बनाये थे और उनके जरिये विस्फोट कर लोगों की जान ली। कनाडा के एक हमले में तो चाकू के साथ हमलावर ने गोल्फ स्टिक का भी इस्तेमाल किया था।

10. निजी संसाधनों से फंडिंग

किसी आतंकी नेटवर्क से न जुड़े होने की वजह से इन हमलावरों को हमले के लिए बाहर से मदद मिलने की गुंजाइश नहीं थी। लिहाजा इन्होंने अपने पैसे से जरुरी सामानों की खरीद की। अमेरिका में क्रिसमस पार्टी के दौरान हमला करने वाले रिजवान और तशफीन मलिक ने तो हमले से कुछ समय पहले ही लोन लिया था। ये संभव है कि इसी पैसे से उन्होंने स्वचालित हथियारों की खरीद की हो। सभी मामलों में हमले के लिए फंडिंग निजी संसाधनों से ही हुई।

11. आतंकी पश्चिमी देशों के निवासी

3.0 श्रेणी के लगभग सभी आतंकवादी वे लोग हैं जो या तो पश्चिमी देशों के नागरिक थे या फिर विदेशी मूल के वे लोग थे जो लंबे समय से इन पश्चिमी देशों में निवास कर रहे थे। यानी कि पश्चिम की जीवनशैली, भाषा व रहन–सहन से ये अच्छी तरह वाकिफ थे। इन देशों में नागरिकों को मिली धार्मिक व वैचारिक स्वतंत्रता, वहां के संसाधनों और सुविधाओं का लाभ इन्होंने उठाया, लेकिन फिर उन्हीं चीजों से नफरत करने लगे।

12. 'धर्मांतरित' लोगों द्वारा हमले

ये सबसे ज्यादा चौंकाने वाला तथ्य है। पश्चिमी देशों में हो रहे आतंकवादी हमलों में बड़ी संख्या ऐसे लोगों की भूमिका सामने आ रही है जो क्रिश्चियन या अन्य धर्मों के मतावलंबी थे लेकिन जिन्होंने अपना धर्म बदलकर इस्लाम कुबूल कर लिया था। ये ऐसे लोग थे जिनका परिवार क्रिश्चियन पृष्ठभूमि का था, जो खुद लंबे समय तक ईसाई मतावलंबी थे।

13. व्यक्तिगत जीवन से निराशा

धर्मांतरित होने वाले लोगों की पृष्ठभूमि खंगालने पर पता चलता है कि ऐसे लोग अपने व्यक्तिगत जीवन में परेशानियों का सामना कर रहे थे। इनमें से कई के माता–पिता के बीच तलाक होने की वजह से इनके परिवार बिखर गये, कई ऐसे थे जिनकी पत्नी या पति से उनका अलगाव हो चुका था या कुछ पाने के लिये किये जा रहे प्रयासों की बार–बार की असफलता से ये निराश हो गये थे। अपने परिवेश द्वारा की जा रही उपेक्षा और अलगाव की वजह से भावनात्मक रूप से ये कमजोर हो चुके थे। इनका सामाजिक दायरा सीमित था। इनमें से कुछ लोग तो लगभग एकाकी जीवन गुजार रहे थे। इन परिस्थितियों में किसी इस्लाम के अनुयायी द्वारा अपनापन दिखाने पर इनका झुकाव इस्लाम की ओर हो गया या फिर सुनियोजित तरीके से इन्हें धर्मांतरित होने के लिए प्रेरित किया गया।

14. मुस्लिम देशों में 'अत्याचार' से आहत

'बेडरूम जिहादी' अफगानिस्तान, इराक, सीरिया, यमन, लीबिया इत्यादि देशों में अमेरिका और उसके समर्थक राष्ट्रों द्वारा की जा रही सैन्य कार्यवाहियों से आहत थे। इनका मानना था कि पश्चिमी मुल्क मुस्लिम जगत में अपने स्वार्थों की पूर्ति के लिए अत्याचार कर रहे हैं, निर्दोषों को मारा जा रहा है, लोगों के परिवारों व घरों को तबाह किया जा रहा है।

हमलावरों ने यू–ट्यूब, व्हाट्सएप, फेसबुक इत्यादि के माध्यम से ऐसे वीडियो देखे थे जिनमें इराक, सीरिया या अफगानिस्तान में बमबारी–हिंसा, फिलिस्तीन क्षेत्र में इजराइली कार्रवाई, किसी मुस्लिम व्यक्ति पर गैर मुस्लिम द्वारा अत्याचार, मुस्लिम महिलाओं के साथ व्यभिचार या बच्चों पर जुल्म के दृश्य मौजूद थे। ऐसे वीडियो आतंकवादी संगठनों या उनके समर्थकों द्वारा पोस्ट किये जाते हैं। अधिकांशतः जांच में इस तरह के वीडियो फर्जी पाये जाते हैं। इनमें बताये गये तथ्य मनगढ़ंत और झूठे साबित होते हैं। लेकिन सीमित दायरे में जी रहे अंतर्मुखी किस्म के लोग इनकी सत्यता के बारे में जानकारी इकट्ठा करने की कोशिश नहीं करते और उन्हें सही मान लेते हैं। जर्मनी के फ्रैंकफर्ट एयरपोर्ट पर हमला करने वाले आरिद उका ने एक ऐसे वीडियो को देखकर हमले का मन बनाया, जिसमें इराक में अमेरिकी सैनिकों द्वारा मुस्लिम महिलाओं के साथ बलात्कार के दृश्य दिखाये गये थे। फ्रैंकफर्ट एयरपोर्ट पर हमले के बाद जब सुरक्षा एजेंसियों ने इस वीडियो की जांच की तो पता चला कि ये अमेरिकी फिल्म 'रिडैक्टेड' (Redacted) का हिस्सा था जिसे यू–ट्यूब पर मनगढ़ंत तथ्यों के साथ पोस्ट किया गया था।

15. जांच–पड़ताल बेहद कठिन

3.0 के आतंकवादी ऐसे लोग हैं जिनमें से ज्यादातर की कोई आपराधिक पृष्ठभूमि नहीं थी। आतंकवादी हमले का ख्याल केवल इनके दिमाग में पल–बढ़ रहा था, अपनी साजिशों को इन्होंने खुद तक सीमित रखा, इस दौरान ये लोग अपनी सामान्य दिनचर्या का पालन करते रहे और अपने खतरनाक इरादों की किसी को भनक भी नहीं लगने दी। लिहाजा 1.0 और 2.0 के आतंकवादियों के मुकाबले 3.0 के आतंकवादियों की पहचान करना और इनकी

निगरानी करना सुरक्षा एजेंसियों के लिए बेहद मुश्किल साबित हुआ है। किसी संगठन से जुड़े आतंकवादियों की गतिविधियां उनके घरों से बाहर भी नजर आती हैं इसलिये उनके बारे में पता लगाना, उनकी जासूसी करना और उनकी साजिशों का भंडाफोड़ करना अपेक्षाकृत आसान था। 2.0 चरण में जो लोग इंटरनेट पर आतंकवादियों के सीधे संपर्क में आते थे, सोशल मीडिया में चरमपंथ का समर्थन करते थे, उनकी गतिविधियों पर भी सुरक्षा एजेंसियां नजर रखने में कामयाब हो रही थीं। यही वजह है कि अमेरिका, ब्रिटेन और फ्रांस में कई ऐसे हमलों की साजिशों को नाकाम कर दिया गया जिनकी प्लानिंग ऑनलाइन चैटिंग के दौरान की जा रही थी। धीरे–धीरे पश्चिमी देशों की खुफिया एजेंसियों ने वो तंत्र विकसित कर लिया था जिससे बेहद गोपनीय और व्यक्तिगत मैसेजेस को भी वो देख और पढ़ सकते थे।

लेकिन जिन लोगों का सम्पर्क ही किसी आतंकवादी संगठन या उससे जुड़े लोगों के साथ नहीं था, जिनका किसी संदिग्ध जगह पर आना–जाना भी नहीं था, ऐसे लोगों ने अगर कभी कट्टरपंथ के समर्थन में ऑनलाइन या ऑफलाइन विचार व्यक्त किये भी, तो पश्चिमी देशों में अभिव्यक्ति की स्वतंत्रता को लेकर उदार नजरिया होने की वजह से केवल किसी का समर्थन या विरोध करने पर ऐसे संभावित आतंकियों के खिलाफ कार्रवाई नहीं की जा सकी। जिन लोगों की शिकायतें मिलीं और सुरक्षा एजेंसियों ने उनसे पूछताछ की या उन्हें टेरर वॉचलिस्ट में रखकर लंबे समय तक उनकी निगरानी की, उन्हें भी अन्ततः क्लीन चिट देना पड़ा। बाद में इन्हीं में से कई लोगों ने बर्बर आतंकवादी हमले किये।

16. 'साइबर टेररिज्म' से भिन्न

आतंकवाद 3.0 के पनपने के लिए बीजारोपण साइबर वर्ल्ड में हुआ, इसमें कोई सन्देह नहीं। सामान्य लोगों के आतंकवादी बन जाने में इंटरनेट ने अहम भूमिका निभाई, ये भी सच है। फिर भी, ये साइबर टेररिज्म से बिल्कुल अलग कॉन्सेप्ट है। साइबर टेररिज्म में हमले वर्चुअल वर्ल्ड में ही घटित होते हैं जिनका लक्ष्य महत्वपूर्ण कम्प्यूटर नेटवर्क को ठप करना, संवेदनशील सूचनाओं की चोरी, ऑनलाइन फ्रॉड के जरिये फंड इकट्ठा करना और इस तरह दुश्मन देश के लोगों को परेशान करना व उन्हें आर्थिक, मानसिक व सामाजिक नुकसान पहुंचाना होता है। हालांकि इस तरह के हमलों की वजह से न्क्यूलियर पावर प्लांट, पावर ग्रिड, बैंकों, अस्पतालों की कार्यप्राणाली ठप होने से लोगों की जान जाने का भी खतरा होता है। लेकिन ये स्थिति यदा–कदा ही पैदा होती है। कुल मिलाकर साइबर टेररिज्म में आतंकवादियों की गतिविधियां साइबर वर्ल्ड में केन्द्रित होती हैं।

वहीं आतंकवाद 3.0 में लोगों के आतंकवादी बनने में ऑनलाइन माध्यम प्रेरक की भूमिका में हैं। हमलों की साजिश में इंटरनेट के ओपन सोर्स डेटा (Open Source Data) से प्राप्त सूचनाएं अहम साबित होती हैं, कई बार हमले का टारगेट भी इंटरनेट की मदद से ही तय किया जाता है। लेकिन इस्लामिक आतंकवाद की राह पर आगे बढ़ रहे इस श्रेणी के आतंकियों द्वारा जो हमले किये गये वो वर्चुअल वर्ल्ड में नहीं बल्कि रियल वर्ल्ड में घटित हुए हैं। ये हमले लोगों की जिंदगी को खत्म करने के लिए किये गये, ज्यादा से ज्यादा आतंक पैदा करने के लिए किये गये और पश्चिमी देशों की सरकारों को ये संदेश देने के लिए किये

गये कि सारी सुरक्षा तैयारियों के बाद भी उनके नागरिकों का जीवन सुरक्षित नहीं है, उनकी सुरक्षा व्यवस्था अभेद्य नहीं है। इस तरह आतंकवाद 3.0 साइबर टेररिज्म से काफी अलग है।

आतंकवाद 3.0 के उदाहरण

अमेरिका, फ्रांस, जर्मनी और कनाडा जैसे देशों में हुए आतंकवाद 3.0 की कैटेगरी के कुछ प्रमुख हमले निम्नलिखित हैं –

1. अमेरिका के न्यूयार्क में पिकअप ट्रक से हमला (31 अक्टूबर, 2017)

सैफुलो सैपोव (Sayfullo Saipov) नामक एक 29 वर्षीय युवक ने न्यूयॉर्क के लोवर मैनहट्टन इलाके में सड़क किनारे बनाये गये साइकिल ट्रैक से गुजर रहे लोगों को पिकअप ट्रक से कुचल दिया। इस हमले में 8 अमेरिकी नागरिकों की मौत हो गई जबकि 12 लोग घायल हो गये। पुलिस ने हमलावर को गोली मारने के बाद गिरफ्तार कर लिया। उसकी गाड़ी से आईएसआईएस के प्रति निष्ठा जताने वाले कागजात और एक झंडा बरामद हुआ।

सैफुलो 2010 में उज्बेकिस्तान से नौकरी की तलाश में अमेरिका आया था। ग्रीन कार्ड मिलने के साथ ही उसे यहां स्थायी रूप से रहने की इजाजत मिल गई। सुरक्षा एजेंसियों के मुताबिक सैफुलो ने इस हमले को आईएसआईएस द्वारा जारी किये गये "टी" (T) कोड वाले निर्देशों के मुताबिक अंजाम दिया। ये निर्देश इस्लामिक स्टेट ने सोशल मीडिया और वेबसाइट्स पर सार्वजनिक रूप से जारी किये थे। पूछताछ में सैपोव ने बताया कि अबू ब्रक अल बगदादी के भाषण वाला एक वीडियो देखने के बाद उसने हमला करने का फैसला किया था। इस वीडियो में बगदादी ने सवालिया अंदाज में इराक में मारे गये मुसलमानों का हवाला देकर इस पर अमेरिकी मुस्लिमों की प्रतिक्रिया जाननी चाही थी। 30 नवंबर, 2017 तक सीआईए और एफबीआई की तफ्तीश में सैफुलो के किसी आतंकवादी संगठन से सम्बन्ध होने के सबूत नहीं मिले थे।[29]

2. कनाडा के एडमान्टन में हमला (30 सितम्बर, 2017)

अब्दुलाही हसन शरीफ (Abdulahi Hasan Sharif) नामक एक 30 वर्षीय इस्लामिक कट्टरपंथी ने कनाडा के एडमॉन्टन में फुटबॉल स्टेडियम के बाहर खड़े पुलिस कॉन्स्टेबल को ट्रक से टक्कर मारी और फिर घायल पुलिसकर्मी पर चाकू से ताबड़तोड़ हमले किये। इस हमले को अंजाम देने के बाद आरोपी ने ट्रक से भागते हुए 5 और यात्रियों को टक्कर मारकर उन्हें घायल कर दिया। पुलिस को हमले में इस्तेमाल किये गये ट्रक से आईएसआईएस का झंडा बरामद हुआ।

तफ्तीश में सामने आया कि अब्दुलाही शरीफ सोमालियाई मूल का मुस्लिम था जिसे कनाडा में शरणार्थी का दर्जा दिया गया था। वर्ष 2015 में अब्दुलाही ने अपने सहयोगियों के बीच इस्लामिक स्टेट का समर्थन करते हुए शिया मुस्लिमों व देवी–देवताओं की पूजा के खिलाफ घृणास्पद बातें की थीं। शरीफ के एक सहयोगी ने इस मामले की

सूचना पुलिस को दी, लेकिन जांच में किसी आतंकवादी संगठन से सम्बन्ध या किसी प्रकार की आपत्तिजनक गतिविधि न पाकर सुरक्षा एजेंसियों ने उसे चेतावनी देकर छोड़ दिया था।[30]

3. कनाडा के टोरंटो शहर में हमला (3 जून, 2017)

रेहाब डघमोश (Rehab Dughmosh) नाम की 32 वर्षीय महिला ने एक शॉपिंग मॉल के अंदर स्थित स्टोर के कर्मचारियों और ग्राहकों पर डंडे और चाकू से हमला कर दिया। हमले के दौरान सीरियाई मूल की इस कनाडाई नागरिक ने अपने सिर पर एक पट्टी बांध रखी थी जिस पर इस्लामिक स्टेट के समर्थन का संदेश और अल्लाहु अकबर लिखा हुआ था। अदालत में पेशी के दौरान महिला ने आईएसआईएस के प्रति अपने लगाव का खुला इजहार किया और पैरवी के लिए वकील रखने से मना कर दिया।

इससे पहले अप्रैल 2016 में रेहाब डघमोश सीरिया जाकर आईएसआईएस ज्वाइन करना चाहती थी लेकिन तुर्की में पकड़े जाने पर उसे कनाडा वापस भेज दिया गया था। रेहाब के आईएसआईएस से सम्बन्ध होने के कोई सबूत मौजूद नहीं थे।[31]

4. अमेरिका के ओरलैंडो में नाइटक्लब पर हमला (12 जून, 2016)

ये हमला 9/11 के बाद अमेरिका में हुये सबसे भयानक आतंकी हमलों में से एक है। उमर मतीन (Omar Mateen) नामक एक 29 वर्षीय युवक ने ओरलैंडो शहर में समलैंगिकों के एक नाइटक्लब में घुसकर स्वचालित हथियारों से ताबड़तोड़ फायरिंग की। इस बर्बर हमले में 49 लोगों की मौत हो गई जबकि 58 लोग बुरी तरह घायल हो गये। हमले के बाद पुलिस के साथ हुई मुठभेड़ में उमर मतीन भी मारा गया। अमेरिका के इतिहास में समलैंगिकों पर हुआ ये सबसे भीषण हमला है। हमले के दौरान ही मतीन ने आपातकालीन नंबर पर फोन कर आईएसआईएस और उसके सरगना अबू बक्र अल बगदादी के प्रति निष्ठा जाहिर की थी। मतीन ने इस हमले को इराक और सीरिया में अमेरिकी कार्रवाई का बदला बताया।

उमर मतीन अमेरिका में पैदा हुआ एक अमेरिकी मुस्लिम नागरिक था जो सिक्यूरिटी गार्ड के रूप में काम करता था। उसके माता–पिता अफगानी मूल के थे। इस हमले के लिए उसने वैध तरीके से हथियारों की खरीद की थी और सारी योजना भी खुद ही तैयार की थी। इस हमले से पहले 2013 और 2014 में दो बार अतिवादी विचारों को लेकर उमर मतीन से एफबीआई ने पूछताछ की थी। काफी समय तक उसे आतंकियों की निगरानी सूची में भी रखा गया था। लेकिन 10 महीने की जांच में कोई आपत्तिजनक तथ्य न पाये जाने पर मामले को बंद कर दिया गया। ओरलैंडो में हमले के बाद मतीन के कम्प्यूटर की जांच करने पर पता चला कि उसने आईएसआईएस और कट्टरपंथी विचारधारा के बारे में कई बार सर्च किये थे। साथ ही, आतंकवादियों द्वारा तैयार किये गये हमलों–हत्याओं के वीडियो भी उसने कई बार देखे थे। एफबीआई और सीआईए ने अपनी जांच के बाद स्पष्ट किया कि उमर मतीन

के आईएसआईएस या किसी अन्य आतंकवादी संगठन से जुड़े होने के कोई सबूत नहीं मिले। वो केवल आईएसआईएस से प्रभावित था।[32]

5. अमेरिका के सैन बर्नाडिनो में क्रिसमस पार्टी के दौरान हमला (2 दिसंबर, 2015)

कैलिफोर्निया के सैन बर्नाडिनो में चल रही एक क्रिसमस पार्टी में सैयद रिजवान फारुक (Syed Rizwan Farook) और उसकी पत्नी तशफीन मलिक (Tashfeen Malik) ने स्वचालित हथियारों से अंधाधुंध फायरिंग करके 14 लोगों की जान ले ली जबकि 21 लोग गंभीर रूप से घायल हुए। इस दौरान आतंकियों ने बम विस्फोट करने की भी कोशिश की थी। इस हमले को अंजाम देकर भाग रहे आतंकी जोड़े को बाद में सुरक्षाकर्मियों ने मार गिराया। हमलावरों के पड़ोस में रहने वाले अनरिक मर्केज (Enrique Marquez) को बाद में पुलिस ने गिरफ्तार किया जिस पर इन दोनों की मदद करने के आरोप लगे। मर्केज ने 2007 में इस्लाम कुबूल किया था। सुरक्षा एजेंसियों के मुताबिक तीनों ही आरोपियों का किसी आतंकवादी संगठन से सम्बन्ध नहीं था।[33]

अमेरिकी नागरिक रिजवान पाकिस्तानी मूल का था लेकिन उसका जन्म अमेरिका में हुआ था। वो सैन बर्नाडीनो में स्वास्थ्य विभाग का कर्मचारी था। वहीं तशफीन मलिक का जन्म पाकिस्तान में हुआ लेकिन रिजवान से विवाह के बाद उसे 2015 में अमेरिकी ग्रीन कार्ड मिला था। रिजवान और तशफीन इंटरनेट के जरिये एक–दूसरे के संपर्क में आने से पहले ही कट्टरपंथ की राह पकड़ चुके थे। इन दोनों के साथ मर्केज भी इनके घर में जिहादी प्रोपेगेंडा से सम्बन्धित लेख, अल–कायदा की ऑनलाइन मैगजीन इन्स्पायर (Inspire), अल–शबाब के द्वारा पोस्ट किये गये वीडियो और अनवर अल–अवलाकी के भाषणों वाले वीडियो देखा करता था। हमले की फंडिंग रिजवान ने खुद की और लगभग एक वर्ष तक तैयारी करने के बाद इस हमले को अंजाम दिया। हमले से ठीक पहले तशफीन ने आईएसआईएस के बारे में इंटरनेट पर सर्च किया था।

6. फ्रांस के टूर्स शहर में पुलिस स्टेशन पर हमला (20 दिसंबर, 2014)

बर्ट्रेंड जोहाबोनायो (Bertrand Nzohabonayo) नाम के 20 वर्षीय फ्रेंच नागरिक ने मध्य फ्रांस के टूर्स शहर में एक पुलिस स्टेशन पर हमला किया। चाकू से लैस हमलावर ने तीन पुलिसकर्मियो पर वार कर उन्हें जख्मी कर दिया। जवाब में की गई फायरिंग में हमलावर भी मारा गया। तफ्तीश में पता चला कि हमलावर धर्मांतरित होकर मुसलमान बना था और अपना नाम बिलाल रख लिया था। हमले से कुछ समय पहले से ही आरोपी अपने फेसबुक पेज पर चरमपंथी सामग्री पोस्ट कर रहा था। आरोपी ने ये हमला आईएसआईएस द्वारा जारी किये गये एक वीडियो से प्रेरित होकर किया जिसमें इस्लामिक स्टेट के आतंकवादियों ने फ्रांस के मुसलमानों से गैर मुसलमानों पर हमला करने के लिए कहा था।[34]

7. अमेरिका के क्वीन्स में आतंकवादी हमला (23 अक्टूबर, 2014)

जेल एच. थॉम्पसन (Zale H- Thompson) नामक एक 32 वर्षीय अमेरिकी नागरिक ने न्यूयॉर्क सिटी पुलिस डिपार्टमेंट के चार पुलिस अफसरों पर उस वक्त चाकू से हमला कर दिया जब वो सड़क के पास फोटो खिंचा रहे थे। हमले में दो पुलिस अफसर बुरी तरह घायल हो गये जबकि बाकी दो ने मौके पर ही हमलावर को मार गिराया। इस घटना से दो वर्ष पहले ही थॉम्पसन ने इस्लाम कुबूल किया था।

जांच में पता चला कि हमलावर का किसी आतंकवादी संगठन से कोई सम्बन्ध नहीं था, हालांकि वह पिछले कुछ महीने से विभिन्न आतंकी संगठनों जैसे कि अल–कायदा, अल शबाब और आईएसआईएस के बारे में इंटरनेट पर सर्च कर रहा था। इस दौरान उसने इन संगठनों से सम्बन्धित 100 से ज्यादा वेबसाइट्स को विजिट किया था। उसने बर्बर हत्याओं और आतंकवादी हमलों से सम्बन्धित कई वीडियो भी देखे थे।[35]

9. कनाडा के क्यूबेक शहर में हमला (20 अक्टूबर, 2014)

कनाडा की जमीन पर हुआ ये पहला ऐसा इस्लामिक आतंकवादी हमला था जिसमें किसी कनाडाई नागरिक की जान गई। मार्टिन रोलेऊ (Martin Rouleau) नाम के एक 25 वर्षीय युवक ने क्यूबेक शहर में सड़क किनारे जा रहे दो कनाडाई सैनिकों को कार से कुचल दिया। हमले में एक सैनिक की मौत हो गई जबकि दूसरा बुरी तरह घायल हो गया। इस हमले को अंजाम देकर भाग रहे मार्टिन ने एक अन्य सैनिक पर चाकू से हमले की कोशिश की थी लेकिन इसी दौरान पुलिस की गोली से मारा गया।

सुरक्षा एजेंसियों को पता चला कि मार्टिन ने एक वर्ष पहले इस्लाम कुबूल किया था। उसने इस हमले को उसी महीने अंजाम दिया जिस महीने कनाडा की सरकार ने सीरिया और इराक में इस्लामिक स्टेट के खिलाफ सैन्य कार्रवाई में शामिल होने का फैसला किया था। मार्टिन कनाडा के उन 90 संदिग्धों की सूची में शामिल था जिन पर खुफिया एजेंसियों की नजर थी। जून 2014 में उसने फेसबुक पर इस्लामिक कट्टरपंथी विचारधारा के समर्थन में पोस्ट करते हुए विदेश जाकर लड़ाई में शामिल होने की इच्छा व्यक्त की थी। जुलाई, 2014 में जब वो तुर्की जाने की कोशिश कर रहा था उसी दौरान पुलिस ने उसे गिरफ्तार करके उसके पासपोर्ट को कब्जे में ले लिया था। लेकिन किसी आतंकी संगठन से सम्बन्ध न होने, कोई आपराधिक पृष्ठभूमि न होने और उसके पास से कोई आपत्तिजनक सामान बरामद न होने की वजह से उसे छोड़ दिया गया था।[36]

10. फ्रांस के ला डिफेंस क्षेत्र में सैनिक पर हमला (25 मई, 2013)

अलेक्जेंडर धाउसी (Alexandre Dhaussy) नाम के एक 22 वर्षीय युवक ने पेरिस के उपनगरीय इलाके ला डिफेंस में पेट्रोलिंग कर रहे एक फ्रेंच सैनिक पर चाकू से हमला कर दिया। इस हमले से एक घंटे पहले ही हमलावर ने पास की दुकान से दो चाकू खरीदे थे

जिनका उसने हमले में इस्तेमाल किया। जांच में पता चला कि पीड़ित व्यक्ति पर हमला उसके 'सैनिक' होने की वजह से ही किया गया क्योंकि हमलावर की इच्छा फ्रांस सरकार के किसी प्रतिनिधि को निशाना बनाने की थी। हमलावर मूलत: एक ईसाई था जिसने कुछ समय पहले ही इस्लाम कुबूल किया था। इस हमले में किसी अन्य के शामिल होने के कोई संकेत नहीं मिले।[37]

11. अमेरिका के बोस्टन मैराथन के दौरान बम विस्फोट (15 अप्रैल, 2013)

बोस्टन शहर में मैराथॉन प्रतियोगिता के दौरान दो प्रेशर कुकर बमों का इस्तेमाल करके किये गये बम विस्फोट में 3 लोगों की मौत हो गई जबकि 264 से ज्यादा लोग घायल हुए। इन हमलों को टैमरलान जारनाएव और जोखर जारनाएव ने अंजाम दिया था।

12. जर्मनी के फ्रैंकफर्ट एयरपोर्ट पर हमला (2 मार्च, 2011)

आरिद उका (Arid Uka) नाम के अल्बानियन मूल के एक युवक ने अफगानिस्तान जा रहे अमेरिकी वायुसैनिकों पर हमला किया और गोली मारकर दो सैनिकों की हत्या कर दी जबकि दो अन्य को घायल कर दिया। हमलावर एक वर्ष की उम्र से ही जर्मनी में रह रहा था और एयरपोर्ट के पोस्ट ऑफिस में काम करता था। जांच में यह पता चला कि उसने ऑनलाइन प्लेटफॉर्म का इस्तेमाल करके आतंकवादी संगठनों से संपर्क करने की कोशिशें की थीं, लेकिन इसमें सफल नहीं हो सका था। फ्रैंकफर्ट एयरपोर्ट पर हमले की प्लानिंग भी उसने अकेले ही की थी।

जर्मनी में इस तरह का ये पहला हमला था। उका का किसी आतंकवादी संगठन से कोई सम्बन्ध नहीं था, वो ऑनलाइन चल रहे जिहादी प्रोपेगेंडे का शिकार बना था। पूछताछ में उका ने बताया कि यू–ट्यूब पर मौजूद एक वीडियो, जिसमें अमेरिकी सैनिक इराकी महिलाओं से बलात्कार करते हुए दिखाई दे रहे थे, उसे देखने के बाद ही उसने हमला करने का फैसला किया। लेकिन तफ्तीश में ये सामने आया कि वो वीडियो एक अमेरिकी फिल्म 'रिडैक्टेड' (Redacted) का हिस्सा था जिसे यू–ट्यूब पर मनगढ़ंत तथ्यों के साथ पोस्ट किया गया था।[38] फरवरी 2012 में जर्मनी की एक अदालत ने उका को आजीवन कारावास की सजा सुनाई।[39]

आतंकवाद 3.0 और मीडिया

3.0 श्रेणी की सबसे प्रमुख विशेषता ये है कि आतंकवादियों की लगभग समस्त गतिविधियों के केंद्र में सोशल मीडिया और इंटरनेट हैं। कट्टरपंथ से सम्बन्धित विचार, दुष्प्रचार एवं परोक्ष रूप से मिलने वाले निर्देश – ये सभी सम्भावित आतंकवादियों तक सोशल मीडिया व इंटरनेट के जरिये ही पहुंचे। वेब वर्ल्ड में मौजूद सूचनाओं के असीमित प्रवाह में से आतंकवादियों ने अपने मतलब की जानकारियां इकट्ठा कीं। वैचारिक खाद–पानी के साथ ही हमले करने के विभिन्न तरीकों, जरुरी सावधानियों इत्यादि के बारे में भी इन्हीं साधनों से

जानकारियां प्राप्त की गईं।

इस श्रेणी के आतंकवाद की दूसरी विशेषता ये है कि हमला करने से पहले मुख्यधारा की मीडिया तक अपनी बात पहुंचाने की कोशिशें नहीं की जातीं। आतंकवादियों की व्यक्तिगत सक्रियता या उनके बेहद छोटे समूह से जुड़े होने की वजह से किसी हमले को अंजाम देने से पहले ये अपनी गतिविधियों को उजागर करने से परहेज करते हैं। इसकी प्रमुख वजह ये हो सकती है कि इन आतंकवादियों को अपने पकड़े जाने का डर रहता हो। वैसे भी, आतंकवाद का ये रूप घर में बैठकर आतंकी बनते लोगों की वजह से सामने आया और गोपनीय रूप से सक्रियता ही इस आतंकवाद की सबसे बड़ी ताकत बनकर उभरी है।

लेकिन इस तरह के प्रत्येक हमले में कुछ ऐसे तत्व भी मौजूद हैं जो ये स्पष्ट करते हैं कि 3.0 श्रेणी के आतंकवादी हमला करने के बाद मुख्यधारा की मीडिया के जरिये ही पूरी दुनिया तक अपनी बात पहुंचाना चाहते हैं। हमले के दौरान धार्मिक नारे लगाना, अपने पास किसी आतंकवादी संगठन का झंडा या उससे जुड़े प्रतीक को रखना और हमलावरों द्वारा अल–कायदा या आईएसआईएस के प्रति अपनी निष्ठा प्रकट करना, ये सभी कार्य ऐसे हैं जिनके जरिये हमला करने के पीछे की असली वजह को दुनिया के सामने स्पष्ट करने के सफल प्रयास आतंकवादियों द्वारा किये गये। हमलावरों को ये अच्छी तरह मालूम था कि मीडिया अपनी रिपोर्ट तैयार करते समय इन बातों का विशेष रूप से उल्लेख करेगा। इस तरह मीडिया आतंकवादियों की इच्छा के मुताबिक उनकी बात को दुनिया के सामने लाने का उपकरण बन जाता है।

'लोन वुल्फ अटैक' और आतंकवाद 3.0

वर्तमान समय में पश्चिमी देशों में हो रहे लोन वुल्फ अटैक ऐसे हमले हैं जिन्हें या तो किसी अकेले हमलावर ने अंजाम दिया या फिर 2 या 3 हमलावरों के छोटे समूह ने इन हमलों की प्लानिंग की, उसके लिए जरुरी संसाधन जुटाये और फिर उसे अंजाम तक पहुंचाया। ये विशेषता आतंकवाद 3.0 में भी पायी जाती है। फिर भी, लोन वुल्फ कैटेगरी के हमलों और आतंकवाद 3.0 में कई बुनियादी फर्क हैं –

1. आतंकवाद 3.0 का विकास पश्चिमी देशों में 9/11 हमले के बाद उपजी परिस्थितियों की देन है, जबकि लोन वुल्फ अटैक इससे काफी पहले से हो रहे हैं। किसी एक व्यक्ति या बेहद छोटे समूह द्वारा किसी खास वजह से आम लोगों या विशिष्ट जनों को निशाना बनाने की प्रवृत्ति काफी पुरानी है। पूर्व के मामलों में भी हमलावर का किसी ऐसे संगठन के एजेंडे या बड़े उद्देश्य से प्रेरित व प्रभावित होकर हमला करने के उदाहरण मौजूद हैं, जिस संगठन से हमलावर किसी भी तरह से जुड़ा हुआ नहीं था।

   उदाहरण :–

   24 फरवरी, 1994 को इजराइल के हेब्रॉन शहर की एक मस्जिद में इसी तरह का लोन वुल्फ अटैक किया गया था। स्वचालित हथियारों से लैस एक यहूदी डॉक्टर बरुच गोल्डस्टीन ने शुक्रवार की नमाज के लिए जुटे मुस्लिमों पर अंधाधुंध फायरिंग

की और 30 लोगों की जान ले ली। जांच में पता चला कि इस हमले की प्लानिंग, हथियारों का इंतजाम और हमले को अंजाम देना, ये सभी काम आरोपी ने अकेले ही किये थे। किसी संगठन से उसका कोई सम्बन्ध नहीं था।[40]

2. आतंकवाद 3.0 से सम्बन्धित हमलावरों की मानसिकता को बदलने और उसे हिंसा के स्तर तक ले जाने में इंटरनेट की केंद्रीय भूमिका सामने आयी है। इंटरनेट पर मौजूद विभिन्न प्रकार के चरमपंथी विचारों, हमले के लिए उकसाने वाले तर्कों और तथ्यों का उपभोग करते–करते सामान्य जिंदगी जी रहे लोग कब हमलावर बन गये, इसकी भनक उनके घरवालों को भी नहीं लगी। ये लोग ऐसी घटनाओं के वीडियो देखकर या उनके बारे में पढ़कर आक्रोशित हो गये, जो घटनाएं उनके देश और परिवेश से हजारों किलोमीटर दूर घट रही थीं और जिनके घटित होने से इन हमलावरों का कोई सीधा नुकसान नहीं हुआ था। जबकि लोन वुल्फ अटैक के लिए आवश्यक आवेश और आक्रोश का संचार सम्बन्धित व्यक्ति में उसके अपने परिवेश में घटित हो रही अवांछित घटनाओं की वजह से भी हो सकता है; जैसा कि बरुच गोल्डस्टीन के केस में देखने को मिला।
3. पश्चिमी देशों में किसी खास प्रकार की घृणा से प्रभावित होकर किये जाने वाले सामूहिक नरसंहार, जिन्हें आम तौर से कोई अकेला व्यक्ति ही अंजाम देता है, वो भी लोन वुल्फ अटैक ही होते हैं। अमेरिका जैसे देशों में गन कल्चर की मौजूदगी इस प्रकार के हमलों की आशंका को बढ़ा देती है। विशेष बात ये है कि इन हमलों को अंजाम देने वाले हमलावर आमतौर से आत्मघाती मानसिकता नहीं दर्शाते। वहीं आतंकवाद 3.0 के तहत आने वाले अधिकांश हमलावरों ने आत्मघाती मानसिकता दर्शायी है। ये हमलावर ज्यादा से ज्यादा लोगों को मारने के बाद मर जाने की इच्छा रखते थे।
4. आतंकवाद 3.0 के तहत अब तक हुए सभी हमलों में हमलावरों के उद्देश्य एक जैसे ही थे और ये सभी मामले अनिवार्य रूप से इस्लामिक आतंकवाद से सम्बन्धित थे। जबकि सभी लोन वुल्फ अटैक इस्लामिक आतंकवाद से ही सम्बन्धित हों, ये जरुरी नहीं है। साथ ही, अब तक सामने आये लोन वुल्फ हमलों की पृष्ठभूमि देखने से पता चलता है कि ये अलग–अलग वजहों से अंजाम दिये गये थे।
5. सभी लोन वुल्फ अटैक 'आतंकवाद 3.0' की श्रेणी में नहीं आते। लेकिन 'आतंकवाद 3.0' की श्रेणी में आने वाले सभी हमले लोन वुल्फ अटैक ही थे।
6. कई बार लोन वुल्फ अटैकर मानसिक रोगों से पीड़ित पाये जाते हैं जबकि आतंकवाद 3.0 के हमलावर एक खास विचारधारा से प्रेरित हैं।
7. लोन वुल्फ अटैक एशिया और अफ्रीका से लेकर यूरोप–अमेरिका तक, दुनिया के विभिन्न हिस्सों में होते रहे हैं। लेकिन आतंकवाद 3.0 का खतरा फिलहाल पश्चिमी देशों पर ही ज्यादा मंडरा रहा है। अब तक इस श्रेणी के ज्यादातर हमले अमेरिका और यूरोपीय महाद्वीप में ही हुए हैं।

निष्कर्ष

संक्षेप में, आतंकवाद 3.0 इस्लामिक आतंकवाद का वो चरण है जिसमें सामान्य लोग खुद आतंकवाद की राह चुन रहे हैं, उनके अंदर कट्टरपंथी मानसिकता का बीजारोपण भी स्वयं उन्हीं के प्रयासों से होता है, जिसमें इंटरनेट की अहम भूमिका है। इसमें हमलावर किसी आतंकवादी संगठन से जुड़े नहीं हैं, केवल उनसे प्रेरित हैं। आमतौर से ये हमले स्वतः स्फूर्त ढंग से हुए, लेकिन आतंकवादी संगठनों द्वारा ऐसे हमले करने की अपीलों के बाद हमलों की संख्या में इजाफा देखने को मिला। ऐसे लोग पश्चिमी देशों द्वारा इराक–अफगानिस्तान में की जा रही सैन्य कार्यवाहियों को लेकर आक्रोशित थे। इसीलिये अमेरिका, फ्रांस या कनाडा जैसे देशों में रहते हुए भी ये हमलावर अपनी जन्मभूमि को ही अपना दुश्मन समझने लगे।

घर से दफ्तर या स्कूल आते–जाते, सामान्य दिनचर्या का पालन करते हुए अचानक किसी व्यक्ति के हमलावर के रूप में सामने आने से एक ऐसी खतरनाक स्थिति पैदा हो रही है जिससे मुकाबले की ठोस रणनीति फिलहाल पश्चिमी देशों की सुरक्षा एजेंसियों के पास नहीं है। इसके पीछे मुख्य वजह ये है कि चरमपंथी विचारों की ओर झुकाव रखने वाला कोई व्यक्ति, अपने विचार को लेकर किस हद तक प्रतिबद्ध है, इसका अंदाजा लगाना मुश्किल है। इसीलिये "3.0" श्रेणी के ऐसे कई हमलावर, जिन पर शुरुआत में सुरक्षा एजेंसियों को शक हुआ, उनसे पूछताछ की गई, लंबे वक्त तक उनकी निगरानी भी की गई, लेकिन फिर सब कुछ ठीक मानकर उन्हें छोड़ दिया गया। बाद में इन्हीं में से कुछ लोग ऐसे हमलावर के रूप में सामने आये, जो हमले करते हुए अपनी जिंदगी कुर्बान करने को तैयार थे। उस वक्त, इससे पहले कि उस हमलावर को रोका जा पाता, वो नुकसान पहुंचा चुके थे।

आतंकवाद 4.0 – आशंकायें

जैसा कि शुरु में कहा गया, टेक्नोलॉजी से मिली ताकत हमें मजबूत भी बनाती है और कई बार हमारी शक्ति को क्षीण भी करती है। फिलहाल हम आतंकवाद के तीसरे चरण "3.0" की चर्चा कर रहे हैं, जो सूचना क्रांति से ताकत और इराक–अफगानिस्तान की बारूदी गंध की आहट पाकर उठ खड़ा हुआ है।

लेकिन टेक्नोलॉजी में परिवर्तनों का दौर जारी है। अक्टूबर 2017 में "सोफिया" सऊदी अरब से नागरिकता पाने वाली दुनिया की पहली रोबोट बनी, तो नवंबर 2017 में 7 वर्ष के बच्चे की तरह बातें करने में सक्षम चैटबोट "शिबुया मिराई" (Shibuya Mirai) को जापान की राजधानी टोक्यो में औपचारिक रूप से "निवास स्थान" हासिल हुआ है। खुद ही दुश्मन की पहचान कर उन्हें मारने की क्षमता रखने वाले 'रोबोट सैनिक' कभी भी किसी देश की प्रयोगशाला से निकलकर सड़कों पर आ सकते हैं। आर्टिफिशियल इंटेलीजेंस, रोबोटिक्स के क्षेत्र में तेजी से हो रहे परिवर्तनों के साथ ही "आईओटी क्रांति" (IoT – Internet-of-Things Revolution) भी दस्तक दे चुकी है जिसके तहत इंटरनेट से जुड़ी एक डिवाइस के जरिये कमांड देकर कहीं दूर मौजूद दूसरी डिवाइस से

काम कराया जा सकता है।

लिहाजा ध्यान रहे, वर्तमान में हो रहे इन परिवर्तनों पर भविष्य के आतंकियों की भी नजर है ... "आतंकवाद 4.0" कहीं ज्यादा विध्वंसक हो सकता है ...

संदर्भः

1. Ahmed, Houria. 2011. "The Frightening Rise of Lone-Wolf Terrorism." New Republic, August 06. https://newrepublic.com/article/93281/breivik-hasan-terrorism-extremism
2. "Feds Arrest Man They Say Planned to Detonate Grenades in Illinois Shopping Mall." Fox New, last modified December 09, 2006, accessed August 13, 2017. http://www.foxnews.com/story/2006/12/09/feds-arrest-man-say-planned-to-detonate-grenades-in-illinois-shopping-mall.html
3. The Investigative Project on Terrorism, accessed November 19, 2017. https://www.investigativeproject.org/documents/case_docs/348.pdf
4. "Shareef Sentenced to 35 Years in Prison for Foiled Plot to Bomb Shopping Mall During Holiday Season", Department of Justice of the US, last modified September 30, 2008, accessed November 18, 2017. https://www.justice.gov/archive/opa/pr/2008/September/08-nsd-872.html
5. Mantel, Barbara. "Terrorism and the Internet.", accessed August 18, 2017. https://www.sagepub.com/sites/default/files/upm-binaries/36306_6.pdf
6. Bradley, Ben. 2011. "Special Segment: The Making of a Terrorist." ABC 7 Chicago News, February 15. http://abc7chicago.com/archive/7961433/
7. "Oregon Resident Convicted in Plot to Bomb Christmas Tree Lighting Ceremony in Portland." Department of Justice of the US, last modified January 31, 2013, accessed November 16, 2017. https://www.justice.gov/opa/pr/oregon-resident-convicted-plot-bomb-christmas-tree-lighting-ceremony-portland
8. Richey, Warren. 2011. "Accused Fort Hood plotter got bombmaking recipe from Al-Qaeda." Christian Science Monitor, July 29. https://www.csmonitor.com/USA/Military/2011/0729/Accused-Fort-Hood-plotter-got-bombmaking-recipe-from-Al-Qaeda
9. "How to Make Bomb in Kitchen of Mom featured in Al Qaeda's 1st English Magazine." Fox News, last modified July 01, 2010, accessed September 09, 2017, http://www.foxnews.com/world/2010/07/01/make-bomb-kitchen-mom-featured-al-qaedas-st-english-magazine.html

10. "The use of the Internet for terrorist purposes". UNODC's Report, last modified September 2012, accessed November 13, 2017, https://www.unodc.org/documents/frontpage/Use_of_Internet_for_Terrorist_Purposes.pdf
11. "Al Qaeda magazine urges more attacks", ABC News, last modified October 14, 2010, accessed September 10, 2017, http://www.abc.net.au/news/2010-10-14/al-qaeda-magazine-urges-more-attacks/2298216
12. Loveluck, Louisa. 2015. "Al Qaeda in Yemen urges followers to carry out lone wolf attacks in West." The Telegraph, August 05. http://www.telegraph.co.uk/news/worldnews/middleeast/yemen/11785109/Al-Qaeda-in-Yemen-urges-followers-to-carry-out-lone-wolf-attacks-in-West.html
13. Oliphant, Vickie. 2017. "Derail trains! Al Qaeda releases manual urging lone wolves to target Europe's railways." Express, August 14. https://www.express.co.uk/news/world/840957/Railway-trains-derail-target-terror-attack-threat-al-Qaeda-jihadi-manual-Inspire-magazine
14. Lieberman, Joseph. 2008. "Violent Islamist Extremism, the Internet, and the Homegrown Terrorist Threat." The US Senate Committee Report, May 08. pp. 02-03
https://books.google.co.in/books?id=jPQWjiL7DvgC&pg=PA2&lpg=PA2&dq=internet+and+Derrick+Shareef&source=bl&ots=aJKjehFDMQ&sig=X7RI8koH-Tt8QWVfhAV02eIDDyA&hl=en&sa=X&ved=0ahUKEwirwZGrq9HXAhVEq48KHc3bD5wQ6AEITTAJ#v=onepage&q=internet%20and%20Derrick%20Shareef&f=false
15. Ibid.
16. Lawrence Peter Ampofo, "Terrorism 3.0: Understanding Perceptions of Technology, Terrorism and Counter-Terrorism in Spain" (Doctoral Thesis, Royal Holloway University of London, 2011)
https://repository.royalholloway.ac.uk/items/fd658676-8ed2-9d0c-70e2-72e7fdd8df2f/9/
17. Ibid.
18. Falode, Adewunmi. 2017. "Terrorism 4.0: A Structural Analysis." SSRN, January 03.
https://papers.ssrn.com/sol3/papers.cfm?abstract_id=2893253
19. Ibid.
20. Burke, Jason. 2017. "The myth of the 'lone wolf' terrorist." The Guardian, March 30.
https://www.theguardian.com/news/2017/mar/30/myth-lone-wolf-terrorist
21. Ibid.
22. Bazzi, Mohamad. 2016. "Little known jihadist inspired latest wave of 'lone wolf' attacks." Reuters, July 27.
https://www.reuters.com/article/us-lone-wolf-attacks-commentary/commentary-little-known-jihadist-inspired-latest-wave-of-lone-wolf-attacks-idUSKCN1071OS
23. Samuels, David. 2012. "The New Mastermind of Jihad." The Wall Street Journal, April 06.
https://www.wsj.com/articles/SB10001424052702303299604577323750859163544

24. Rej, Abhijnan. 2016. "Al-Qaeda 2.0? Meet Abu Mus'ab al-Suri and his grand strategy for the Islamic State." Firstpost, August 08. http://www.firstpost.com/world/al-qaeda-2-0-meet-abu-musab-al-suri-and-his-grand-strategy-for-the-islamic-state-2941914.html
25. "Abu Musab al-Suri's Military Theory of Jihad." Insite Blog on Terrorism and Extremism, accessed September 11, 2017, http://news.siteintelgroup.com/blog/index.php/about-us/21-jihad/21-suri-a-mili
26. Lavinder, Kaitlin. 2017. "How the Internet Enables Terror 3.0." The Cipher Brief, September 08. https://www.thecipherbrief.com/internet-enables-terror-3-0
27. "Boston Marathon Terror Attack Fast Facts." CNN news website, last modified March 29, 2017, accessed October 05, 2017, http://edition.cnn.com/2013/06/03/us/boston-marathon-terror-attack-fast-facts/index.html
28. Nakashima, Ellen. 2013. "U.S. disrupts al-Qaeda's online magazine." The Washington Post, June 11. https://www.washingtonpost.com/world/national-security/officials-describe-how-us-disrupts-al-qaedas-online-magazine/2013/06/11/6a9196c6-ca07-11e2-9245-773c0123c027_story.html?utm_term=.c138388b6456
29. "New York City terror attack: what we know so far." Vox news, last modified November 01, 2017, accessed November 10, 2017, https://www.vox.com/2017/10/31/16587120/new-york-city-terror-attack-what-we-know
30. Cleary, Tom. 2017. "Abdulahi Hasan Sharif: 5 Fast Facts You Need to Know." Heavy News website, October 01. http://heavy.com/news/2017/10/abdulahi-hasan-sharif-edmonton-terror-attack-suspect-name-photos-isis/
31. Blatchford, Christie. 2017. "Entitled terror suspect pleads not guilty, re-affirms love for ISIL and pledges attacks." National Post, September 20. http://nationalpost.com/opinion/christie-blatchford-entitled-terror-suspect-pleads-not-guilty-re-affirms-love-for-isil-and-pledges-attacks
32. Ackerman, Spencer. 2016. "CIA has not found any link between Orlando killer and Isis, says agency chief." The Guardian, June 16. https://www.theguardian.com/us-news/2016/jun/16/cia-orlando-shooter-omar-mateen-isis-pulse-nightclub-attack
33. "US Terrorist Attacks Fast Facts." CNN, last modified December 18, 2017, accessed December 25, 2017 http://edition.cnn.com/2013/04/18/us/u-s-terrorist-attacks-fast-facts/index.html
34. "Bertrand Nzohabonayo." Counter Extremism Project, Accessed October 15, 2017, https://www.counterextremism.com/people/bertrand-nzohabonayo
35. Schwirtz, Michael and Rashbaum, William K. 2014. "Attacker With Hatchet Is Said to Have Grown Radical on His Own." The New York Times, October 24. https://www.nytimes.com/2014/10/25/nyregion/man-who-attacked-police-with-hatchet-ranted-about-us-officials-say.html

36. Lampert, Allison. 2014. "Canada police talked to militant suspect, couldn't stop attack." Reuters, October 22. https://www.reuters.com/article/us-canada-military/canada-police-talked-to-militant-suspect-couldnt-stop-attack-idUSKCN0IA19120141022
37. "French soldier stabbing: Man on terrorism-linked charges." BBC News, last modified May 31, 2013, accessed November 14, 2017, http://www.bbc.com/news/world-europe-22735883
38. Martin, Adam. 2011. "Kosovo Man Says He Shot U.S. Airmen After Watching Redacted." The Atlantic, August 31. https://www.theatlantic.com/international/archive/2011/08/kosovo-man-says-he-shot-us-airmen-after-watching-redacted/338505/
39. "Frankfurt airport gunman jailed for life." BBC, last modified February 10, 2012, accessed October 14, 2017. http://www.bbc.com/news/world-europe-16984066
40. "1994: Jewish settler kills 30 at holy site." BBC, accessed October 21, 2017, http://news.bbc.co.uk/onthisday/hi/dates/stories/february/25/newsid_4167000/4167929.stm

9/11 के बाद
पश्चिम में आतंकवाद

5. फ्रांस

फ्रांस संयुक्त राष्ट्र सुरक्षा परिषद का स्थायी सदस्य और वैश्विक पावर पॉलिटिक्स का एक अहम किरदार है। किंतु हाल के वर्षों में इस देश को कई बर्बर जिहादी आतंकवादी हमलों को सहने के लिए मजबूर होना पड़ा। फ्रांस एक विकसित देश है जिसका शिक्षा, स्वास्थ्य, जीवन–प्रत्याशा (life expectancy) और मानव विकास की अंतर्राष्ट्रीय रैंकिंग में प्रदर्शन काफी अच्छा है। वहीं दूसरी ओर, 2013 से 2016 के बीच पश्चिमी देशों से इराक और सीरिया पहुंचकर आईएसआईएस आतंकवादी बनने वाले मुस्लिमों में फ्रांसीसी जिहादियों की संख्या सबसे ज्यादा थी। लंबे वक्त से फ्रांसीसी जनता की धर्म–निरपेक्ष मूल्यों के प्रति निष्ठा असंदिग्ध रही है। लेकिन उसी फ्रांस की सरकार को अपने मुस्लिम नागरिकों को कट्टरपंथ की ओर उन्मुख होने से बचाने के लिए संघर्ष करना पड़ रहा है। ये सभी तथ्य संकेत देते हैं कि फ्रांस के अंदर पनपी दहशतगर्दी उसके लिए बड़ी समस्या बन चुकी है। साथ ही, अपनी विशेष सामाजिक–भौगोलिक स्थिति की वजह से ये देश अन्तर्राष्ट्रीय इस्लामिक आतंकवादी संगठनों का यूरोप में सबसे प्रमुख निशाना भी बन गया है।

संयुक्त राज्य अमेरिका पर 9/11 आतंकवादी हमले के बाद आतंकवाद के खिलाफ वैश्विक लड़ाई (GWOT) शुरु हुई। आम तौर से फ्रांस यूरोप में अमेरिकी नीतियों का मुखर आलोचक रहा है। फिर भी, 2001 में आतंकवाद के खिलाफ युद्ध छिड़ने पर वो मजबूती से अमेरिका के साथ खड़ा हुआ। 2014 में जब आईएसआईएस के खिलाफ लड़ने के लिए अन्तर्राष्ट्रीय गठबंधन बनने की प्रक्रिया शुरु हुई तो अमेरिका के बाद फ्रांस ही वो पहला देश था, जो इस गठबंधन का हिस्सा बना। ये दोनों कदम आतंकवाद के खिलाफ लड़ाई में फ्रांस की सरकार के संवेदनशील और दृढ़ रवैये के सबूत हैं। इसका कारण भी बिल्कुल स्पष्ट है – ये देश 1980 के दशक से ही अन्तर्राष्ट्रीय आतंकवाद का शिकार रहा है।

वर्ल्ड ट्रेड सेंटर पर 2001 में हुए हमले के बाद इस्लामिक आतंकवाद को लेकर वैश्विक जनसमुदाय की धारणा में नाटकीय परिवर्तन देखने को मिला। इसके बाद से आतंकवाद के खिलाफ लड़ाई को लेकर अन्तर्राष्ट्रीय सहयोग दिनों–दिन मजबूत हुआ है। आतंकवादी हमलों के खतरों को देखते हुए लगभग सभी प्रमुख देशों में सरकारों ने सुरक्षाबलों के आधुनिकीकरण के प्रयास किये तथा आतंकवाद के खिलाफ विशेष कानून बनाये। फ्रांस में भी इसी तरह के प्रयास किये गये। फिर भी, ये देश अपने लोगों को घातक आतंकवादी हमलों से बचाने में विफल रहा। पिछले कुछ समय में बार–बार हुए हमलों ने फ्रांस की "सेक्युलर आत्मा" को भी घायल कर दिया।

इस अध्याय में फ्रांस में विकराल होती इस समस्या के मूल कारणों का पता लगाने

और फ्रांसीसी समाज पर इन हालात के प्रभावों का विश्लेषण करने की कोशिश की गई है। इसके साथ ही इस अध्याय में हम ये भी जानने की कोशिश करेंगे कि 9/11 के बाद फ्रांसीसी सरकार ने इस्लामिक आतंकवादी खतरे से निपटने के लिए किस प्रकार के प्रयास किये।

भौगोलिक अवस्थिति एवं जनसांख्यिकीय स्थिति

आतंकवाद के खिलाफ लड़ाई में फ्रांस की चर्चा अक्सर एक ऐसे देश के रूप में की जाती है जिसकी स्थिति अनोखी है और जिसके अनुभवों से सीखा जा सकता है। उत्तर–पूर्व में इसकी सीमायें बेल्जियम और लग्जमबर्ग से लगती हैं तो पूर्व में स्थित पड़ोसी जर्मनी और स्विट्ज़रलैंड हैं। इटली और मोनाको (Monaco) दक्षिण–पूर्व में स्थित हैं तो स्पेन और एन्डोरा (Andorra) दक्षिण–पश्चिम में।[1]

फ्रांस शेंजेन क्षेत्र (Schengen Area) का हिस्सा है। शेंजेन क्षेत्र के देशों ने एक–दूसरे के लिए सीमा नियंत्रणों को खत्म कर गैर–शेंजेन क्षेत्र के देशों के साथ बॉर्डर कंट्रोल तंत्र को मजबूत किया है। सदस्य देशों ने औपचारिक रूप से पासपोर्ट की जरुरत को समाप्त कर दिया है। वर्तमान में ये समूचा क्षेत्र अन्तर्राष्ट्रीय पर्यटकों के लिए 'एक देश' की तरह है जिसमें वीजा नीति एक जैसी है। यूरोपीय संघ के 28 में से 22 सदस्य देश शेंजेन क्षेत्र में हिस्सेदार हैं। वर्ष 1985 में हुए 'शेंजेन समझौते' (Schengen Agreement) के नाम पर इस क्षेत्र का ये नाम रखा गया।[2]

इस प्रकार ब्रिटेन के विपरीत– जिसने हमेशा अपनी सीमाओं पर नियंत्रण बनाये रखा है और जिसे एक द्वीप होने का प्राकृतिक लाभ प्राप्त है; फ्रांस को अपने यहां संदिग्ध आतंकवादियों या हथियारों के प्रवाह को रोकने में अपेक्षाकृत कम सफलता मिली है। नवंबर 2015 में जिन आतंकवादियों ने पेरिस में आतंकवादी हमलों को अंजाम दिया, उसमें से कुछ ने बेल्जियम की राजधानी ब्रसेल्स (Brussels) में अपने अड्डे बना रखे थे। ये आतंकवादी दोनों देशों की राजधानियों के बीच आसानी से यात्रा कर सकने की सुविधा का लाभ उठा रहे थे।[3]

19वीं शताब्दी से ही फ्रांस में बड़ी संख्या में अप्रवासियों का आना शुरु हो चुका था। इनमें ज्यादातर यूरोप के कैथोलिक देशों से आने वाले वे पुरुष मजदूर थे जो काम न मिलने पर वापस अपने देश लौट जाते थे। 1970 के दशक में जब फ्रांस आर्थिक संकट के दौर से गुजर रहा था, उस समय यहां की सरकार ने नये अप्रवासियों को स्थायी रूप से फ्रांस में बसने की इजाजत दी। इस दौरान यहां आने वाले अप्रवासियों में मघरेब (Maghreb – उत्तरी अफ्रीका का एक बड़ा क्षेत्र) के लोगों की संख्या ज्यादा थी जिन्हें आसानी से फ्रांस की नागरिकता भी मिल गई। परिणामस्वरूप हजारों–लाखों की संख्या में मुस्लिम परिवार रियायती दर पर मिले सार्वजनिक आवासों में (विशेषकर बड़े शहरों में) रहने लगे। बाहर से आये इन "फ्रांसीसी नागरिकों" में बेरोजगारी की दर हमेशा से अन्य नागरिक समूहों के मुकाबले ज्यादा रही है।

बीबीसी की न्यूज वेबसाइट द्वारा प्रकाशित एक रिपोर्ट के मुताबिक यूरोपीय देशों में

फ्रांस के पास सबसे बड़ी मुस्लिम आबादी है जो 5 मिलियन (50 लाख) या कुल जनसंख्या का 7.5 प्रतिशत के करीब है (हालांकि टेलीग्राफ और कुछ अन्य स्रोत इसे 10 प्रतिशत मानते हैं)। वहीं जर्मनी में रहने वाले मुस्लिमों की संख्या 4 मिलियन (40 लाख) या कुल जनसंख्या का 5 प्रतिशत है जबकि ब्रिटेन में ये आंकड़ा 3 मिलियन (30 लाख) है। हालांकि प्रतिशत के लिहाज से ये संख्या ब्रिटेन की कुल जनसंख्या का 5 प्रतिशत ही है।[4]

इस तरह इस्लामिक आतंकवाद के सम्मुख फ्रांस के तुलनात्मक रूप से ज्यादा आघात योग्य होने के पीछे कई कारण हैं। इस नाजुक सत्य को स्वीकार करना होगा कि पूरे यूरोप में सर्वाधिक मुस्लिम आबादी फ्रांस में रहती है। ये एक बड़ा पूल (pool) बनाती है जिससे सम्बन्धित लोगों को कट्टरपंथी बनाया जा सकता है। एक सत्य ये भी है कि फ्रांस ने अप्रवासियों को फ्रांसीसी रंग–ढंग में रंग कर लेने से परहेज किया। उन्हें उनकी विशिष्ट संस्कृति और परंपराओं को बनाये रखने के लिए प्रोत्साहित किया गया; जबकि उनसे फ्रांस के पारंपरिक मूल्यों और सांस्कृतिक आदर्शों का सम्मान करने की उम्मीद की जानी चाहिये थी।

फ्रांस में इस्लामिक आतंकवाद का इतिहास

जिहादी समस्या की जड़ें मध्य–पूर्व और उत्तरी अफ्रीका में फ्रांस के साम्राज्यवादी शासन के दौर में निहित हैं; जब अल्जीरिया, ट्यूनीशिया, लेबनान और सीरिया जैसे देश इसके उपनिवेश हुआ करते थे। 1950 और 1960 के दशक में फ्रांस की मुख्य भूमि को आतंकवादी हमले झेलने पड़े जो तत्कालीन समय में अल्जीरिया में चल रहे युद्ध से जुड़े थे।

1974 और 1975 के दौरान फ्रांस में हुए हमलों के आरोप कुख्यात अंतरराष्ट्रीय आतंकी कार्लोस पर लगे। कार्लोस की गतिविधियां फिलिस्तीन के प्रश्न से जुड़ी हुई थीं। इन हमलों के साथ ही पहली बार फ्रांस की जमीन पर अंतरराष्ट्रीय आतंकवाद ने दस्तक दी।[5] अगले कुछ वर्षों में इस्लामिक आतंकवादियों ने इस क्षेत्र में अपनी सक्रियता बढ़ा दी। 1980 के दशक की शुरुआत में पेरिस में एक आतंकी हमला हुआ जिसमें 4 लोग मारे गए और 22 लोग घायल हुए। इन हमलों का आरोप अबू निदाल (Abou Nidal) पर लगा जो फिलिस्तीनी आतंकवादियों से अलग हुए एक धड़े का सरगना था। 1982 में एक इजराइली राजदूत की हत्या व पेरिस में यहूदी कॉलोनी में अबू निदाल के आतंकवादियों द्वारा की गई गोलीबारी (जिसमें 6 लोग मारे गए और 20 से ज्यादा घायल हुए) फिलिस्तीन के सवाल से ही जुड़े हुए थे।[6]

1994 में अल्जीरिया में रह रहे 12 फ्रांसीसी नागरिकों की हत्या वहां के अतिवादी संगठन 'ग्रुप ऑफ इस्लामिक आर्मी' द्वारा कर दी गई। इसके बाद सुरक्षा एजेंसियों ने न केवल अल्जीरिया में बल्कि फ्रांस के अंदर भी तेजी से फैल रहे चरमपंथी इस्लामिक संगठनों के खतरे से सरकार को आगाह किया था। दिसंबर, 1994 में फ्रांस को एक ऐसी साजिश का सामना करना पड़ा जो यदि सफल हो जाती तो अमेरिका में 11 सितम्बर, 2001 को हुए आतंकवादी हमले जैसा हमला फ्रांस को झेलना पड़ता। ग्रुप ऑफ इस्लामिक आर्मी ने अल्जीरिया में एक फ्रांसीसी वायुयान का अपहरण कर उसे एफिल टॉवर से टकराने की

रणनीति बनायी थी, या फिर इसे पेरिस शहर के ऊपर ही विस्फोट कर उड़ा दिया जाता।[7]

25 जुलाई, 1995 को फ्रांस के खिलाफ जिहाद छेड़े जाने का खतरा हकीकत बनकर सामने आ गया जब पेरिस के सेंट माइकेल सबवे स्टेशन पर गैस सिलेंडर के जरिये विस्फोट किया गया, इसके बाद 7 और आतंकवादी हमले या हमले करने के प्रयास हुए जिनमें कुल मिलाकर 12 लोगों की जान गई, जबकि 173 लोग घायल हो गये। ग्रुप ऑफ इस्लामिक आर्मी के आतंकियों ने 3 दिसंबर, 1996 को एक बार फिर एक सबवे स्टेशन पोर्ट रॉयल को निशाना बनाकर हमला किया और 7 लोगों की हत्या कर दी। इस हमले में 82 लोग घायल हुए थे।

1996 से 2001 के बीच, कम से कम तीन बार आतंकी हमले की साजिशों का पर्दाफाश करते हुए उनके नेटवर्क को ध्वस्त करने में कामयाबी मिली। ये हमले 1998 में फ्रांस में हुए फुटबाल विश्वकप मैचों के दौरान, वर्ष 2000 में स्ट्रासबर्ग के क्रिसमस मार्केट और 2001 में पेरिस में स्थित अमेरिकी दूतावास को निशाना बनाकर किये जाने वाले थे। 11 सितम्बर, 2001 को जब अल–कायदा के आतंकवादियों ने अमेरिका में बड़े हमलों को अंजाम दिया, उस वक्त पूरी दुनिया स्तब्ध रह गई। लेकिन फ्रांस सरकार की रणनीति या फ्रांसीसी जनता के नजरिये पर इन हमलों का वैसा प्रभाव नहीं पड़ा जैसा अमेरिका के कुछ अन्य सहयोगी देशों की सरकारों पर पड़ा। लिहाजा फ्रांसीसी आतंकरोधी रणनीति या सामरिकी पर भी 9/11 हमलों का कोई तात्कालिक प्रभाव दृष्टिगोचर नहीं होता है। लेकिन इसके बाद कराची, यमन, मैड्रिड और लंदन में हुए हमलों ने फ्रेंच अथॉरिटी को इस्लामिक आतंकवादियों द्वारा पेश की जा रही चुनौती पर गंभीरतापूर्वक सोचने के लिए मजबूर किया। विभिन्न देशों में हुए इन हमलों के बाद के समय में फ्रांस के कानूनों एवं नीतियों में किये गये संशोधनों में इसकी झलक देखी जा सकती है।

यूरोप में फ्रांस उन देशों में से एक है जिस पर अन्तर्राष्ट्रीय आतंकवाद का सबसे ज्यादा प्रभाव पड़ा है। आज भी इस्लामिक आतंकवादी हमलों का खतरा लगातार फ्रांसीसी आसमान पर मंडरा रहा है। जुलाई, 2014 में ये तथ्य सामने आया कि (उससे पहले के) 5 वर्षों में अल–कायदा द्वारा बंधक बनाने गये 53 लोगों में फ्रांसीसी नागरिकों की संख्या लगभग एक तिहाई थी। हालांकि फ्रांस सरकार का दावा है कि उसने बंधकों को छुड़ाने के लिए किसी प्रकार की फिरौती नहीं दी, लेकिन अपहरणकर्ताओं की गिरफ्त से छूटे पीड़ितों ने फ्रांस सरकार को उनकी मुक्ति के लिए धन उपलब्ध कराने का श्रेय दिया।[8]

9/11 के बाद के समय में हुए प्रमुख आतंकी हमले

हाल के वर्षों में फ्रांस को एक के बाद एक कई बर्बर आतंकवादी हमलों का दंश झेलना पड़ा है। विस्तृत विवरण निम्न प्रकार से है –

1. **अक्टूबर, 2004** – पेरिस में इंडोनेशियाई दूतावास के बाहर 8 अक्टूबर को एक बम विस्फोट हुआ जिसमें 10 लोग घायल हुए। घायलों में दूतावास के कर्मचारी भी शामिल थे। इस हमले की जिम्मेदारी 'फ्रंट इस्लामिक फ्रांसीसी आर्मी' नामक आतंकवादी संगठन ने ली। हालांकि शुरुआती जांच में मिले तथ्यों के आधार पर

इस हमले को अंजाम देने के लिए 'जेमाह इस्लामिया' नामक आतंकवादी संगठन को जिम्मेदार ठहराया गया जिसका सम्बन्ध दक्षिण–पूर्वी एशिया से आये से लोगों से था और जिसे अल–कायदा का क्षेत्रीय अंग माना जाता था।[9]

2. **नवंबर, 2011** – चार्ली हेब्दो पत्रिका के कार्यालय में विस्फोट हुआ हालांकि इस हमले में कोई हताहत नहीं हुआ।
3. **मार्च, 2012** – फ्रांस में जन्मे मोहम्मद मेराह नाम के आतंकवादी ने दक्षिणी फ्रांस में गैर मुस्लिमों की हत्यायें करने का अभियान छेड़ दिया। 11 दिन की अवधि में आरोपी ने 3 फ्रांसीसी सैनिकों, 3 स्कूली बच्चों और 1 यहूदी पुजारी की हत्या की। 22 मार्च को सुरक्षाबलों ने मोहम्मद मेराह को उसके फ्लैट में घेर लिया। काफी लंबे समय तक चली मुठभेड़ के बाद आखिरकार उसे मार गिराने में कामयाबी मिली।[10]
4. **मई, 2013** – एक धर्मांतरित मुस्लिम कट्टरपंथी ने फ्रेंच सैनिक सेड्रिक कोर्डिएज की हत्या कर दी।
5. **मई, 2014** – फ्रांस में जन्मे जिहादी मेहदी नेम्मोचे ने बेल्जियम की राजधानी ब्रसेल्स के एक यहूदी म्यूजियम पर हमला कर दिया और 4 लोगों की हत्या कर दी। बेल्जियम के इस यहूदी संग्रहालय के आस--पास बड़ी संख्या में फ्रांसीसी भाषा बोलने वाले लोग निवास करते हैं। ये जगह फ्रांस के कितनी करीब है, इसका अंदाजा इस बात ये लगाया जा सकता है कि पेरिस से ब्रसेल्स की दूरी तय करने में केवल 90 मिनट का समय लगता है।
6. **जनवरी, 2015** – 7 जनवरी को फ्रांस की जमीन पर हुआ हमला इससे पूर्व के 50 साल में हुए सबसे भीषण आतंकवादी हमलों में से एक था। हथियारों से लैस आतंकवादियों ने फ्रांस की मशहूर पत्रिका चार्ली हेब्दो के पेरिस स्थित दफ्तर पर अटैक कर दिया। हमलावर चेरिफ और सईद काउची ने इस दौरान पत्रिका के मुख्य संपादक, कार्टूनिस्ट, अन्य कर्मचारियों और वहां तैनात 2 पुलिसकर्मियों समेत कुल 12 लोगों की हत्या कर दी। इस दौरान हमलावरों ने खुद के अल–कायदा से जुड़े होने की बात कही।[11] बाद में 9 जनवरी को एक बिल्डिंग में छिपे काउची ब्रदर्स को पुलिस ने मार गिराया।
7. **जनवरी, 2015** – चार्ली हेब्दो के दफ्तर पर हुए हमले के बाद अगले दो दिनों में भी पेरिस के आस–पास आतंकवादी हमले हुए। 8 जनवरी को एक महिला पुलिसकर्मी को गोली मारी गई, जबकि 9 जनवरी को पेरिस के पास एक सुपरमार्केट में हथियारबंद आतंकियों ने लोगों को बंधक बना लिया। इन दोनों वारदातों को एक इस्लामिक कट्टरपंथी आमेडी कोलीबेली ने अंजाम दिया था। आरोपी ने एक वीडियो के जरिये आईएसआईएस के प्रति अपनी निष्ठा की घोषणा भी की। पुलिस के साथ हुई मुठभेड़ में आमेडी मारा गया। मरने से पूर्व उसने 4 बंधकों की हत्या कर दी थी। कोलीबेली एक धर्मांतरित व्यक्ति था। आशंका जताई जाती है कि जेल में रहने के दौरान उसका ब्रेनवॉश करके उसे आतंकी बनाया गया था।

8. **जून 2015** – 26 जून को यासीन साल्ही नामक एक संदिग्ध आतंकी दक्षिणी–पूर्वी फ्रांस के अमेरिकी स्वामित्व वाले गैस संयन्त्र में गाड़ी के साथ प्रवेश कर गया। इसके बाद उसने वहां मौजूद एक व्यक्ति की गला काटकर हत्या कर दी। पुलिस ने घटनास्थल से एक इस्लामिक झंडा बरामद किया।

9. **अगस्त 2015** – 21 अगस्त को एके–47 राइफल, पिस्टल और बॉक्स कटर से लैस एक हमलावर एम्सटर्डम से पेरिस जाने वाली ट्रेन में सवार हुआ। दो अमेरिकी कर्मचारियों और दो यूरोपीय लोगों ने हमलावर को देख लिया जिसकी वजह से वक्त रहते आरोपी को पकड़ लिया गया। इस घटना के बाद फ्रांस के तत्कालीन राष्ट्रपति फ्रैंकोइस होलांद ने कहा कि एक बड़े हमले को नाकाम करने में कामयाबी मिली।

10. **नवंबर, 2015** – स्वचालित हथियारों एवं बमों से लैस 9 आतंकवादियों ने 13 नवंबर, 2015 को पेरिस के कई महत्वपूर्ण स्थलों पर एक साथ हमला कर दिया। इस बर्बर आतंवादी हमले में 130 निर्दोष नागरिकों को अपनी जान गंवानी पड़ी जबकि 400 से ज्यादा लोग घायल हुए। सुरक्षाबलों की जवाबी कार्रवाई के दौरान 7 हमलावर मारे गये। इनमें से कुछ ने खुद को विस्फोट करके उड़ा लिया जबकि बाकी पुलिस की गोली का शिकार बने। हमला करके भागने में कामयाब रहे बाकी दो आतंकवादियों को इस वारदात के पांच दिन बाद फ्रांस के सुरक्षाबलों ने एक मुठभेड़ में मार गिराया। हमले की साजिश में शामिल रहे सालाह अब्देसलाम नामक आतंकवादी को मार्च, 2016 में बेल्जियम में पकड़ा गया जिसे वहां की सरकार ने बाद में फ्रांस को सौंप दिया। पेरिस में हमलों को अंजाम देने की जिम्मेदारी आतंकवादी संगठन आईएसआईएस ने ली।[12]

    पेरिस हमलों के बाद सुरक्षा एजेसियों की जांच में ये तथ्य सामने आया कि बेल्जियम में स्थित मुस्लिम बहुल उपनगर मोलेनबीक इस्लामिक चरमपंथियों के लिए सुरक्षित पनाहगाह बन चुका था। लिहाजा फ्रांस और बेल्जियम ने संयुक्त ऑपरेशन चलाकर इस क्षेत्र में सक्रिय संदिग्ध संगठनों एवं आतंकवादियों का उन्मूलन करने की कोशिश की। इस दौरान काफी संख्या में हथियार भी बरामद किये गये।

11. **जनवरी, 2016:** फ्रांस के वैलेंस में 1 जनवरी, 2016 को एक मस्जिद की सुरक्षा में तैनात किये गये 4 सैनिकों को इस्लामिक कट्टरपंथी ने अपनी कार से कुचल दिया। पकड़े जाने के बाद हमलावर ने स्वीकार किया कि सैनिकों की हत्या करने के इरादे से ही उसने इस हमले को अंजाम दिया। आरोपी के कम्प्यूटर से पुलिस ने जिहाद से सम्बन्धित साहित्य और तस्वीरें बरामद कीं।[13]

12. **जनवरी, 2016** – नकली विस्फोटकों से लैस एक जिहादी ने 7 जनवरी, 2016 को पेरिस में पुलिस टीम पर हमला कर दिया। धार्मिक नारे लगाते हुए आरोपी ने मांस काटने वाले चाकू से वार कर एक पुलिसकर्मी को घायल कर दिया। इसी दौरान पुलिस की जवाबी कार्रवाई में वो मारा गया। आरोपी के पास से आईएसआईएस का झंडा बरामद हुआ।[14]

13. **जनवरी, 2016** – 11 जनवरी को फ्रांस के मर्सिली में तुर्की मूल के नाबालिग कुर्द जिहादी ने एक यहूदी शिक्षक पर हमला कर दिया। बताया जाता है कि आईएसआईएस से प्रभावित होकर उसने इस हमले को अंजाम दिया।
14. **जून, 2016** – लारोसी अब्बाल्ला नामक कट्टरपंथी ने 13 जून, 2016 को घर में घुसकर एक पुलिस अधिकारी की हत्या कर दी। इसके बाद आरोपी ने उनकी पत्नी और तीन साल के बच्चे को बंधक बना लिया। बाद में हमलावर ने बंधक बनाई गई महिला की भी हत्या कर दी। पुलिस कार्रवाई में हमलावर मारा गया।
15. **जुलाई, 2016** – 14 जुलाई, 2016 को फ्रांस के राष्ट्रीय दिवस 'बास्टिल डे' के दिन नीस शहर में एक आतंकवादी ने आतिशबाजी देख रहे लोगों की भीड़ पर ट्रक चढ़ा दिया। इस क्रूरतम हमले में 84 बेगुनाह लोगों की जान चली गई जबकि सैकड़ों लोग घायल हो गये। मरने वालों में 10 बच्चों के अलावा दो जर्मन नागरिक, दो अमरीकी नागरिक, दो ट्यूनीशियाई नागरिक और एक रूसी नागरिक भी शामिल थे। इस बर्बर हमले को अंजाम देने का आरोपी ट्यूनीशियाई मूल का एक फ्रेंच नागरिक था जिसे सुरक्षाकर्मियों ने मौके पर ही ढेर कर दिया।[15] 16 जुलाई को आईएसआईएस ने हमले की जिम्मेदारी ली। इस्लामिक स्टेट की न्यूज एजेंसी 'अमाक' ने हमलावर को अपना 'सिपाही' बताया।
16. **जुलाई, 2016** – बास्टिल डे अटैक के सिर्फ 12 दिन बाद 26 जुलाई को फ्रांस में एक और आतंकवादी हमला हुआ। 19 वर्षीय दो फ्रांसीसी मुस्लिम कट्टरपंथियों ने नॉर्मेंडी के एक चर्च में घुसकर वहां के पादरी की गला रेतकर हत्या कर दी और वहां मौजूद पांच लोगों को बंधक बना लिया। पुलिस की कार्रवाई में दोनों हमलावर मारे गये। एक बार फिर आईएसआईएस की ओर से 'अमाक' न्यूज एजेंसी ने हमले की जिम्मेदारी ली।
17. **अगस्त, 2016** – फ्रांस के स्ट्रांसबर्ग में 19 अगस्त को इस्लामिक कट्टरपंथी ने एक 'रब्बी' (यहूदी पुजारी) पर चाकू से हमला करके घायल कर दिया। इस दौरान हमलावर इस्लामिक नारे लगाता रहा।
18. **सितम्बर, 2016** – 4 सितम्बर को कट्टरपंथ का उन्मूलन करने के लिए बनाये गये केंद्र में कैदी ने दो जेल अधिकारियों पर हमला कर दिया। हमले में दोनों अधिकारी घायल हो गये।[16]

फ्रांसीसी समाज पर आतंकवादी हमलों का प्रभाव

फ्रांस एक पंथनिरपेक्ष गणतंत्र है जहां सरकार के अधिकार क्षेत्र में चर्च का दखल नहीं है। 2004 में बनाये गये एक कानून में ये फिर से स्पष्ट किया गया कि फ्रांस की सरकार को इस बात का पूरा अधिकार है कि वो सार्वजनिक स्कूलों में धार्मिक प्रतीकों जैसे कि क्रॉस या टोपी पहनकर आने पर प्रतिबंध लगा दे। 2004 के कानून को ही 2011 में और व्यापक आधार देते हुए फ्रांस में सार्वजनिक स्थानों पर चेहरे को पूरी तरह से ढंकने वाले वस्त्रों का इस्तेमाल प्रतिबंधित कर दिया गया। इस कानून के लागू होने से पहले 'प्यू रिसर्च सेंटर' ने 2010 में

एक रिपोर्ट जारी की थी जिसके मुताबिक पश्चिमी यूरोप में व्यापक जनसमर्थन इस तरह के धार्मिक लिबास को प्रतिबंधित किये जाने के पक्ष में था। उस समय फ्रांस में 82 प्रतिशत लोग इस फैसले के पक्ष में थे।[17]

फ्रांस की दक्षिणपंथी पार्टी 'द नेशनल फ्रण्ट' बढ़ते इस्लामीकरण, शरणार्थी संकट और आतंकवाद के मुद्दे को लेकर सरकार पर हमलावर रुख अपनाती रही है। इसके बावजूद, प्यू रिसर्च सेंटर द्वारा 2014 में जारी किये गये एक रिपोर्ट के मुताबिक फ्रांस के 72 प्रतिशत लोग मुस्लिम समुदाय को सकारात्मक नजरिये से देखते थे। लेकिन इस्लामिक स्टेट के उभार और फ्रांस की जमीन पर हुए सिलसिलेवार हमलों ने परिस्थितियों को जटिल बना दिया। एक के बाद एक हुए आतंकवादी हमलों का फ्रांसीसी समाज पर काफी व्यापक प्रभाव पड़ा है। इस सन्दर्भ में कुछ प्रमुख बिंदु निम्नवत हैं –

1. 'इस्लामोफोबिया' का प्रसार

"यहां इस्लाम के साथ समस्या है।" – एक किताब में उल्लिखित ये कथन स्वार्थों की राजनीति करने वाले किसी स्थानीय नेता या अपरिपक्व व्यक्ति का नहीं, बल्कि फ्रांस के तत्कालीन राष्ट्रपति फ्रैंकोइस होलांद का था। **"ए प्रेसीडेंट शुड नॉट से दैटः द सीक्रेट्स ऑफ फाइव ईयर्स इन ऑफिस"** (A President Should Not Say That: The Secrets of Five Years in Office) शीर्षक के तहत 2016 में प्रकाशित इस किताब में फ्रांस के मशहूर अखबार 'ले मोन्डे' (Le Monde) के दो वरिष्ठ पत्रकारों द्वारा लिये गये फ्रैंकोइस होलांद के 60 साक्षात्कारों में उनके द्वारा की गई टिप्पणियों को संग्रहित किया गया है।[18] किताब में होलांद के एक अन्य कथन को उद्धृत किया गया है जिसमें उन्होंने कहा था–

"इस्लाम इसलिये समस्या नहीं है कि ये स्वयं में एक खतरनाक 'रिलिजन' (religion) है, बल्कि (समस्या इसलिये है क्योंकि) ये खुद को 'गणतंत्र के रिलिजन' के रूप में (पेश कर) अधिकार जताना चाहता है।" (It's not Islam that is a problem in the sense that it is a dangerous religion in itself, but because it wants to assert itself as the religion in the Republic.)

मीडिया में प्रकाशित किताब के एक अन्य अंश में होलांद आगे ये कहते हुए उद्धृत किये गये हैं –

"यदि मुस्लिम कट्टरपंथ के खिलाफ नहीं बोलते, यदि इमाम गणतंत्र विरोधी व्यवहार करते हैं, तो ये समस्या बन सकती है।"

(But what can be a problem, is if Muslims don't speak out against acts of radicalisation, if Imams behave in a way that is anti-Republican.)

एक अन्य अवसर पर फ्रांस सरकार में मंत्री लॉरेंस रोसीजनॉल (Laurence Rossignol) ने हेडस्कार्फ पहनने वाली महिलाओं की तुलना अमेरीकी नीग्रो समुदाय से की थी जो दासता के लिए (तैयार) थे।[19]

फ्रांस के नेताओं के उपरोक्त विचार वहां के आम लोगों के भावनाओं की प्रतिध्वनि हो

सकते हैं, लेकिन फ्रांसीसी विश्लेषक अली साद भिन्न मत व्यक्त करते हैं। उनके मुताबिक राजनीतिक नेताओं के द्वारा इस्लाम और मुसलमानों की आलोचना एक आम बात हो चुकी है। जब भी किसी राजनेता या राजनीतिक पार्टी की लोकप्रियता में गिरावट आती है, वो ऐसा करने लगते हैं क्योंकि उन्हें मालूम है कि फ्रांस में मुसलमानों के पास कोई ऐसी संगठित शक्ति नहीं है जिससे वो इन पार्टियों या नेताओं पर दबाव डाल सकें।[20]

हालांकि ये भी एक तथ्य है कि संपूर्ण पश्चिमी यूरोप में उदार विचारों वाले समाज भी इस विषय पर बंट चुके हैं कि कट्टरपंथी इस्लाम और सम्बन्धित देशों पर पड़ रहे इसके प्रभावों से कैसे निपटा जाये। वहीं दूसरी ओर इन देशों की सरकारें इस बात को लेकर चिंतित हैं कि कहीं यूरोप में रहने वाले मुस्लिम समुदाय को प्रतिक्रिया स्वरूप होने वाली हिंसक घटनाओं का सामना न करना पड़े। दरअसल पुनर्जागरण के बाद के यूरोप में धार्मिक मामलों को लेकर लोग उदार नजरिया रखने लगे थे।। ईसाई–यहूदी धर्मावलंबियों की मान्यताओं की आलोचना एवं धार्मिक कर्मकांडों पर व्यंग्य वहां आम बात है। लेकिन इस्लामिक मतावलंबी, विशेष रूप से वे जो बाद के समय में किसी अन्य देश से जाकर वहां बसे हैं, इस्लाम को लेकर की जाने वाली इस प्रकार की आलोचना या व्यंग्य पर सहज महसूस नहीं करते। इस्लाम के भीतर भी मान्यताओं को लेकर संघर्ष, विशेष रूप से मध्य–पूर्व क्षेत्र के शिया व सुन्नी मतावलंबियों के बीच, लंबे समय से चला आ रहा है। आज फ्रांस की सड़कों एवं गलियों में भी कट्टरपंथियों के इस्लाम एवं शांतिप्रिय मुसलमानों द्वारा परिभाषित किये जाने वाले इस्लाम के बीच चल रहे संघर्ष को महसूस किया जा सकता है। ये स्थिति सामाजिक सद्भाव के लिए चिंताजनक है।

फ्रांस में जनगणना के समय धार्मिक आधार पर आंकड़े इकट्ठा नहीं किये जाते। लेकिन अनुमान लगाया जाता है कि वहां की 6.5 करोड़ की जनसंख्या में मुस्लिम आबादी 5 प्रतिशत से 10 प्रतिशत के बीच है। ये तथ्य इस बात का संकेत है कि पश्चिमी यूरोप में फ्रांस ही सर्वाधिक मुस्लिम आबादी वाला देश है। इराक व सीरिया में आतंकवादी संगठन आईएसआईएस के जड़ें जमाने के बाद लगभग 2,000 फ्रांसीसी मुस्लिम अपना देश छोड़कर इस्लामिक स्टेट चले गये। लिहाजा एक देश जो अपने पंथनिरपेक्ष चरित्र पर गर्व करता रहा, आज वो हैरान है। फ्रांस में ऐसे लोगों की संख्या बढ़ रही है जो ये मानते हैं कि भविष्य में मुसलमानों की ज्यादा संख्या उनके लिए मुसीबत का सबब बन सकती है।

वर्ष 2004 में फ्रांस की संसद ने कानून बनाकर सार्वजनिक स्कूलों में धार्मिक प्रतीकों से जुड़े लिबास पहनने पर रोक लगा दी थी। ये मुद्दा दरअसल 1989 से फ्रांस में बहस का विषय बना हुआ था जब एक स्कूल की प्रिंसिपल ने तीन लड़कियों के हिजाब पहनने पर ये कहते हुए रोक लगा दी थी कि इससे फ्रांस की पंथनिरपेक्ष शिक्षा देने की परंपरा का हनन होता है। इसके बाद मुस्लिम समुदाय के फ्रांसीसी समाज में एकीकरण का प्रश्न एक बार फिर तब चर्चा में आया जब वहां के 30 शहरों में खास तरह के इस्लामिक स्विमसूट "बुर्किनी" को पहनने पर प्रतिबंध लगा दिया गया। यद्यपि अगस्त, 2016 में फ्रांस की सर्वोच्च अदालत ने ये स्पष्ट कर दिया कि इस तरह के प्रतिबंध लगाना बुनियादी स्वतंत्रता का हनन है।

आलोचकों का मानना है कि सरकार या विभिन्न प्रशासनिक तंत्रों की उपरोक्त नीतियों

का मुस्लिम समाज पर विपरीत असर हुआ है। कुछ मुस्लिमों के अंदर ये भावना घर कर गई कि उनकी सरकार इस्लाम विरोधी है और उन्हें कभी पूरी तरह स्वीकार नहीं किया जायेगा। वर्ष 2011 में सरकार द्वारा कराये गये एक सर्वे में ये तथ्य सामने आया कि अप्रवासी वयस्कों के मुकाबले उनके बच्चे भेदभाव किये जाने की शिकायत ज्यादा कर रहे थे, इसके बावजूद कि वो अच्छे ढंग से फ्रेंच भाषा बोल सकते थे। अलगाव की ये मानसिकता गहरी हो रही है। फ्रांस में रहने वाले अप्रवासी मुस्लिमों की दूसरी और तीसरी पीढ़ी में भी असंतोष बढ़ रहा है।[21]

एमनेस्टी इंटरनेशनल की वर्ष 2015–16 की एक रिपोर्ट के मुताबिक पेरिस में 13 नवंबर, 2015 को हुए आतंकवादी हमले के बाद पुलिस ने 14 नवंबर, 2015 से 1 दिसंबर, 2015 के बीच 2,029 घरों की तलाशी ली। इसी बीच 296 संदिग्धों को नजरबंद किया गया। हमले के तुरंत बाद पेरिस में विरोध–प्रदर्शन करने पर पाबंदी लगा दी गई थी।[22] स्वाभाविक रूप से इस दौरान बड़ी संख्या में मुस्लिम समुदाय के लोग ही निशाने पर रहे। पुलिस ने मस्जिदों, ईदगाहों इत्यादि की भी तलाशी ली। जहां कहीं कुछ संदिग्ध गतिविधि की आशंका हुई, ऐसी मस्जिदों या अन्य इस्लामिक स्थलों को बंद करवा दिया गया।

2. मुस्लिम नौजवानों का कट्टरपंथ की ओर झुकाव

फ्रांस अपनी जमीन पर तेजी से पनपते कट्टरपंथी इस्लामिक संगठनों से जूझ रहा है। ये देश न केवल पश्चिमी मुल्कों से आईएसआईएस में भर्ती होने वाले मुस्लिम युवाओं का सबसे बड़ा स्रोत साबित हुआ, बल्कि सरकार का अनुमान है कि 9,000 अन्य ऐसे मुस्लिम नौजवान फ्रांस में मौजूद हैं जिनके दिमाग में कट्टरपंथ का बीज अंकुरित हो चुका है।

जिहादी तत्वों के लिए फ्रांस किसी अन्य पश्चिमी देश के मुकाबले ज्यादा पसंदीदा जगह बनकर उभरा तो इसके पीछे दो प्रमुख वजहें हैं। **एक**, फ्रांस का अपने पंथनिरपेक्ष चरित्र को लेकर विशेष रूप से सतर्क रहना। **दूसरा**, यहां के मुस्लिम समुदाय के अंदर पनप रही ये भावना कि उन्हें मुख्यधारा से अलग कर दिया गया है। इन परिस्थितियों में अतिवादी समूहों द्वारा बिछाये गये प्रोपेगेंडा के जाल में आम मुसलमान फंस जाते हैं। दक्षिणपंथी संगठन कतर के साथ फ्रांस के करीबी सम्बन्धों को लेकर सरकार की आलोचना करते हैं क्योंकि चरमपंथी इस्लामिक संगठनों को आर्थिक मदद उपलब्ध कराने वाले देशों की श्रेणी में कतर की भी गिनती की जाती है।

फ्रांस में आतंकवादियों ने व्यक्तिगत संपर्कों के द्वारा एवं ऑनलाइन माध्यम – दोनों ही तरीकों से नौजवानों को अपने समूह से जोड़ने की सफल कोशिशें की हैं। व्यक्तिगत संपर्क करने के लिए मस्जिदें और जेल, ये दोनों ही जगहें आतंकवादियों के लिए मुफीद साबित हुई हैं। फ्रांस की जेलों में अन्य समुदायों के मुकाबले मुस्लिम अपराधियों का अनुपात ज्यादा है। 'द टेलीग्राफ' मीडिया समूह की वेबसाइट द्वारा वर्ष 2015 में प्रकाशित एक रिपोर्ट के मुताबिक फ्रांस की जेलों में बंद अपराधियों में से लगभग 70 फीसदी मुस्लिम समुदाय से ताल्लुक रखते हैं, जबकि फ्रांस में मुस्लिम आबादी कुल जनसंख्या का केवल 5 से 10 फीसदी के बीच ही है।[23]

इराक–सीरिया से बाहर अन्य देशों में हमले प्रायोजित करने के लिए आईएसआईएस

ने एक अलग टीम बना रखी थी। इस टीम ने यूरोप में आतंकवादियों की रिक्रूटमेंट एवं हमले के लिए आम मुसलमानों को उकसाने पर विशेष ध्यान दिया, खास तौर से फ्रांस में। यही वजह है कि आईएसआईएस ने फ्रेंच भाषा में बम बनाने की विधि प्रकाशित करके उसे इंटरनेट पर अपलोड किया था। इसी तरह नवंबर, 2014 में आईएसआईएस की ओर से फ्रांस के मुसलमानों के लिए एक वीडियो जारी किया गया जिसमें उनसे अपील की गई कि यदि वो इराक–सीरिया पहुंचकर आईएसआईएस में भर्ती नहीं हो पा रहे तो फ्रांस में ही आतंकवादी हमलों को अंजाम दें। इसी तरह इस संगठन ने "दार–अल–इस्लाम" (Dar al Islam) नाम से फ्रेंच भाषा में एक पत्रिका भी लॉन्च की।[24] आईएसआईएस द्वारा लगातार किये जा रहे इन प्रयासों का परिणाम ये हुआ कि मुस्लिम नौजवान लड़कों के साथ ही दक्षिणी फ्रांस से कई लड़कियां भी अपने देश से भागकर इस्लामिक स्टेट की सीमा में जा पहुंचीं। इनमें से कुछ लड़कियां नाबालिग थीं जिन्हें ऑनलाइन प्रोपेगेंडा माध्यमों से ही ऐसा करने के लिए उकसाया गया था। नवंबर, 2015 में पेरिस में आतंकवादी हमलों को अंजाम देने वाले तीन आरोपी – अब्देलहामिद अबाउद, बिलाल हादफी और फौद मोहम्मद अग्गद के बारे में ये जानकारी सामने आयी कि ये तीनों इन हमलों को अंजाम देने से पहले ही सीरिया में आईएसआईएस के फाइटर्स के बीच वक्त बिता चुके थे। इसके बाद फ्रांस में हमला करने के लिए ये वापस लौटे।

3. अप्रवासियों एवं शरणार्थियों को लेकर संदेह

अपने अन्य यूरोपीय पड़ोसियों के मुकाबले फ्रांस ज्यादा खुले मन से अप्रवासियों एवं शरणार्थियों का स्वागत करता रहा है। इतिहास के अलग–अलग कालखंड में बड़ी संख्या में विदेशी लोग बाहर से आकर यहां बसते रहे। 1999 में फ्रांस की लगभग 23 फीसदी आबादी ने स्वयं के विदेशी या विदेशी मूल का होने का दावा किया (जिनके माता–पिता या दादा–दादी में से कम से कम कोई एक बाहर से आकर यहां बसा)। इनमें से 5 फीसदी लोगों का सम्बन्ध अफ्रीका के सब–सहारा (सहारा मरुस्थल के दक्षिण में स्थित) क्षेत्र से, 22 फीसदी लोगों का सम्बन्ध मघरेब (Maghreb) क्षेत्र से और 2.4 फीसदी लोगों का सम्बन्ध तुर्की से था। इन सभी को मिला दें, तो ये आंकड़ा फ्रांस में बाहर से आकर बसने वाले लोगों की कुल संख्या का लगभग 30 प्रतिशत (40 से 50 लाख) है। धार्मिक आधार पर देखें, तो आज फ्रांस में यूरोप के किसी भी देश के मुकाबले सबसे ज्यादा मुस्लिम एवं यहूदी अल्पसंख्यक निवास करते हैं।[25]

सीरिया में 2014–15 के दौरान जब गृहयुद्ध चरम पर जा पहुंचा था, उस समय लाखों शरणार्थी ग्रीस से होते हुए उत्तरी यूरोप के देशों तक पहुंचने लगे। 1945 के बाद ये यूरोप में सबसे बड़ा शरणार्थी संकट था। इन शरणार्थियों के एक हिस्से ने फ्रांस में भी प्रवेश किया। यहां कैलाइस (Calais) शहर के पास अस्तित्व में आयीं शरणार्थियों की बस्तियां इस संकट से निपटने में यूरोप की सामूहिक विफलता का गवाह बन गईं। इन्हें स्थानीय लोगों ने कैलाइस जंगल (Calais Jungle) कहना शुरु कर दिया। इंग्लिश चैनल के फ्रांस की ओर स्थित बंदरगाह के पास बड़ी संख्या में शरणार्थियों की भीड़ इकट्ठा होने लगी जो यूनाइटेड

किंगडम में प्रवेश की इजाजत मिलने का इंतजार कर रहे थे। इन्हें बुनियादी सुविधायें उपलब्ध कराने के प्रयास में स्थानीय अर्थव्यवस्था पर बोझ पड़ने लगा, साथ ही अव्यवस्था पैदा हो रही थी।

शरणार्थियों की वजह से पैदा हुई इन समस्याओं के साथ ही फ्रांस में लगभग इसी दौरान आतंकवादी हमलों की झड़ी लग गई। इससे फ्रांसीसी नागरिकों के अंदर शरणार्थियों को लेकर कई तरह के संदेह पैदा होने लगे। ये भावना उस वक्त और ज्यादा स्पष्ट हो गई जब फ्रांस के तत्कालीन राष्ट्रपति होलांद ने कहा –

"यहां देश के अंदर बड़ी संख्या में शरणार्थी आ रहे हैं जिन्हें यहां नहीं होना चाहिये।" (There are too many immigrants arriving in the country who shouldn't be here.)

शरणार्थियों एवं कट्टरपंथी इस्लाम के प्रति नकारात्मक नजरिये की वजह से न केवल फ्रांस में बल्कि यूरोप के अन्य देशों में भी राष्ट्रवादी समूहों का तेजी से उभार होने लगा। पेरिस में नवंबर, 2015 में हुए आतंकवादी हमले जैसी अप्रिय घटनाओं ने आग में घी डालने का काम किया। स्थानीय लोगों की सुविधा एवं सुरक्षा का विशेष ध्यान देने की मांग जोर पकड़ने लगी। हालांकि पेरिस में हमला करने वाले आतंकवादी यूरोपीय देशों के ही नागरिक थे। लेकिन इस हमले से ये संकेत स्पष्ट हो गया कि अब यूरोप में हमला करने के लिए आतंकवादी मध्य–पूर्व क्षेत्र के देशों से आयात नहीं किये जा रहे, बल्कि ये घर के अंदर पाले गये दुश्मन थे। अब मुकाबला घर के अंदर पैदा हो रहे आतंकवादियों से होना था। इन तथ्यों की वजह से बाहर से आ रहे मुस्लिम शरणार्थियों को फ्रांस में शरण देने के सवाल पर आम लोगों का जवाब नकारात्मक होने लगा। एक सर्वे के दौरान 64 प्रतिशत फ्रांसीसी नागरिकों ने कहा कि उत्तरी अफ्रीका और मध्य–पूर्व से बड़ी संख्या में आ रहे शरणार्थी अपराध का बड़ा स्रोत (major source of crime) हैं। फ्रांस में ये सर्वे इंटरनेशनल पोलिंग एंड मार्केट रिसर्च कंपनी 'इफॉप' (Ifop) ने वर्ष 2016 में रूस की स्पूतनिक न्यूज एजेंसी के लिए करवाया था। इसमें 3 से 5 फरवरी, 2016 के दौरान कुल 1,499 लोगों ने भाग लिया। सर्वे में अपना मत व्यक्त करने वालों में से केवल 28 प्रतिशत लोगों का ये कहना था कि बाहर से आने वाले अप्रवासी एवं शरणार्थी फ्रांस में अपराध का बड़ा स्रोत नहीं हैं, जबकि 8 प्रतिशत लोगों ने कोई जवाब न देना बेहतर समझा।[26]

पिछले कुछ समय में फ्रांस के मुख्यधारा के राजनीतिक दलों को अप्रवासियों एवं शरणार्थियों के सवाल पर आम लोगों के असंतोष का सामना करना पड़ा है। विशेष रूप से, जब ये महसूस किया जाने लगा कि बाहर से आये मुस्लिम अप्रवासियों व शरणार्थियों के अलावा उनके बच्चे भी फ्रांसीसी जीवनशैली, धार्मिक सहिष्णुता एवं अभिव्यक्ति की आजादी (विशेष रूप से धार्मिक मामलों में) को सहजता से स्वीकार नहीं कर पाते हैं।

4. दक्षिणपंथी पार्टियों की लोकप्रियता में वृद्धि

13 नवम्बर, 2015 को पेरिस में हुए हमलों के बाद फ्रांस की दक्षिणपंथी एवं अप्रवासी विरोधी पार्टी 'नेशनल फ्रण्ट' की लोकप्रियता में भारी वृद्धि देखने को मिली। 6 दिसम्बर, 2015 को

हुए क्षेत्रीय चुनावों के पहले चरण में इस पार्टी को कुल हुए मतदान का लगभग एक–तिहाई वोट मिला। नेशनल फ्रण्ट का ये अबतक का सर्वश्रेष्ठ प्रदर्शन था।[27] नेशनल फ्रण्ट एवं अन्य दक्षिणपंथी पार्टियों ने 2017 में राष्ट्रपति पद के लिए हुए चुनावों में लोगों के गुस्से की लहर पर सवारी करने की कोशिश की। चुनाव से पहले हुए सर्वेक्षणों में ये बात उभर कर सामने आयी थी कि दक्षिणपंथी राजनीति का चेहरा बन चुकीं नेशनल फ्रण्ट की नेता मरीन ले पेन की लोकप्रियता तत्कालीन समय में उनके प्रतिद्वंदी माने जा रहे फ्रैंकोइस होलांद और निकोलस सरकोजी के मुकाबले कहीं ज्यादा थी। चुनाव पूर्व हुए ऐसे ही एक सर्वे में 28 फीसदी मतदाताओं ने कहा कि वो मरीन ले पेन के पक्ष में मतदान करेंगे जबकि केवल 14 फीसदी लोगों ने तत्कालीन राष्ट्रपति होलांद को वोट देने की बात कही, वहीं पूर्व राष्ट्रपति निकोलस सरकोजी 21 फीसदी लोगों की पसंद थे। ये सर्वे फ्रांस के मशहूर समाचार पत्र 'ले मोन्डे' द्वारा कराया गया था।[28] हालांकि राष्ट्रपति पद की रेस में इमैनुएल मैक्रोन ने अन्य पार्टियों के नेताओं की मदद से मरीन ले पेन को हराने में कामयाबी पायी।

इसमें कोई संदेह नहीं कि इस्लामिक कट्टरपंथ एवं आतंकवाद को लेकर नेशनल फ्रण्ट के द्वारा स्पष्ट एवं कड़ा रुख दर्शाने की वजह से ही उसकी लोकप्रियता में जबर्दस्त उछाल आया। फ्रांस में मुख्यधारा के मुस्लिम संगठनों ने समय–समय पर ये स्पष्ट किया है कि निर्दोषों का कत्ल करना एवं आतंकवाद फैलाना इस्लाम का अपमान है। लेकिन दक्षिणपंथी संगठनों को मिल रहे जबर्दस्त समर्थन ने आम मुस्लिमों की चिंतायें बढ़ा दीं। नीस शहर में हुए हमले से कुछ महीने पहले फ्रांस के सुरक्षा प्रमुख ने चेतावनी जारी करते हुए कहा था कि एक और आतंकवादी हमला फ्रांस को रक्तरंजित गृहयुद्ध में झोंक सकता है। इसी तरह फ्रांस की खुफिया एजेंसी डीजीएसआई (DGSI) के प्रमुख पैट्रिक काल्वर (Patrick Calvar) ने कहा था कि **"धुर दक्षिणपंथी संगठनों एवं मुस्लिम समुदाय के बीच बढ़ रहा तनाव चरम पर जा पहुंचा है, और ऐसा लगता है कि इन दोनों के बीच टकराव निश्चित है।"** अपनी बात को आगे बढ़ाते हुए काल्वर ने ये भी कहा कि उन्हें डर है कि तेजी से हथियारबंद हो रहे दक्षिणपंथी संगठन अप्रवासी (मुस्लिम) समुदायों के खिलाफ प्रतिशोधस्वरूप दंडात्मक अभियान छेड़ सकते हैं।[29]

हो सकता है कि बदली परिस्थितियों में उपरोक्त कथन हालात की भयावहता को बढ़ा–चढ़ाकर पेश करने वाले लगें, क्योंकि हिंसक टकराव या दंडात्मक अभियान छेड़ने जैसी आशंकायें गलत साबित हुई हैं। लेकिन इससे इंकार नहीं किया जा सकता कि सिलसिलेवार ढंग से हुए आतंकवादी हमलों ने फ्रांस की आंतरिक स्थिति को विस्फोटक बना दिया।

5. आपातकाल की घोषणा

नवंबर, 2015 में हुए आतंकवादी हमले के बाद से लेकर नवंबर, 2017 तक फ्रांस में आपातकाल लागू रहा। इस दौरान 5 बार आपातकाल के लिए पूर्व–निर्धारित अवधि को बढ़ाया गया। 1960 के दशक के बाद, जब फ्रांस अल्जीरियाई युद्ध में उलझा हुआ था, आपातकाल की ये सबसे लंबी अवधि है जो फ्रांसीसी जनता को झेलनी पड़ी।[30] नवंबर, 2015 से पहले वर्ष 2005 में भी यहां आपातकाल लागू किया गया था जब पेरिस के उपनगरीय

इलाके दंगों की आग में झुलस रहे थे। हालांकि उस वक्त आपातकाल की अवधि में केवल 3 महीने की बढ़ोतरी की गई थी।

फ्रांस में आपातकाल की घोषणा के साथ ही सरकार को ये अधिकार मिल जाता है कि वो संदिग्धों को नजरबंद करने, छापा मारने, सभा–सम्मेलन पर रोक लगाने, गैर सरकारी संस्थाओं को नियंत्रित करने एवं मस्जिदों पर ताला लगाने जैसे आदेश बिना किसी कानूनी अड़चन के जारी कर सके। इसके लिए सरकार को अदालतों से किसी प्रकार की अनुमति नहीं लेनी होती। सरकार के इन फैसलों से कुप्रभावित होने वाले लोगों को भी एक सीमा से ज्यादा न्यायिक संरक्षण मिलने की संभावनायें खत्म हो जाती हैं। नवंबर, 2015 से जुलाई, 2016 तक आपातकाल से मिली शक्तियों का प्रयोग करते हुए सुरक्षा एजेंसियों ने 3,600 घरों की तलाशी ली थी जबकि इसी दौरान 400 लोगों को गिरफ्तार किया गया एवं करीब 500 हथियार, जिनमें 50 युद्धकाल में इस्तेमाल किये जाने वाले हथियार भी शामिल थे, को जब्त किया गया।[31]

6. जनमत

वर्ष 2016 में प्यू रिसर्च सेंटर द्वारा कराये गये एक सर्वे के मुताबिक 91 प्रतिशत फ्रांसीसी नागरिक इस्लामिक स्टेट को बड़े खतरे के रूप में देख रहे थे, जबकि 45 प्रतिशत लोगों ने शरणार्थियों को भी देश की सुरक्षा के लिए खतरनाक बताया। इस सर्वे से ये भी पता चला कि यूरोप के 10 में से 9 देश आईएसआईएस को सबसे बड़ा खतरा मानते थे।[32] 'काउंटर एक्स्ट्रेमिज्म प्रोजेक्ट' (Counter Extremism Project) के वर्ष 2015–16 के पोलिंग डेटा के मुताबिक अमेरिका या यूरोप के किसी अन्य देश की तुलना में फ्रांस के लोग इस्लामिक कट्टरपंथ को अपने लिये ज्यादा बड़ा खतरा मानते थे। जनवरी, 2015 में चार्ली हेब्दो पत्रिका के दफ्तर पर हुए हमले के तत्काल बाद के समय में "आतंकवाद को बड़ा या बहुत बड़ा खतरा" मानने वाले फ्रांसीसी नागरिकों की तादाद 93 फीसदी थी। घटना के एक साल बाद आतंकवाद को बड़ा खतरा मानने वाले लोगों की तादाद बढ़कर 95 फीसदी हो गई।[33]

7. निशाने पर यहूदी

यूरोप में सबसे ज्यादा यहूदी मतावलंबी फ्रांस में ही रहते हैं। लेकिन फ्रांस, जो यूरोप का ऐसा पहला देश था जिसने यहूदियों को बराबर का अधिकार दिया, आज इस समुदाय के लोगों के लिए सुरक्षित नहीं रह गया है। इस्लामिक कट्टरपंथियों द्वारा अक्सर यहूदियों को निशाना बनाने की घटनाओं की वजह से बड़ी संख्या में यहूदी फ्रांस से पलायन कर रहे हैं। मई, 2014 के एक सर्वे के मुताबिक फ्रांस में रहने वाले 74 प्रतिशत यहूदियों ने ये स्वीकार किया कि उन्होंने पलायन करने के विकल्प पर विचार किया था।[34]

वर्ष 2012 में मोहम्मद मेराह नाम के आतंकवादी ने दक्षिणी–पश्चिमी फ्रांस में एक सैनिक के साथ ही तीन यहूदी स्कूली बच्चों की हत्या कर दी थी। इसके बाद फ्रांस से यहूदियों के पलायन का सिलसिला शुरु हुआ। हमले की घटनाएं बढ़ने के साथ ही पलायन

तेजी से होने लगा, इनमें से ज्यादातर लोग इजराइल को अपने नये देश के रूप में चुन रहे थे। जनवरी, 2015 में एक इस्लामिक आतंकवादी ने पेरिस के उपनगरीय इलाके के एक सुपरमार्केट में यहूदियों को निशाना बनाकर फायरिंग की जिसमें 4 लोग मारे गये। 13 नवंबर, 2015 को पेरिस में हुए हमले के दौरान आतंकवादियों ने जिस बाटाक्लान थियेटर के कन्सर्ट हॉल को अपना मुख्य निशाना बनाया, वो यहूदियों की संपत्ति थी और वहां यहूदी समुदाय के लोग खास तौर पर जाया करते थे। हमले वाले दिन इसी कन्सर्ट हॉल में आतंकवादियों ने सबसे ज्यादा हत्यायें की थीं। इसी तरह 11 जनवरी, 2016 को मर्सिली शहर में तुर्की मूल के मुस्लिम युवक ने यहूदी टीचर पर चाकू से हमला कर दिया और अपने कृत्य को आईएसआईएस से प्रेरित बताया। 19 अगस्त, 2016 को स्ट्रांसबर्ग में एक इस्लामिक कट्टरपंथी ने रब्बी (यहूदी पुजारी) को चाकू मार दिया। इस दौरान हमलावर इस्लामिक नारे लगा रहा था।

जनवरी, 2015 में चार्ली हेब्दो पत्रिका के दफ्तर और एक सुपरमार्केट में हुए आतंकवादी हमले के बाद सरकार ने 'ऑपरेशन सेन्टीनेल' (Operation Sentinel) के तहत महत्वपूर्ण स्थलों की सुरक्षा के लिए 10,000 सैनिकों की तैनाती की थी। इनमें कई यहूदी स्कूल, सिनेगॉग (यहूदी प्रार्थना स्थल) और अन्य यहूदी केंद्र भी शामिल थे।[35] 'कॉन्फ्रेंस ऑफ यूरोपियन रब्बीज' के मुताबिक वर्ष 2015 एवं 2016 में लगभग 5,000 फ्रांसीसी यहूदी नागरिक ब्रिटेन चले गये।[36] दूसरी ओर 2015 में ही फ्रांस से इजराइल जाकर बसने वाले यहूदी लोगों की संख्या लगभग 7,800 थी। इजराइल एवं ब्रिटेन के अलावा यहूदियों ने अमेरिका, कनाडा, ऑस्ट्रेलिया और यूरोपीय देशों जैसे कि बेल्जियम व लग्जमबर्ग में भी शरण ली।

आतंकवाद से निपटने की फ्रांसीसी रणनीति

1980 के दशक की शुरुआत तक फ्रांस की दंड संहिता में आतंकवाद के विषय को लेकर अलग से कोई विशेष कानूनी प्रावधान नहीं था। 1986 में हुए आतंकवादी हमलों के बाद इससे निपटने के लिए पहला आतंकरोधी कानून बना। तब से लेकर 2017 तक फ्रांस के कानूनों को 14 बार या तो संशोधित किया गया है या फिर नये कानून बनाये गये हैं।[37] पिछले कुछ वर्षों में लगभग प्रत्येक आतंकवादी हमले के बाद फ्रांस ने अपने कानूनों को दुरुस्त करने की कोशिश की है।

फ्रांसीसी अपराध संहिता की धारा 421–1 के तहत सामान्य किस्म के अपराधों की सूची दी गई है जो यदि व्यक्तिगत या सामूहिक रूप से जानबूझकर किये जायें और यदि ऐसे किसी कृत्य का मकसद आतंक या धमकी का इस्तेमाल करके सार्वजनिक व्यवस्था को नुकसान पहुंचाना हो, तो ऐसे अपराधों को आतंकवादी कृत्य की श्रेणी का माना जाता है। फ्रांस की आतंकरोधी न्यायिक प्रणाली की धुरी वे प्रावधान हैं जिनके तहत बेहद व्यापक रूप से 'आतंकवादी गतिविधियों से आपराधिक जुड़ाव' की व्याख्या की गई है। ये प्रावधान 22 जुलाई, 1996 को अधिनियमित किये गये कानून– 96–647 का हिस्सा थे। इसके तहत सुरक्षा एजेसियों को ये अधिकार दिया गया है कि किसी आतंकवादी कृत्य के

घटित होने से पूर्व ही जरुरी कार्यवाहियां की जा सकती हैं। बड़ी संख्या में आतंकवादी गतिविधियों में शामिल होने के संदिग्धों पर इन्हीं प्रावधानों के तहत अभियोग चलाया जाता है या उन्हें हिरासत में रखा जाता है। फ्रांस में आतंकरोधी तंत्र का केंद्र बिंदु पेरिस को बनाया गया है। आतंकवाद से सम्बन्धित मामलों की सुनवाई के लिये अदालतें पेरिस में हैं, अभियोग चलाने की कार्यवाहियां वहीं पूरी की जाती हैं, और वर्ष 2006 से, किसी अपराधी को मिली सजा पर अमल भी पेरिस में ही होता है। वहां आतंकवाद से सम्बन्धित मामलों की जांच न्यायिक निगरानी में पूरी की जाती है। अभियोग चलाने के लिए विशेष टीमों का गठन किया गया है और पेरिस के प्रोसीक्यूटर ऑफिस (prosecutor office) को राष्ट्रव्यापी अधिकारिता प्राप्त है। वर्ष 2006 में अधिनियमित किये गये 'एन्टी टेररिज्म एक्ट' (Anti-Terrorism Act) के तहत आतंकवादी गतिविधियों में शामिल व्यक्ति या संस्था की संपत्तियों को वित्त मंत्री के आदेश पर जब्त किया जा सकता है। ये प्रावधान यूरोपीय संघ एवं संयुक्त राष्ट्र के निर्देशों के मुताबिक हैं जिनके तहत आतंकवादियों की संपत्ति को जब्त करने की बात कही गई है।[38]

दिसम्बर, 2012 में फ्रांस की संसद ने सुरक्षा एवं आतंकवाद के खिलाफ कार्रवाई से सम्बन्धित एक कानून पारित किया। इसके तहत इंटरनेट के माध्यम से आतंकवाद का समर्थन करने या आतंकवादी कृत्य के लिए उकसाने का दोषी पाये जाने वाले व्यक्ति को मिलने वाली सजा को और कड़ा किया गया। अब फ्रांसीसी नागरिकों या फ्रांस में लंबे समय से रह रहे लोगों के द्वारा विदेशी जमीन पर किये गये आतंकवादी कार्यों का मुकदमा फ्रांस की अदालतों में चलाया जा सकता है। इन प्रावधानों के तहत विदेशी आतंकी ट्रेनिंग कैम्पों में जाकर प्रशिक्षण लेने वाले आतंकी के खिलाफ उस स्थिति में भी मुकदमा चलाया जा सकता है जबकि उसने फ्रांस की सीमा के भीतर किसी प्रकार का अपराध न किया हो। साथ ही आतंकवाद के लिए उकसाने वाले व्यक्तियों की संपत्ति जब्त करने की व्यवस्था भी इस कानून में है।[39]

फ्रांस के आतंकवाद विरोधी रणनीति की विशेषता यहां के सुरक्षा तंत्र द्वारा बड़ी संख्या में की जाने वाली 'निरोधक गिरफ्तारी' (preventive arrest) है। इसके जरिये आतंकवाद की ओर रुझान दर्शाने वाले संदिग्धों पर लगातार ये दबाव बनाने की कोशिश की जाती है कि वो ऐसे कार्यों से दूर रहें।

आतंकवाद-रोधी कानून (2014)

नवंबर, 2014 में फ्रांस की संसद ने आतंकवाद पर लगाम लगाने के लिए एक नया कानून पारित किया जिसे वहां के एक कम्युनिस्ट नेता ने 'फ्रेंच पैट्रियट एक्ट' (French Patriot Act) की संज्ञा दी।[40] इसमें निम्न प्रावधान किये गये हैं–

- 'लोन वुल्फ श्रेणी के आतंकवाद से निपटने के लिए इसमें प्रावधान शामिल हैं। व्यक्तिगत रूप से आतंकवादी हमलों की साजिश रचने पर 10 साल की कैद एवं 150,000 यूरो के जुर्माने का प्रावधान है। किसी व्यक्ति के पास खतरनाक वस्तुएं या पदार्थ (जैसे कि विस्फोटक पदार्थ या हथियार) मिलने, किसी व्यक्ति द्वारा आतंकवाद को बढ़ावा देने

वाली वेबसाइट के माध्यम से सलाह–संपर्क करने या हथियार चलाने की ट्रेनिंग लेने पर भी उपरोक्त सजा दी जा सकेगी।

- किसी ऐसे व्यक्ति या समूह के फ्रांस में प्रवेश करने या देश छोड़कर जाने पर भी पाबंदी लगाई जा सकती है जिस पर ये संदेह हो कि विदेश जाकर वो आतंकवादी गतिविधियों, युद्ध अपराध या मानवता के खिलाफ अपराध में शामिल होगा।
- इस कानून के तहत आतंकवाद का महिमामंडन करने को प्रेस से सम्बन्धित कानूनों से अलग करके उसे आतंकवादी कृत्य की श्रेणी में ला दिया गया है। इसके लिए फ्रांस की अपराध संहिता में 'अपोलॉजी ऑफ टेररिज्म' (apology of terrorism) शीर्षक के तहत अलग कैटेगरी बनायी गई है।[41]
- आतंकवाद का महिमामंडन करने वाली वेबसाइट पर पाबंदी लगाने के लिए किसी न्यायाधीश से इजाजत लेने की आवश्यकता नहीं है। फ्रांस की 'डेटा प्रोटेक्शन अथॉरिटी' (Data Protection Authority) को इससे सम्बन्धित अधिकार दिये गये हैं।
- आतंकवाद का ऑफलाइन महिमामंडन करने के मुकाबले ऑनलाइन महिमामंडन करने पर ज्यादा कड़ी सजा का प्रावधान किया गया है। इस प्रकार के ऑफलाइन किये गये अपराध के लिए 5 वर्ष की सजा एवं 75,000 यूरो जुर्माने का प्रावधान है, जबकि ऑनलाइन ऐसा करने पर 7 वर्ष की कैद एवं 100,000 यूरो के जुर्माने की व्यवस्था नये कानून में की गई है।
- पुलिस को साजिशकर्ताओं की पहचान करने के लिए विशेष तकनीकों का इस्तेमाल करने की छूट दी गई है। इसमें ऑनलाइन निगरानी करना व ऑनलाइन माध्यमों से खुफिया जानकारी जुटाना शामिल है।
- सक्षम प्राधिकारियों को ये अधिकार दिया गया है कि वे संदिग्ध जिहादियों के पासपोर्ट निलंबित या रद्द कर दें। इसी अधिकार का इस्तेमाल करते हुए फ्रांस ने 23 फरवरी, 2015 को 6 संदिग्ध आतंकवादियों के पासपोर्ट को निलंबित कर दिया था।[42]

आतंकवाद-रोधी कानून (2016)

मई, 2016 में फ्रांस की सीनेट ने एक नये कानून को मंजूरी दी जिसमें वहां के पुलिस एवं न्यायिक तंत्र को आतंकवाद से निपटने के लिए ज्यादा अधिकार देने के साथ ही कुछ मामलों में उनके अधिकारों में कटौती की गई। इस कानून के प्रमुख बिंदु निम्न प्रकार हैं–[43]

- आतंकवाद के संदिग्धों को वकील से मिलने की इजाजत दिये बिना पुलिस अब उन्हें 4 घंटे तक हिरासत में रख सकती है। इस कानून के बनने से पहले आरोपी को 144 घंटे तक बिना कोई अभियोग दर्ज किये हिरासत में रखने का अधिकार पुलिस के पास था।
- नया कानून पुलिस अधिकारियों को इस बात की ज्यादा छूट देता है कि यदि उन्हें ये आशंका हो कि कोई आतंकवादी जानलेवा हमला करने की कोशिश कर रहा है, तो वे उसके खिलाफ प्राणघातक शक्ति का प्रयोग कर सकते हैं। साथ ही, पुलिस अधिकारियों

को हथियारों की तस्करी करने वाले गिरोहों का भंडाफोड़ करने के लिए स्टिंग ऑपरेशन के दौरान हथियार खरीदने का अधिकार भी मिला।

- सरकार को ये अधिकार मिला कि आतंकवादी हिंसा से ग्रस्त क्षेत्रों, जैसे कि इराक या सीरिया, से लौटने वाले किसी व्यक्ति को 1 महीने तक घर में नजरबंद करे।
- पुलिस को उन इलेक्ट्रॉनिक उपकरणों का इस्तेमाल करने की इजाजत मिली जिनका इस्तेमाल इससे पहले केवल खुफिया एजेंसियां ही कर सकती थीं।
- अभियोग पक्ष के वकीलों (Prosecutors) को जांचकर्ता न्यायाधीश के बराबर अधिकार मिले। इसके तहत फोन टेप करने, खुफिया कैमरों का इस्तेमाल करने और इलेक्ट्रॉनिक माध्यमों से हुई बातचीत का विश्लेषण करने जैसे अधिकार शामिल है।
- जेल अधिकारियों को बंदियों की तलाशी लेने के लिये पहले के मुकाबले ज्यादा अधिकार दिये गये। साथ ही उन्हें ये अधिकार भी दिया गया कि प्रोसीक्यूटर की इजाजत से वे गुप्त रूप से माइक्रोफोन या कैमरे को जेल की कोठरियों में लगा सकते हैं।
- नये कानून में आतंकवाद को बढ़ावा देने वाली वेबसाइटों से नियमित रूप से संपर्क स्थापित करने को गैरकानूनी घोषित कर दिया गया। इसका उल्लंघन करने पर दो वर्ष की कैद और 30,000 यूरो तक के जुर्माने का प्रावधान किया गया है। हालांकि वैध शैक्षणिक एवं पत्रकारिता की आवश्यकताओं के मुताबिक ऐसा किया जाना गैरकानूनी नहीं माना जायेगा।

1955 के 'स्टेट आफ इमर्जेंसी' कानून में संशोधन

13 नवंबर, 2015 को पेरिस में हुए हमलों के बाद फ्रांस की सीनेट ने 1955 के स्टेट ऑफ इमर्जेंसी कानून में संशोधनों को मंजूरी दे दी।[44] इसमें निम्न नये प्रावधानों को जोड़ा गया–

- सुरक्षा एवं लोक व्यवस्था के लिए खतरा बन चुके संदिग्ध लोगों को घरों में नजरबंद करने की अवधि को बढ़ाने का अधिकार।
- यदि किसी व्यक्ति को आतंकवाद के किसी मामले में पूर्व में दोषी करार दिया जा चुका है तो उसे घर में नजरबंद करते हुए इलेक्ट्रॉनिक ब्रेसलेट्स का इस्तेमाल कर उसकी प्रत्येक गतिविधि पर नजर रखने का अधिकार।[45]
- ऐसे संगठनों को भंग करने का अधिकार जो लोक व्यवस्था को क्षति पहुंचाने वाले किसी कार्य में शामिल रहे हों या ऐसे कार्यों को प्रोत्साहित किया हो।
- फ्रांस के गृह मंत्रालय को अधिकार मिला कि आतंकवाद का महिमामंडन करने या उसे बढ़ावा देने वाली वेबसाइटों को ब्लॉक करने के लिए 'सभी तरह के उपायों' का प्रयोग करे।
- इन संशोधनों के तहत ही नागरिक स्वतंत्रताओं की सुरक्षा के लिए कुछ अतिरिक्त व्यवस्थायें की गईं। प्रमुख बिंदु निम्नवत हैं –

1. आपातकाल से सम्बन्धित 1955 के कानून की उस धारा को हटा दिया गया जिसके तहत सरकार को प्रेस और रेडियो को नियंत्रित करने का अधिकार मिला था।

2. तलाशी और घर में नजरबंदी से सम्बन्धित नियमों का उल्लंघन करने पर लगाये जाने वाले जुर्माने की रकम को बढ़ा दिया गया।

जिहाद विरोधी अभियान

फ्रांस के सामाजिक दायरे में अपनी पैठ बना रही जिहादी विचारधारा की काट के लिए सरकार ने **'स्टॉप जिहादिज्म कैंपेन'** (Stop Jihadism Campaign) नाम से जनवरी, 2015 से एक अभियान शुरु किया।[46] इस अभियान की मुख्य विशेषताएं निम्न प्रकार से हैं–

1. इस अभियान का मकसद फ्रांसीसी नागरिकों को इस योग्य बनाना है कि वे कट्टरपंथी विचारधारा फैलाने वालों की पहचान कर उन्हें रोकने में समर्थ हों। इसके लिए सरकार द्वारा संचालित वेबसाइट्स पर जरुरी दिशा–निर्देश, सूचनाएं और उपलब्ध संसाधनों की जानकारियां दी गई हैं। नागरिकों के इन प्रयासों में सरकार हर प्रकार से उनकी मदद करती है।
2. फ्रांस के गृह मंत्रालय ने सोशल मीडिया के माध्यम से जिहादी विचार के प्रसार को रोकने के लिए किये जा रहे प्रयासों का प्रचार किया। साथ ही जनता से ये गुजारिश की गई कि लोग संदिग्ध वेबसाइटों के बारे में जानकारी देकर सरकार की मदद करें।
3. शिक्षा मंत्रालय ने 11 सूत्री कार्यक्रम पेश किया। इसके माध्मम से फ्रांस की शिक्षा प्रणाली के जरिये पंथनिरपेक्ष एवं गणतांत्रिक मूल्यों को बढ़ावा देने के साथ ही कट्टरपंथी विचारधारा को हतोत्साहित किया जायेगा।
4. जेल के अंदर कैदियों के बीच कट्टरपंथ के प्रसार को रोकने के लिए फ्रांस ने कई जरुरी कदम उठाये। कट्टरपंथी सोच वाले कैदियों को अन्य कैदियों से अलग अकेले रखने की व्यवस्था की गई। साथ ही, जेल के अंदर बड़ी संख्या में बंद मुस्लिमों को इस्लाम की सही जानकारी देने के लिए नियुक्त किये गये इमामों की संख्या बढ़ा दी गई।
5. फ्रांस की कई मस्जिदों पर भी कट्टरपंथी विचार को बढ़ावा देने के आरोप लगते रहे हैं। लिहाजा मस्जिदों की निगरानी के लिए विशेष व्यवस्था की गई। इससे पहले वर्ष 2013 में फ्रांस के गृह मंत्रालय ने मस्जिदों की सभाओं में फ्रांस के खिलाफ हिंसा छेड़ने की अपील करने वाले कई इमामों को देश से बाहर निकालने का ऐलान किया था।
6. मई, 2016 में स्टॉप जिहादिज्म कैंपेन के तहत ही सरकार ने ऐलान किया कि 45. 5 मिलियन डॉलर खर्च कर देशभर में ऐसे सेंटर स्थापित किये जायेंगे जहां कट्टरपंथी बन चुके युवाओं को सही रास्ता दिखाया जायेगा। वो नौजवान जो एक निश्चित समय ऐसे किसी केंद्र में बिताने के बाद जरुरी परीक्षणों को पास कर लेंगे, और सामान्य जिंदगी बिताने की इच्छा रखेंगे, उन्हें समाज की मुख्यधारा में लाने का प्रयास किया जायेगा।
7. उपरोक्त केन्द्रों में ऐसे युवाओं को भी रखकर उनका मानसिक उपचार किया जायेगा

जिनके बारे में किसी न्यायाधीश ने ये संदेह जताया हो कि उसके कट्टरपंथी बनने की आशंकाएं हैं।

8. सरकार ने फ्रांस छोड़कर इराक–सीरिया जाने एवं आतंकवादी समूहों से जुड़ने वाले अपने नागरिकों को सभी प्रकार की सरकारी सुविधाओं से वंचित करने का ऐलान किया।
9. सरकार ने आतंकवाद और आईएसआईएस जैसे आतंकवादी संगठनों के खिलाफ चल रही लड़ाई में विश्व बिरादरी का साथ देने की अपनी प्रतिबद्धता पुनः प्रकट की।

विदेशों में सैन्य कार्यवाहियां

मार्च, 2016 तक फ्रांस ने अपने 5,000 सैनिकों को दुनिया के विभिन्न हिस्सों में सैन्य कार्रवाई के लिए भेज रखा था। कुछ कार्रवाइयों का संक्षिप्त वर्णन निम्न है –

1. सितम्बर, 2014 में आईएसआईएस के खिलाफ लड़ाई के लिए बनने जा रहे अन्तर्राष्ट्रीय गठबंधन में शामिल होने वाला फ्रांस पहला देश बना। 7 जनवरी, 2015 को चार्ली हेब्दो पत्रिका के दफ्तर पर आतंकवादी हमला होने के बाद फ्रांस की संसद ने 13 जनवरी, 2015 को लगभग सर्वसम्मति से इस्लामिक स्टेट के खिलाफ इराक में हवाई हमले जारी रखने का फैसला किया। वहीं, 13 नवंबर, 2015 को पेरिस में एक बार फिर भीषण आतंकवादी हमला होने के बाद फ्रांस ने सीरिया में भी इस्लामिक स्टेट के खिलाफ हवाई हमले शुरु कर दिये।[47]
2. इससे पहले जनवरी, 2013 से माली में सक्रिय इस्लामिक आतंकवादियों के खिलाफ फ्रांस ने ऑपरेशन सेर्वल (Opération Serval) के तहत हवाई हमले शुरु किये थे। ये ऑपरेशन जुलाई, 2014 तक चला, इसके बाद इस सैन्य कार्यवाही को उत्तरी अफ्रीका के अन्य क्षेत्रों में भी विस्तार देते हुए इसका नाम ऑपरेशन बार्खान (Opération Barkhane) रख दिया गया।[48]
3. फ्रांसीसी सेना के 1,000 सैनिकों को इराक में सैन्य सहायता हेतु भेजा गया था, जबकि 900 सैनिकों को लेबनान में तैनात किया गया था।
4. अफगानिस्तान में तालिबानी शासन के खिलाफ वर्ष 2001 में शुरु हुई सैन्य कार्यवाही में फ्रांस भी शामिल था। जब गठबंधन देशों की सेनायें अफगानिस्तान में सैन्य कार्यवाही के बाद लौट रही थीं तो उनमें 150 सैनिक फ्रांस के भी थे।
5. फ्रांस के लगभग 900 सैनिकों को मध्य अफ्रीकी गणराज्य (Central African Republic) में आतंकरोधी कार्रवाइयों में लगाया गया था।
6. वर्तमान में मध्य अफ्रीकी गणराज्य में फ्रांस की सेना संयुक्त राष्ट्र के निर्देशों के मुताबिक शांति कायम करने के अभियान में लगी हुई है।

निष्कर्ष

फ्रांस लंबे समय से विभिन्न प्रकार के हिंसक अतिवादी समूहों के निशाने पर रहा है। 20वीं

शताब्दी के आखिरी दो दशक के दौरान फ्रांस में इस्लामिक आतंकवादियों की सक्रियता शुरू हुई। इस बीच उन्होंने फ्रांस में कई आतंकवादी हमलों को भी अंजाम दिया। 21वीं शताब्दी का पहला दशक आतंकवादी हमलों के नजरिये से फ्रांस के लिए शांतिपूर्ण कहा जा सकता है, लेकिन इस दौरान इस्लामिक चरमपंथी विचारों का प्रचार–प्रसार करने की कोशिशें जारी थीं जिसका मुकाबला करने के लिए फ्रांस सरकार कानूनी तरीकों के साथ ही अन्य विकल्पों का भी सहारा ले रही थी।

वर्ष 2011 से लगभग प्रत्येक वर्ष फ्रांस को आतंकवादी हमले झेलने के लिए मजबूर होना पड़ा है। इराक–सीरिया में इस्लामिक स्टेट के जड़ें जमाने के बाद फ्रांस आईएसआईएस और अल–कायदा दोनों ही आतंकवादी संगठनों के लिए यूरोप में पहला निशाना बन गया। लेकिन फ्रांस को अपने घर में बड़ी संख्या में पल–बढ़ रहे आतंकवादियों के बारे में तब खबर लगी जब इस्लामिक स्टेट की अपील पर सैकड़ों की संख्या में फ्रांसीसी मुस्लिम युवा इराक–सीरिया जाकर आतंकवादी बनने लगे। इस मामले को लेकर देर से जागी फ्रांस सरकार ने आसन्न खतरे से निपटने के लिए सैन्य, कानूनी एवं प्रशासनिक सभी स्तरों से जोरदार प्रयास शुरु किये, हालांकि इसके बावजूद आतंकवादी हमलों को रोकने में फ्रांस सफल नहीं हो सका। लेकिन फ्रांस की सरकार ने स्पष्ट कर दिया है कि अपनी जमीन से इस्लामिक आतंकवाद का उन्मूलन करने को लेकर वो पूरी तरह प्रतिबद्ध है। फ्रांस ने आतंकवाद के खिलाफ युद्ध छेड़ रखा है और फ्रांस का प्रत्येक देशभक्त नागरिक इस युद्ध को जीतने के प्रति दृढ़ संकल्पित है। नवंबर, 2015 में पेरिस में हुए आतंकवादी हमलों के बाद फ्रांस के तत्कालीन राष्ट्रपति फ्रैंकोइस होलांद ने फ्रांस की संसद के संयुक्त सत्र को संबोधित करते हुए कहा था –

> "हम आतंकवाद और जिहादी विचारधारा के खिलाफ युद्धरत हैं जो पूरे विश्व के लिए खतरा है – आतंकवाद फ्रांस का नाश नहीं कर पायेगा क्योंकि फ्रांस इसका विनाश कर देगा।"[49]

संदर्भ:

1. Weblink: http://www.worldatlas.com/webimage/countrys/europe/lgcolor/frcolor. htm, Visited on: November 24, 2016.
2. European Commission's website. URL: http://ec.europa.eu/home-affairs/what-we-do/policies/borders-and-visas/schengen_en, Visited on: January 24, 2017.
3. (2016, August 01). Why France is so vulnerable to Islamist terrorism. The Telegraph (news website). URL: http://www.telegraph.co.uk/news/2016/08/01/analysis-why-france-is-so-vulnerable-to-islamist-terrorism/, Visited on: November 24, 2016.
4. Wyatt, C. (2015, January 07). Paris attack highlights Europe's struggle with Islamism. BBC (news website). URL: http://www.bbc.com/news/world-europe-30717728, Visited on: November 30, 2016.
5. Parmentier, G. (2006). France. In Y. Alexander (Ed.), Counterterrorism Strategies: Successes & failures of Six Nations (pp. 44-71). Virginia,

The United States of America: Potomac books.
6. Ibid.
7. Schmitt, G. J. (2010). France: In a league of its own. In G. J. Schmitt Ed.), Safety, Liberty and Islamist Terrorism (pp. 31-47). Washington, D. C., The United States of America: AEI Press.
8. France: Extremism and Counter-Extremism. Counter Extremism Project (Online). Weblink: http://www.counterextremism.com/countries/france, Visited on: November 28, 2016.
9. (2004, October 08). Indonesian embassy targeted in Paris bomb attack. The Telegraph (news website). URL: http://www.telegraph.co.uk/news/1473667/Indonesian-embassy-targeted-in-Paris-bomb-attack.html, Visited on December 01, 2016.
10. (2016, July 26). Timeline: Attacks in France. BBC (news website). URL: http://www.bbc.com/news/world-europe-33288542, Visited on November 24, 2016.
11. (2016, July 27). Terror attacks timeline: From Paris and Brussels terror to most recent attacks in Europe. Express (news website). URL: http://www.express.co.uk/news/world/693421/Terror-attacks-timeline-France-Brussels-Europe-ISIS-killings-Germany-dates-terrorism, Visited on November 24, 2016.
12. Ibid.
13. (2016, July 25). List of terrorist attacks that have struck Europe in 2016. The Indian Express (news website). URL: http://indianexpress.com/article/world/world-news/list-of-terrorist-attacks-that-have-struck-europe-in-2016/, Visited on January 02, 2017.
14. Ibid.
15. (2016, July 16). 84 killed in France as terror truck ploughs through crowd. The Hindu (Allahabad), pp. 01.
16. (2016, September 8). Assault guards in the prison of Osny "Dedicated units are the only solution to track detainees radicalized". Archy World News (news website). URL: http://archyworldys.com/assault-guards-in-the-prison-of-osny-dedicated-units-are-the-only-solution-to-track-detainees-radicalized/, Visited on January 03, 2017.
17. France, Islam, terrorism and the challenges of integration: Research roundup. Journalist's Resource. URL: https://journalistsresource .org/studies/international/conflicts/france-muslims-terrorism-integration-research-roundup, Visited on January 15, 2017.
18. (2016, 13 October). François Hollande says France has 'a problem with Islam'. Independent (news website). URL: http://www.independent.co.uk/news/world/europe/fran-ois-hollande-france-problem-islam-book-a7358751.html, Visited on January 01, 2017.
19. (2016, March 31). France's true face: Racism/Islamophobia or secularism. The Muslim News (news website). URL: http://muslimnews.co.uk/news/islamophobia/frances-true-face-racism-secularism/, Visited on December 15, 2016.
20. (2016, 13 October). Hollande: 'France has a problem with Islam'. Al Jazeera (news website). URL: http://www.aljazeera.com/news/2016/10/hollande-france-problem-islam-161013073501962.html, Visited on December 15, 2016.
21. (2016, July 16). Why France has a more fraught relationship with its

Muslim communities than the U.S.; Los Angeles Times (news website). URL: http://www.latimes.com/world/europe/la-fg-france-threat-history-20160716-snap-story.html, Visited on December 16, 2016.

22. France 2015/2016. Amnesty International's Annual Report. URL: https://www.amnesty.org/en/countries/europe-and-central-asia/france/report-france/, Visited on December 16, 2016.
23. (2015, Jan 17). What is going wrong in France's prisons. The Telegraph. URL: http://www.telegraph.co.uk/news/worldnews/europe/france/11352268/What-is-going-wrong-in-Frances-prisons.html, Visited on December 12, 2016.
24. (2015, February 12). ISIS Magazine Call for More Attack on France. Alalam (news website). URL: http://en.alalam.ir/news/1675727
25. Laurence, J. and Vaisse, J. (2005, December 1). Understanding Urban Riots in France. Brookings (Online). URL: https://www.brookings.edu/articles/understanding-urban-riots-in-france/,Visited on December 30, 2016.
26. (2016, April 26). 64% of French say refugees are 'a major source of crime – poll. URL: https://www.rt.com/news/340954-france-migrants-crime-poll/, Visited on January 13, 2017.
27. (2015, December 6). Marine Le Pen's National Front Makes Historic Gains in French Regional Vote. The Wall Street Journal. URL: http:/ /www.wsj.com/articles/national-front-leads-in-first-round-of-french-regional-elections-1449434483, Visited on January 20, 2017.
28. (2016, June 3). Controversial right-winger Marine Le Pen surges in polls and is now twice as popular as France's President Hollande. Mail Online. URL: http://www.dailymail.co.uk/news/article-3624382/Controversial-right-winger-Marine-Le-Pen-surges-polls-twice-popular-France-s-President-Hollande.html, Visited on January 20, 2017.
29. (2016, July 15). 'We're on the brink of civil war': French security chief's chilling warning before Nice terror attack. International Business Times (news website). URL: http://www.ibtimes.co.uk/were-brink-civil-war-french-security-chiefs-chilling-warning-before-nice-terror-attack-1570820, Visited on January 20, 2017.
30. (2016, December 14). French parliament votes to extend state of emergency until after 2017 elections. The Guardian (news website). URL: https://www.theguardian.com/world/2016/dec/14/french-parliament-votes-to-extend-state-of-emergency-until-after-2017-elections, Visited on January 22, 2017.
31. (2016, JULY 22). France: Prolonged Emergency State Threatens Rights. Human Rights Watch (online). URL: https://www.hrw. org/news/2016/07/22/france-prolonged-emergency-state-threatens-rights, Visited on January 26, 2017.
32. (2016, June 13). Europeans see ISIS, climate change as most serious threats. Pew Research Center (online). URL: http://www.pewglobal.org/2016/06/13/europeans-see-isis-climate-change-as-most-serious-threats/, Visited on January 26, 2017.
33. France: Extremism and Counter-Extremism. Counter Extremism Project (Online). URL: http://www.counterextremism.com/countries/france, Visited on: November 28, 2016.

34. (2014, May 19). 74% of French Jews mulling emigration, poll shows. The Times Of Israel (online). URL: http://www.timesofisrael.com/74-of-french-jews-mulling-emigration-poll-shows/, Visited on: December 29, 2016.
35. (2016, October 9). French Jews: The first victims in a France where everyone is now in the crosshairs. The Wshington Post (online). URL: https://www.washingtonpost.com/world/europe/french-jews-the-first-victims-in-a-france-where-everyone-is-now-in-the crosshairs/2016/10/09/9ca2e608-ea02-4ef7-8929-a26d5cdc3a93_story.html?utm_term=.18e990fe1e22
36. (2016, April 22). London Becomes a Leading Destination for French Jews After Attacks. The New York Times (online). URL:https://www.nytimes.com/2016/04/23/world/europe/london-france-jews-terrorism-anti-semitism.html, Visited on: December 14, 2016.
37. (2015, January 13). French Anti-Terror Laws Toughened 14 Times Since 1986. Euronews (online). URL: http://www.euronews.com/2015/01/13/french-anti-terror-laws-toughened-14-times-since-1986, Visited on: December 13, 2016.
38. Counter-terrorism in France. France Diplomatie (online). URL:http://www.diplomatie.gouv.fr/en/french-foreign-policy/defence-security/terrorism/, Visited on: November 29, 2016.
39. (2013, June). France: Counter-Terrorism. Legislationline (website). URL: http://www.legislationline.org/topics/country/30/topic/5, Visited on: December 03, 2016.
40. (2014, November 7). France Enacts Controversial New Anti-Jihadist Law. Vice News (online). URL: https://news.vice.com/article/france-enacts-controversial-new-anti-jihadist-law, Visited on: December 10, 2016.
41. Ducol, B. French Anti Terrorism Law and the Securitization of the Internet. Vox Pol (online). URL: http://www.voxpol.eu/wp- content/uploads/2015/02/Benjamin-Ducol.pdf, Visited on: December 16, 2016.
42. (2015, February 23). France confiscates passports of six 'jihadists' who had 'planned to travel to Syria to join ISIS'. Daily Mail (online). URL: http://www.dailymail.co.uk/news/article-2965483/France-confiscates-passports-six-jihadists-planned-travel-Syria-join-ISIS.html, Visited on: December 16, 2016.
43. (2016, May 25). French Authorities Given Broader Powers to Fight Terrorism. The New York Times (online). URL: https://www.nytimes.com/2016/05/26/world/europe/france-terrorism-laws.html?_r=0, Visited on: December 18, 2016.
44. Severson, D. (2015, November 22). France's Extended State of Emergency: What New Powers Did the Government Get. Lawfare (online). URL: https://www.lawfareblog.com/frances-extended-state-emergency-what-new-powers-did-government-get, Visited on: December 15, 2016.
45. France: Extremism and Counter-Extremism. Counter Extremism Project (Online). URL: http://www.counterextremism.com/countries/france, Visited on: November 28, 2016.
46. (2015, January 29). France Launches Online Offensive to Prevent Jihadist Recruitment. The Newsweek (online). URL: http://

www.newsweek.com/france-launches-online-offensive-prevent-jihadist-recruitment-303079, Visited on: November 30, 2016.

47. (2015, November 15). France Launches Airstrikes Against Islamic State Stronghold in Syria. The Wall Street Journal (online). URL: http://www.wsj.com/articles/u-s-providing-targeting-intelligence-to-france-for-strikes-on-islamic-state-after-paris-attacks-1447618522, Visited on: November 19, 2016.
48. Larrive, M. (2014, August 7). Welcome to France's New War on Terror in Africa: Operation Barkhane. The National Interest (online). URL: http://nationalinterest.org/feature/welcome-frances-new-war-terror-africa-operation-barkhane-11029, Visited on: January 16, 2017.
49. (2015, November 17). 'France is at war,' President Francois Hollande says after ISIS attack. CNN (online). URL: http://edition.cnn.com/2015/11/16/world/paris-attacks/, Visited on: December 26, 2016.

6. ब्रिटेन

अटलांटिक महासागर की गोद में बैठा यूनाइटेड किंगडम इतिहास के मुश्किल दिनों में भी अपेक्षाकृत सुरक्षित महसूस करता रहा। लेकिन अटलांटिक का जो घेरा ब्रिटेन को विदेशी हमलों के खिलाफ सुरक्षा देता आया वो इस्लामिक आतंकवादी हमलों से उसकी रक्षा कर पाने में असफल साबित हुआ। एक के बाद एक हुए आतंकवादी हमलों ने बकिंघम पैलेस की शांति को भंग किया, निर्दोष नागरिकों की जान ली और आतंकवाद के खिलाफ वैश्विक लड़ाई लड़ने के लिए निकले ब्रिटेन को घर की दीवारों की मजबूती पर ध्यान केंद्रित करने के लिए बाध्य कर दिया।

ऐसा नहीं है कि आतंकवाद से ब्रिटेन का सामना पहली बार हुआ है। अपनी सीमाओं के अंदर ही वो लंबे वक्त से आयरिश आतंकवादियों का शिकार होता रहा है। 1970 के दशक से उत्तरी आयरलैंड में सक्रिय आतंकवादी समय–समय पर हिंसक गतिविधियों को अंजाम देते रहे जिसमें ब्रिटिश सरकार और जनता को बड़े पैमाने पर जान–माल की क्षति उठानी पड़ी। हालांकि वर्ष 1970 से 2000 के बीच इस्लामिक आतंकियों द्वारा भी ब्रिटेन में 3 से ज्यादा हमले किये गये। लेकिन कुल संख्या के लिहाज से देखें तो इस अवधि में हुए अधिकांश हमलों के पीछे आयरिश आतंकवादियों का ही हाथ था।

लेकिन 9/11 की घटना से कुछ समय पूर्व ही न केवल विश्व के कुछ अन्य हिस्सों में, बल्कि यूनाइटेड किंगडम में भी तस्वीर बदलने लगी थी। इस बात की झलक वर्ष 2000 में ब्रिटिश सरकार द्वारा बनाये गये आतंकरोधी कानून के प्रावधानों में मिल जाती है। इस कानून में यूनाइटेड किंगडम के साथ ही वैश्विक स्तर पर भी इस्लामिक आतंकवाद के बढ़ते प्रभाव को स्वीकार किया गया था। आगे की घटनाएं ये साफ कर देती हैं कि वर्ष 2000 में ब्रिटिश कानून निर्माताओं द्वारा किया गया ये आकलन पूरी तरह सही था।

इस्लामिक आतंकवाद से जूझता ब्रिटेन

11 सितम्बर, 2001 को अमेरिका के वर्ल्ड ट्रेड सेंटर पर हुए इस्लामिक आतंकी हमले में 67 ब्रिटिश नागरिक मारे गये थे। ब्रिटिश लोगों के मन – मस्तिष्क पर भी ये हमला बड़ा घाव कर गया था। इसीलिये 13 सितम्बर, 2001 को महारानी एलिजाबेथ द्वितीय की मौजूदगी में बकिंघम पैलेस में "अमेरिकी राष्ट्रगान" बजाकर दुनिया को ये संदेश दिया गया कि संकट की इस घड़ी में ब्रिटेन पूरी तरह अमेरिका के साथ है।[1]

इसके बाद आतंकवाद के खिलाफ अमेरिका की लड़ाई में साथ देकर ब्रिटिश सरकार ने इस बात को सच साबित किया। लेकिन 9/11 के बाद ब्रिटेन के अंदर के हालात भी तेजी

से बदलने लगे। खास तौर से आतंकवाद के खिलाफ लड़ाई जब अफगानिस्तान से निकलकर इराक जा पहुंची, तो यूनाइटेड किंगडम के अंदर मौजूद मुस्लिमों के एक बड़े वर्ग के अंदर असंतोष पनपने लगा। ब्रिटेन की आम जनता को अपने आस–पास सुलग रहे इस असंतोष का अंदाजा तब हुआ जब 7 जुलाई, 2005 को लंदन सिलसिलेवार बम धमाकों से दहल उठा। ब्रिटेन के लिए ये हमला एक बड़े खतरे की मुनादी था क्योंकि इन बम धमाकों को अंजाम देने वाले 4 हमलावरों में से 3 – मोहम्मद सादिक खान, शहजाद तनवीर और हासिब हुसैन ब्रिटेन में ही पैदा हुए थे। चौथा हमलावर अब्दुल्लाह शहीद जमाल जमैका में पैदा हुआ था लेकिन 5 वर्ष की उम्र से ही वो ब्रिटेन में रह रहा था। उसका असली नाम जर्मैन लींडसे था लेकिन 15 साल की उम्र में धर्मांतरण कर इस्लाम कुबूल करने के बाद उसका नाम बदलकर अब्दुल्लाह शहीद जमाल कर दिया गया। यानी सिलसिलेवार बम धमाकों को अंजाम देकर 52 निर्दोष लोगों की जान लेने वाले सभी हमलावर ब्रिटिश नागरिक थे। यही वो तथ्य था जिसने 7/7 हमलों को 9/11 हमलों से भी ज्यादा खतरनाक बना दिया।

यूके में 7/7 हमलों के बाद आसूचना और सुरक्षा से सम्बन्धित ब्रिटिश संसद की निगरानी समिति ने अपनी रिपोर्ट में माना था कि "पुलिस और खुफिया एजेंसियां घरेलू आतंकवाद की बढ़त को भांपने में नाकाम साबित हुईं। ब्रिटिश मुस्लिमों के बीच पैठ बनाती कट्टरपंथी जिहादी विचारधारा के घातक प्रभाव को ठीक तरह से न समझ पाने की वजह से ही जुलाई 2005 में हुए हमलों को रोका नहीं जा सका।"[2] जुलाई 2006 में पेश की गई एक अन्य रिपोर्ट, जिसका शीर्षक था – **"काउंटरिंग इंटरनेशनल टेररिज्म: द यूनाइटेड किंगडम्स स्ट्रैटेजी"** में भी ब्रिटिश मुस्लिमों के बीच कट्टरपंथ के बढ़ते प्रभाव पर चिंता जाहिर की गई और इसका मुकाबला करने पर जोर दिया गया।[3]

दरअसल 9/11 की घटना के कुछ समय बाद तक आतंकवादी गतिविधियों में सक्रिय या उससे सहानुभूति रखने वाले मुस्लिमों में ज्यादातर वो लोग थे जो कुछ समय पहले ही ब्रिटेन आये थे, लेकिन धीरे–धीरे ये स्थिति बदलने लगी। वर्ष 2017 तक आते–आते हालत ये हो गई कि अब ब्रिटेन में सक्रिय जिहादी तत्वों में बहुत बड़ी संख्या उन मुसलमानों की भी है जो पिछले दो या तीन पीढ़ियों से यहां रह रहे हैं। इनमें काफी संख्या में ऐसे गैर मुस्लिम पृष्ठभूमि वाले वे नौजवान भी हैं जिन्हें कम उम्र में ही गुमराह कर उनका ब्रेनवॉश किया गया और फिर धर्मांतरण कराकर उन्हें उनके मूल सामाजिक दायरे से अलग कर दिया गया। समाज की मुख्यधारा से कटे ऐसे इस्लामिक सामाजिक समूहों के बीच अलगाववाद और कट्टरपंथ का पोषण करना ज्यादा आसान होता है। ऐसे समूहों का संपर्क देश से बाहर के उन अतिवादी समूहों से कराया जाता है जो आतंकवादी गतिविधियों को वैचारिक और आर्थिक आधार मुहैया कराने को तैयार होते हैं। ऐसे डिब्बाबंद समूहों के बीच सक्रिय नौजवानों में अतिवाद को स्वीकार करने की प्रवृत्ति तेजी से पनपती है।

वर्ष 2015 में ब्रिटेन की खुफिया एजेंसी एमआई – 5 के तत्कालीन प्रमुख एन्ड्री पार्कर ने चेतावनी देते हुए कहा था कि **"कई वजहों से ब्रिटिश लोगों के लिए आईएसआईएस से खतरा अभूतपूर्व स्तर तक जा पहुंचा है।"**[4] ऐसा कहते हुए पार्कर का इशारा सीरिया में चल रहे गृहयुद्ध और उससे पैदा हुए शरणार्थी संकट की ओर था। पार्कर भले ही सीरिया

से यूरोप की ओर आ रही शरणार्थियों की बड़ी तादाद को खतरे के रूप में देख रहे थे, लेकिन इस तारीख तक आते–आते ब्रिटेन की अपनी आबादी के बीच भी इस्लामिक कट्टरपंथ खतरनाक स्तर तक जा पहुंचा। 27 मई, 2017 को 'द संडे टाइम्स' (ऑनलाइन) द्वारा प्रकाशित एक खबर के मुताबिक इस समय तक ब्रिटेन में कट्टरपंथी मुसलमानों की संख्या 23,000 तक जा पहुंची थी। ब्रिटिश खुफिया एजेंसियां इनमें से 3,000 ब्रिटिश मुस्लिमों को तात्कालिक रूप से खतरनाक मान रही थीं।[5]

ये तथ्य चौंकाने वाला है कि ब्रिटेन के उदार लोकतंत्र में पले–बढ़े नौजवान मुस्लिम युवक आईएसआईएस की ओर से लड़ने के लिए बड़ी संख्या में इराक और सीरिया जा पहुंचे। इस्लामिक स्टेट की सीमा में पहुंचने वाले ऐसे ब्रिटिश मुस्लिमों की अनुमानित संख्या 850 तक जा पहुंची थी।[6] ये संख्या ब्रिटिश सेना में कार्यरत मुस्लिम नौजवानों की संख्या से भी ज्यादा थी।[7] आश्चर्य की एक वजह ये भी है कि ब्रिटेन से सीरिया या इराक जाने वाले लोगों में 100 से ज्यादा लड़कियां थीं।[8] इनमें से कई लड़कियां नाबालिग थीं। इस्लामिक स्टेट में पहुंचने के बाद ऐसी सभी लड़कियों का किसी आतंकवादी से विवाह करा दिया गया और जिहाद का काम आगे बढ़ाने की जिम्मेदारी सौंपी गई।

कुल मिलाकर संकेत साफ हैं। 9/11 हमलों को अंजाम देने वाले 19 आत्मघाती हमलावर अमेरिकी नागरिक नहीं थे, वे बाहरी लोग थे। लेकिन इस हमले के 4 साल बाद 2005 में ब्रिटेन ने जो हमला झेला उसे ब्रिटिश घरों में पनपे इस्लामिक आतंकवादियों ने अंजाम दिया था। आगे चलकर ये स्थिति और ज्यादा जटिल होती गई। ब्रिटेन को बाहरी दुश्मनों के साथ ही घर में पनप रहे इस्लामिक कट्टरपंथ और आतंकवाद से मुकाबले को मजबूर होना पड़ा। इस्लामिक आतंकवादी हमले की आशंका और देश में पांव पसार रहे कट्टरपंथ की आहट को लंदन में बैठे लोगों ने भांप लिया था। ब्रिटेन को इन चुनौतियों से निपटने के लिए एक स्पष्ट रणनीति की आवश्यकता थी, जिसे आकार देने की जिम्मेदारी वर्ष 2002 में सर डेविड ओमंड को दी गई।

यूनाइटेड किंगडम की आतंकवाद के खिलाफ रणनीति

अमेरिका में हुए 9/11 हमले के बाद ब्रिटेन के अंदर तेजी से पांव पसारते इस्लामिक कट्टरपंथ और अल–कायदा द्वारा पेश किये जा रहे खतरे से निपटना ब्रिटिश सरकार के लिए बड़ी चुनौती बन गई। इसी के मद्देनजर **वर्ष 2002 में सर डेविड ओमंड को यूके का पहला सिक्यूरिटी एंड इंटेलीजेंस कोऑर्डिनेटर बनाते हुए उन्हें 'काउंटर टेररिज्म स्ट्रैटेजी' निर्मित करने की जिम्मेदारी दी गई। इस पहल के परिणामस्वरूप 2003 में 'कॉन्टेस्ट' (CONTEST) के रूप में ब्रिटिश काउंटर टेररिज्म स्ट्रेटेजी सामने आयी।**[9]

अंग्रेजी का शब्द CONTEST दरअसल Counter Terrorism Strategy का संक्षिप्त रूप है। ब्रिटिश आतंकरोधी रणनीति इस बुनियादी मान्यता पर आधारित है कि सामाजिक या आर्थिक आधार पर पिछड़ापन आतंकवाद का कारण नहीं है। आतंकवादी किसी भी सामाजिक या आर्थिक पृष्ठभूमि के हो सकते हैं। 2003 में बनी इस स्त्रातजी में वर्ष 2006, 2009 और 2011 में कुछ संशोधन किये गये।[10]

ब्रिटेन की ये रणनीति आतंकवाद, विशेष रूप से इस्लामिक आतंकवाद के खिलाफ सभी वर्गों और समुदायों को साथ लेकर एक समग्र लड़ाई का ब्लू प्रिंट तैयार करती है। कॉन्टेस्ट की स्त्रातजी मुख्यत: 4P पर टिकी है जिसे अंग्रेजी के चार शब्दों द्वारा व्यक्त किया जाता है –[11]

1. PREVENT (रोकना) 2. PROTECT (सुरक्षा करना)
3. PURSUE (पीछा करना) 4. PREPARE (तैयार करना)

इन चारों प्रकार की रणनीतियों का संक्षेप में वर्णन निम्नलिखित है–

1. **PREVENT (रोकना)**– इसके तहत मुस्लिम समुदाय के लोगों के बीच कट्टरपंथी विचारधारा के प्रचार–प्रसार को रोकने का लक्ष्य तय किया गया। इस नीति के तहत मुख्य रूप से संरचनात्मक कमियों को दूर करने की कोशिश की गई जैसे कि भेदभाव को खत्म करना, नकारात्मक वातावरण में बदलाव लाकर लोगों के कट्टरपंथ की ओर झुकाव को रोकना और वैचारिक रूप से आतंकवादी विचारधारा को चुनौती देना। "सभ्यताओं के टकराव" जैसे विचारों को नकारते हुए 'इस्लाम' को समस्या की जड़ मानने जैसे तर्कों को भी खारिज किया गया। उदारवादी विचारधारा वाले मुसलमानों को इस वैचारिक युद्ध से खास तौर से जोड़ने की कोशिश की गई जो अपने लोगों के बीच सही और गलत के फर्क को स्पष्ट कर सकें।
2. **PROTECT (सुरक्षा करना)** – इस नीति के तहत सार्वजनिक महत्व के स्थलों, जरुरी आधारिक संरचना, पब्लिक ट्रांसपोर्ट सिस्टम और हवाई यात्रियों को आतंकी हमलों से बचाने के लिए जरुरी उपाय किये गये।
3. **PURSUE (पीछा करना)**–हमला करने से पहले ही आतंकवादियों के नेटवर्क का खुलासा कर उन पर शिकंजा कसा जा सके, इसके लिए 'पीछा करने' की नीति पर अमल किया गया। इसके तहत खुफिया तंत्र और पुलिस की क्षमता को बढ़ाने पर खास जोर दिया गया। आतंकियों के नेटवर्क में सेंध लगाकर कई बर्बर हमलों को अंजाम देने से रोका जा सका।
4. **PREPARE (तैयार करना)** – उपरोक्त सभी उपायों के अमल में आने के बाद भी यदि आतंकी कोई हमला करने में कामयाब हो जायें तो उस दौरान उत्पन्न संकट का सामना बेहतर ढंग से किया जा सके और त्वरित कार्रवाई कर हमले के असर को कम से कम किया जा सके, इसके लिए सभी प्रकार की आपातकालीन सेवाओं से जुड़े अधिकारियों कर्मचारियों की बेहतर ट्रेनिंग और उन्हें जरुरी संसाधनों से लैस किया गया।

उपरोक्त चारों प्रकार की रणनीतियों में कुछ बातें समान हैं। मसलन, इन सभी के क्रियान्वयन में पुलिस और सुरक्षा एजेंसियों की भूमिका महत्वपूर्ण रही है। हालांकि कट्टरपंथ और जिहादी विचारधारा को रोकने में अन्य कई प्रकार की संस्थाओं का योगदान लिया गया। इस प्रकार इस पूरी स्त्रातजी की सफलता इस बात पर निर्भर करती थी कि आक्रामक ढंग से जुटाई जा रही सूचनाओं के आधार पर कितनी तेजी से कार्रवाई की जाती है। साथ ही पकड़े गये आतंकियों को जल्द से जल्द सजा दिलाने के लिए अदालत के सामने ठोस सबूत पेश किया

जाना भी इस स्त्रातजी की सफलता के लिए अनिवार्य था।

काउंटर टेररिज्म स्त्रातजी के तहत समय–समय पर ब्रिटिश सरकार और वहां की सुरक्षा एजेंसियों द्वारा किये गये अन्य प्रयास निम्न प्रकार से हैं –

'ज्वाइंट टेररिज्म एनालिसिस सेंटर' की स्थापना

यूनाइटेड किंगडम के अंदर व बाहर सक्रिय खुफिया तंत्र के साथ ही पुलिस ज्यादा प्रभावी तरीके से कार्य कर सके, इसके लिए "ज्वाइंट टेररिज्म एनालिसिस सेंटर" की स्थापना की गई। इस सेंटर की स्थापना से सभी खुफिया एजेंसियों के साथ ही पुलिस भी एक ईकाई के रूप में सक्रिय हुई।[12]

काउंटर टेररिज्म आपरेशंस के लिए विशेष सुरक्षा बलों का गठन

ब्रिटेन में आतंकवादी हमले की स्थिति में जब तक शीर्ष स्तर पर प्रधानमंत्री की अध्यक्षता में कोबरा कमिटी (COBRA Committee) बैठक करके जवाबी कार्यवाही से सम्बन्धित कोई फैसला न ले ले, तब तक आतंकवादियों से मुकाबले की जिम्मेदारी पुलिस की है। इसके लिए प्रत्येक पुलिस टीम को एएफओ स्तर (Authorised Firearms Officer - AFO) स्तर की खास ट्रेनिंग, आधुनिक हथियारों और आर्म्ड रिस्पॉन्स वेहिकल (Armed Response Vehicle - ARV) से लैस किया गया है।[13]

इसके अतिरिक्त मेट्रोपोलिटन पुलिस सर्विस के जवानों को काउंटर टेररिस्ट स्पेशलिस्ट फायरआर्म्स ऑफिसर (Counter Terrorist Specialist Firearms officer - CTSFO) स्तर की ट्रेनिंग देकर उन्हें एंटी टेररिस्ट ऑपरेशंस को अंजाम देने में सक्षम बनाया गया है। पूरे यूनाइटेड किंगडम में ये टीमें एक व्यापक नेटवर्क के जरिये आपस में जुड़ी हुई हैं। ब्रिटिश पुलिस के काउंटर टेररिज्म कमांड से जुड़ा एक अन्य दस्ता एसओ15 (S015) है जो आतंकवाद से सम्बन्धित खुफिया सूचनाओं को एकत्रित करने का कार्य करता है।

ब्रिटिश ट्रांसपोर्ट पुलिस के काउंटर टेररिज्म सपोर्ट यूनिट को आतंकवादी हमलों से रेल नेटवर्क की सुरक्षा की जिम्मेदारी दी गई है। ब्रिटेन के रक्षा मंत्रालय से सम्बन्धित टैक्टिकल सपोर्ट ग्रुप (Tactical Support Group) को परमाणु हथियारों की सुरक्षा का दायित्व दिया गया है।

कोबरा कमिटी यदि आतंकरोधी कार्रवाई को अंजाम देने के लिए सेना को बुलाने का फैसला करती है तो ब्रिटिश आर्मी की 22 स्पेशल एयर सर्विस (22nd Special Air Service - SAS) के जवान मोर्चा संभालते हैं।

जल क्षेत्र में आतंकवादी हमला होने पर रॉयल नेवी की स्पेशल बोट सर्विस के 'एम स्क्वैड्रन' (M Squadron of The Special Boat Service - SBS - of the Royal Navy) को मुकाबले के लिए भेजा जाता है।

बड़े पैमाने की आतंकरोधी कार्यवाही के दौरान स्पेशल फोर्सेज सपोर्ट ग्रुप (SFSG

- Special Forces Support Group) के कमांडो स्पेशल एयर सर्विस या स्पेशल बोट सर्विस के कमांडो के साथ मिलकर एंटी टेररिस्ट ऑपरेशंस चलाते हैं। रॉयल एयरफोर्स का 7th स्क्वैड्रन (7th Squadron) चिनूक हेलीकॉप्टर्स के साथ SFSG/SAS/SBS की मदद के लिए तैयार रहता है। साथ ही रॉयल एयरफोर्स का 47th स्क्वैड्रन (47th Squadron) हर्क्यूलिस कार्गो विमानों की मदद से काउंटर टेररिस्ट ऑपरेशंस के लिए SFSG/SAS/SBS टीमों को उनके साजो–सामान सहित दुनिया के किसी भी कोने में पहुंचा सकता है।

आतंकवाद के मौन समर्थकों पर खास नजर

सुरक्षा एवं खुफिया एजेंसियों ने अपना ध्यान मुस्लिम समुदाय के बीच मौजूद उस वर्ग पर केंद्रित किया जो जिहादी विचारधारा एवं आतंकवाद का मौन समर्थक रहा है। यूनाइटेड स्टेट्स इन्स्टीट्यूट ऑफ पीस (USIP) द्वारा प्रकाशित जून 2006 के एक सर्वे के मुताबिक 16 प्रतिशत ब्रिटिश मुस्लिमों ने (2005 में विस्फोट करने वाले) आत्मघाती हमलावरों के उद्देश्य को सही माना, 13 प्रतिशत ब्रिटिश मुस्लिमों का मानना था कि उन हमलावरों को 'शहीद' के तौर पर देखा जाना चाहिए जबकि 6 प्रतिशत ब्रिटिश मुस्लिमों का कहना था कि उन आत्मघाती हमलावरों ने इस्लाम के बुनियादी सिद्धांतों के मुताबिक काम किया।[14]

संदिग्ध आतंकियों के खिलाफ कार्रवाई

ब्रिटेन में निर्मित किये गये आतंकरोधी कानूनों में इस प्रकार के प्रावधान हैं कि किसी व्यक्ति के आतंकवादी गतिविधियों में लिप्त होने का शक होने पर उसे गिरफ्तार किया जा सकता है या बिना अभियोग दर्ज किये कई दिनों तक हिरासत में रखा जा सकता है। साथ ही ऐसे संदिग्ध लोगों को नजरबंद करने, उनके कहीं आने–जाने पर प्रतिबंध लगाने, उन्हें उनके आवास से सैंकड़ों किलोमीटर दूर रहने के लिए बाध्य करने जैसे प्रावधान किये गये हैं जिससे उन्हें इस प्रकार की गतिविधियों में शामिल होने से हतोत्साहित किया जा सके।

जेलों में बंद कैदियों की निगरानी

इस बात के प्रमाण मिले कि ब्रिटिश जेलों में बंद या आपराधिक गिरोहों से जुड़े या फिर छोटे–मोटे अपराधों में लिप्त मुस्लिम नौजवानों पर आतंकी समूहों की खास नजर है। भटकाव का शिकार या बिगड़ैल स्वभाव के ऐसे युवाओं के बीच से हमलावरों की नई खेप तैयार करना आतंकवादियों के लिए ज्यादा आसान है। खतरे को भांपते हुए सुरक्षा एजेंसियों ने इसकी काट के लिए अपनी रणनीति तैयार की। इसके तहत मस्जिद कमेटियों और इस्लामिक विद्वानों के साथ साझेदारी के तहत जेलों में बंद ऐसे नौजवानों या बिगड़ैल युवकों को इस्लाम की सही शिक्षा देने की व्यवस्था की गई।

कम्यूनिटी पुलिसिंग पर जोर

लंदन में 2005 में हुए भीषण आतंकी हमलों के बाद एक बार फिर आतंकवाद को लेकर

ब्रिटिश रणनीति की समीक्षा की गई। इस बार आतंकवाद से जुड़े अपराधों की संख्या में बढ़ोतरी करते हुए पुलिस को और ज्यादा अधिकार दिये गये। साथ ही कम्यूनिटी पुलिसिंग के सिद्धांत पर अमल किया गया।

कम्यूनिटी पुलिसिंग का उद्देश्य संवेदनशील सूचनाओं को साझा करने के लिए लोगों को प्रेरित करना, आतंकरोधी कार्यवाहियों एवं संदिग्धों की गिरफ्तारी के प्रति मुस्लिम समुदाय में भरोसा पैदा करना और नए कानूनों की वजह से पैदा होने वाले नकारात्मक प्रभावों के असर को कम करना था।

यूनाइटेड किंगडम में कम्यूनिटी पुलिसिंग का आधार 'ब्रोकेन विंडो सिद्धांत' (Broken Windows Theory) बना। इसके मुताबिक ज्यादातर अपराधियों को 'सख्त प्यार' (Tough Love) की नीति का पालन करते हुए काबू किया जा सकता है। इसके लिए उस अपराध से सबसे ज्यादा प्रभावित समुदाय के प्रमुख लोगों और पुलिस के बीच बेहतर संवाद कायम करके आपसी भरोसे को मजबूत किया जाता है।

मुस्लिम समूहों के साथ संवाद पर जोर

2005 में ब्रिटिश मुस्लिमों के बीच पांव पसारते अतिवाद की रिपोर्ट सामने आने के बाद अगस्त 2005 में ही कई मंत्रियों ने उन शहरों और कस्बों के दौरे किये जहां मुस्लिमों की तादाद ज्यादा थी। इसके माध्यम से सरकार ने मुस्लिम समुदाय के प्रतिनिधियों से संवाद कायम करने की कोशिशें शुरु कीं। अतिवादी सोच को खत्म करने के लिए एक टास्क फोर्स का भी गठन किया गया जिसमें सौ से ज्यादा मुस्लिम समाज के नेताओं को शामिल किया गया। इस टास्क फोर्स ने नवंबर 2005 में अपनी रिपोर्ट पेश की जिसमें 64 सुझाव शामिल थे। इनमें मुस्लिम समुदाय और पुलिस के बीच बेहतर तालमेल कायम करने और मस्जिदों को आधिकारिक मान्यता देकर उन्हें निगरानी के दायरे में लाने जैसे सुझाव भी शामिल थे।

मस्जिदों की निगरानी के लिए एडवाइजरी बोर्ड

यूके में मस्जिदों की निगरानी का काम एक स्वयंसेवी एडवाइजरी बोर्ड को सौंप दिया गया है जिसे मॉस्क्स एंड इमाम्स नेशनल एडवाइजरी बोर्ड (Mosques and Imams National Advisory Board - MINAB) कहते हैं। इसका गठन जून 2006 में किया गया था। इस बोर्ड के गठन में यूनाइटेड किंगडम में मौजूद सभी प्रमुख मुस्लिम संगठनों की सहायता ली गई थी।

9/11 के बाद बनाये गये आतंकवाद रोधी कानून

वर्ष 2000 से पहले ब्रिटेन में कई आतंकवादी हमले हुए थे, लेकिन उनमें से ज्यादातर हमले उत्तरी आयरलैंड के सवाल को लेकर आयरिश आतंकवादियों द्वारा किये गये थे। कुछ हमले इस्लामिक आतंकवादियों द्वारा भी किये गये थे जिनका निशाना लंदन में स्थित इजराइली दूतावास था। इस प्रकार वर्ष 2000 से पहले तक ब्रिटेन में आतंकवाद के खिलाफ कानूनी लड़ाई अलग–अलग समय पर निर्मित कुछ कानूनी प्रावधानों और आपातकालीन शक्तियों के

सहारे लड़ी जा रही थी।

अमेरिका में 9/11 हमले के ठीक पहले वर्ष 2000 में ब्रिटिश संसद ने **"आतंकवाद अधिनियम"** (Terrorism Act) पारित किया था। वर्तमान समय में ब्रिटेन के अन्य आतंकरोधी कानूनों के लिए 'टेररिज्म एक्ट – 2000' नींव का काम करता है।

संक्षेप में, वर्ष 2000 एवं उसके बाद बनाये गये आतंकवाद से सम्बन्धित ब्रिटिश कानूनों का वर्णन निम्न है –

1. द टेररिज्म एक्ट (The Terrorism Act) – 2000

इस कानून के बनने के साथ ही ब्रिटेन में इससे पहले आयरिश आतंकवाद के मद्देनजर निर्मित किये गये आकस्मिक कानून अप्रभावी हो गये। इस अधिनियम ने आतंकवाद को लेकर ब्रिटेन के पूरे कानूनी ढांचे को एक नया स्वरूप दिया। टेररिज्म एक्ट – 2000 के सेक्शन 1 में पहली बार ब्रिटेन में आतंकवाद को परिभाषित किया गया, जो निम्न प्रकार से है –

> "आतंकवाद राजनीतिक, धार्मिक या वैचारिक उद्देश्य से की गई कार्रवाई या कार्रवाई की धमकी है, या जिसे जनता को डराने या भयभीत करने के लिए इस उद्देश्य से योजनाबद्ध किया गया ताकि सरकार या किसी सरकारी प्राधिकारी को कार्य करने के लिए बाध्य किया जा सके या कार्य करने से रोका जा सके। इसमें किसी व्यक्ति के खिलाफ हिंसा का प्रयोग, संपत्ति को गंभीर नुकसान पहुंचाना, आधारिक संरचना, व्यवस्था या जनोपयोगी सेवाओं को भंग करना, या कोई ऐसा कार्य जिससे आम लोगों के स्वास्थ्य या सुरक्षा को खतरा पहुंचता हो, एवं इलेक्ट्रॉनिक व्यवस्था में गंभीर किस्म का दखल या उसे खराब करना शामिल हैं।"15

ये कानून कुछ विशेष अपराधो को भी आतंकवादी कृत्य के दायरे में लाता है जिसमें आतंकवादी संगठन की सदस्यता लेना (सेक्शन 11), आतंकवादी संगठन की मदद करना (सेक्शन 12) और आतंकवादियों को धन मुहैया कराना (सेक्शन 15–18) जैसे अपराध शामिल हैं। इन सभी अपराधों के लिए इस कानून के तहत कठोर दंड की व्यवस्था की गई है।

साल 2000 में अधिनियमित टेररिज्म एक्ट में आतंकवादी गतिविधियों में शामिल होने का शक होने पर गिरफ्तारी, तलाशी लेने या हिरासत में लेने जैसे प्रावधान भी शामिल हैं। कानून की धारा– 41 के तहत एक महत्वपूर्ण प्रावधान ये है कि अभियोग लगने से पहले ही आतंकवादी गतिविधियों में शामिल होने के संदिग्धों को बिना किसी वारंट के 48 घंटे के लिए गिरफ्तार किया जा सकता है। इसी धारा की उपधारा 5, 6, 7 एवं 8 के मुताबिक बिना वारंट के गिरफ्तारी की इस अवधि को कुछ परिस्थितियों में बढ़ाया भी जा सकता है। सक्षम न्यायाधीश द्वारा वारंट जारी करने पर गिरफ्तारी की अवधि 7 दिन और बढ़ाई जा सकती है।[16]

सबसे अहम बात ये है कि इस कानून की धारा 41 के तहत बिना वारंट के किसी संदिग्ध आतंकी को गिरफ्तार करने का अधिकार कॉन्स्टेबल स्तर के पुलिसकर्मी को यूनाइटेड किंगडम के सभी हिस्सों में प्राप्त है। इसी प्रकार टेररिज्म एक्ट की धारा 43 के तहत

कॉन्स्टेबल स्तर का पुलिसकर्मी यूनाइटेड किंगडम के किसी भी हिस्से में आतंकवाद में संलिप्त होने के किसी संदिग्ध को रोककर उसकी तलाशी ले सकता है।

2. द एंटी टेररिज्म क्राइम एंड सिक्यूरिटी एक्ट (The Anti-Terrorism Crime and Security Act) – 2001

अमेरिका में 11 सितम्बर, 2001 को आतंकवादी हमला होने के बाद यूनाइटेड किंगडम ने अपने आतंकरोधी कानूनों की समीक्षा की। इसके परिणामस्वरूप वर्ष 2000 के टेररिज्म एक्ट और 1994 के इंटेलीजेंस सर्विसेज एक्ट में संशोधन करते हुए कई नए प्रावधानों को शामिल कर दिसंबर 2001 में ब्रिटिश पार्लियामेंट ने "एंटी टेररिज्म, क्राइम एंड सिक्यूरिटी एक्ट" (Anti-Terrorism, Crime and Security Act - ATCSA) पास किया।[17] इस कानून के जरिये सुरक्षा एजेंसियों को पहले से ज्यादा अधिकार देते हुए हवाई यातायात एवं यात्रियों की सुरक्षा, अंतर्राष्ट्रीय आतंकवादियों, शरणार्थियों, परमाणु हथियारों, रासायनिक एवं जैविक हथियारों इत्यादि से सम्बन्धित प्रावधानों को शामिल किया गया।

कानून की धारा– 4 के तहत वित्त विभाग को ये अधिकार दिया गया कि वो 'फ्रीजिंग ऑर्डर्स' (Freezing Orders) जारी करके संदिग्ध आतंकवादियों या उनके मददगारों की संपत्ति या जमा धन को 2 वर्ष के लिए जब्त कर ले।

इस कानून के चौथे भाग की धारा – 21 के तहत सेक्रेटरी ऑफ स्टेट को किसी संदिग्ध विदेशी व्यक्ति को यूनाइटेड किंगडम आने से रोकने या यूके में मौजूद ऐसे विदेशी व्यक्ति को उसके मूल देश निर्वासित कर देने का अधिकार है। धारा– 23 के तहत ऐसे संदिग्ध विदेशी व्यक्ति को हिरासत में लिया जा सकता है। ऐसे व्यक्ति को हिरासत में लेने के फैसले को किसी अंतर्राष्ट्रीय संधि या कानून के तहत चुनौती नहीं दी जा सकेगी।[18]

धारा 43, 44 एवं 45 में जैविक हथियारों, धारा 46 में रासायनिक हथियारों तथा धारा 47 में परमाणु हथियारों से सम्बन्धित प्रावधानों का जिक्र है। इसी प्रकार से एंटी टेररिज्म, क्राइम एंड सिक्यूरिटी एक्ट की धारा 82 के तहत हवाई यातायात की सुरक्षा से सम्बन्धित प्रावधान करते हुए कॉन्स्टेबल स्तर के पुलिसकर्मी को ये अधिकार दिया गया है कि वो वायु यातायात के नियमों का उल्लंघन होने पर या किसी यात्री की गतिविधियों के संदिग्ध होने पर उसे बिना वारंट के गिरफ्तार कर ले। इसी प्रकार से सेक्शन 86 के तहत सक्षम प्राधिकारी को ये अधिकार है कि किसी वायुयान के परिचालन में गड़बड़ी की आशंका होने या किसी प्रकार का खतरा महसूस होने पर वो सम्बन्धित हवाई जहाज की उड़ान रद्द कर जांच–पड़ताल के लिए उसे अपने अधिकार में ले।

3. द प्रिवेंशन ऑफ टेररिज्म एक्ट (The Prevention of Terrorism Act) – 2005

वर्ष 2004 में 'बेलमार्श केस' की सुनवाई के दौरान ब्रिटेन के हाउस ऑफ लॉर्ड्स ने "एंटी टेररिज्म, क्राइम एंड सिक्यूरिटी एक्ट" (2001) के चौथे भाग में उल्लिखित संदिग्ध विदेशी व्यक्तियों को हिरासत में लेने के प्रावधानों को ये कहते हुए अवैध घोषित कर दिया कि इसमें

ब्रिटिश नागरिकों और विदेशी लोगों में भेद किया गया है (जबकि उसी प्रकार का खतरा ब्रिटिश नागरिकों से भी हो सकता है।) कुछ अन्य सवालों को लेकर भी न्यायाधीशों ने आपत्ति दर्ज कराते हुए इन प्रावधानों को यूरोपीय मानवाधिकार कानूनों का उल्लंघन करार दिया।[19]

बेलमार्श केस में आये फैसले से उत्पन्न चुनौतियों से निपटने के लिए ब्रिटिश संसद से पारित होने के बाद मार्च 2005 में 'द प्रिवेंशन ऑफ टेररिज्म एक्ट' (The Prevention of Terrorism Act) – 2005 के रूप में एक नया कानून लागू किया गया। इस नये कानून में राष्ट्रीयता का भेद किये बिना आतंकवाद में लिप्त होने के संदिग्धों को घर में नजरबंद करने, उनके घूमने–फिरने पर प्रतिबंध लगाने एवं उनकी प्रशासकीय गिरफ्तारी (Administrative Arrest) जैसे प्रावधान किये गये। इस प्रकार के आदेश को "कंट्रोल ऑर्डर" (Control Order) कहा गया जिसे जारी करने का आदेश सेक्रेटरी ऑफ स्टेट के पास था।[20] हालांकि वर्ष 2006 में हाईकोर्ट के एक न्यायाधीश द्वारा कंट्रोल ऑर्डर को 'न्याय का अपमान' बताने के बाद इस कानून पर भी सवाल उठने लगे थे। आखिरकार 2011 में इसे निरस्त कर दिया गया।

यहां ये उल्लेखनीय है कि संदिग्ध आतंकियों की प्रशासकीय गिरफ्तारी (Administrative Arrest) से सम्बन्धित कानून के निरस्त होने के बाद भी सुरक्षा एजेंसियों के पास वर्ष 2000 के टेररिज्म एक्ट के तहत किसी संदिग्ध आतंकी को गिरफ्तार करने का अधिकार सुरक्षित रहा। इसके अलावा टेररिज्म एक्ट (2000) में उल्लिखित किसी संदिग्ध की गिरफ्तारी की अवधि को 7 दिन से बढ़ाकर 2003 में 14 दिन कर दिया गया था। 2006 में एक बार फिर गिरफ्तारी की इस अवधि को बढ़ाकर 28 दिन कर दिया गया।

4. द टेररिज्म एक्ट (The Terrorism Act) – 2006

7 जुलाई, 2005 को लंदन में हुए सिलसिलेवार बम विस्फोटों के बाद 12 अक्टूबर को ब्रिटिश पार्लियामेंट में एक नये आतंकरोधी कानून का बिल पेश किया गया। मार्च 2006 में ये बिल 'टेररिज्म एक्ट– 2006' के रूप में कानून बना जिसके लागू होने से वर्ष 2000 में पास किये गये टेररिज्म एक्ट के कई प्रावधानों में संशोधन हो गये।[21] सबसे महत्वपूर्ण बात ये कि इस नये कानून के जरिये कुछ नये अपराधों को आतंकवादी कृत्य घोषित किया गया।

कानून के भाग 1 के सेक्शन 1 के मुताबिक किसी भी ऐसे कथन को प्रकाशित करना प्रतिबंधित किया गया है जिसमें आतंकवाद को प्रत्यक्ष या अप्रत्यक्ष रूप से प्रोत्साहित या अभिप्रेरित करने की कोशिश की गई हो। अप्रत्यक्ष प्रोत्साहन के अंतर्गत आतंकवादी कृत्यों या (कृत्यों की) तैयारी को (अतीत, वर्तमान या भविष्य के) महिमामंडित करने की कोशिश शामिल है। इस धारा का उल्लंघन होने पर 12 महीने से लेकर 7 वर्ष तक के कारावास या जुर्माने अथवा दोनों की सजा का प्रावधान है।

भाग 1 के ही धारा 2 के तहत ऐसे किसी भी प्रकाशित सामग्री का प्रचार करने को प्रतिबंधित कर दिया गया है जिसमें आतंकवादी कृत्यों या योजनाओं को प्रोत्साहित करने की कोशिश की गई हो अथवा जिसमें ऐसी कोई सूचना शामिल हो जिससे आतंकवादी योजनाओं या घटनाओं को अंजाम देने में मदद मिलती हो। इस धारा के उल्लंघन पर भी अधिकतम

7 वर्ष कारावास की सजा का प्रावधान है।[22]

इसी प्रकार सेक्शन 5 के तहत किसी ऐसी योजना जिसका मकसद आतंकवादी कृत्य को अंजाम देना हो, उसमें शामिल होने पर आजीवन कारावास की सजा का प्रावधान किया गया है। सेक्शन 8 के तहत आतंकवादी गतिविधियों की ट्रेनिंग से सम्बन्धित स्थान, चाहे वो यूनाइटेड किंगडम के अंदर हो या बाहर, वहां जानबूझकर जाने पर अधिकतम 10 साल सजा का प्रावधान किया गया है। रेडियोएक्टिव पदार्थ या उससे सम्बन्धित उपकरण को बनाने, रखने, या उसका दुरुपयोग करने पर भी आजीवन कारावास की सजा का प्रावधान है।

वर्ष 2000 के टेररिज्म एक्ट में संशोधन करते हुए 2006 के कानून की धारा 23 और 24 में आतंकवादी मामलों के संदिग्धों की हिरासत अवधि को बढ़ाने से सम्बन्धित प्रावधान किये गये।

5. द काउंटर टेररिज्म एक्ट (The Counter Terrorism Act) – 2008

ब्रिटिश संसद से पास होने के बाद 26 नवंबर, 2008 से ब्रिटेन में "काउंटर टेररिज्म एक्ट–2008" के रूप में एक और आतंकरोधी कानून लागू हुआ।[23] इस नये कानून के भाग 1 की धारा 1 के तहत कॉन्स्टेबल स्तर के पुलिसकर्मी को ये अधिकार दिया गया कि वो स्वविवेक से आतंकवाद से सम्बन्धित मामलों में तलाशी के दौरान दस्तावेजों (चाहे वो इलेक्ट्रॉनिक उपकरणों में संचित हों) को जब्त करे या अपने साथ ले जाये। धारा 10 में कॉन्स्टेबल स्तर के पुलिसकर्मी को ये अधिकार दिया गया कि वो 'कंट्रोल ऑर्डर' से सम्बन्धित किसी संदिग्ध या आरोपी की सहमति के बिना उसकी अंगुलियों के निशान हासिल करे। साथ ही सेक्शन 18 के तहत ये प्रावधान किया गया कि किसी व्यक्ति से प्राप्त डीएनए सैंपल या फिंगरप्रिंट का राष्ट्रीय सुरक्षा मामलों की जांच या किसी मृत व्यक्ति की पहचान सुनिश्चित करने के लिए इस्तेमाल किया जा सकता है।

इसके साथ ही आतंकवाद से सम्बन्धित मामलों में दोषी करार दिये जा चुके अपराधियों के रिकॉर्ड को सुरक्षित रखने एवं निगरानी करने के लिए रजिस्टर में सूचनाओं को दर्ज करने की व्यवस्था की गई। आतंकवाद से सम्बन्धित मामलों में ज्यादा लंबी सजा के प्रावधान किये गये। सेक्शन 22, 23 एवं 24 के तहत ये प्रावधान है कि अभियोग लगाये जाने के बाद भी पुलिस न्यायाधीश की अनुमति से किसी आरोपी से पूछताछ कर सकती है। सेक्शन 25 के तहत इस प्रकार की पूछताछ की वीडियो रिकॉर्डिंग (आवाज के साथ) करने का अधिकार कॉन्स्टेबल स्तर के पुलिसकर्मी को दिया गया है। सजा पा चुके आतंकवादियों की चल–अचल संपत्ति को जब्त करने का अधिकार सेक्शन 34 के तहत दिया गया है। इस कानून की धारा 76 के मुताबिक यदि कोई व्यक्ति सुरक्षाबलों, खुफिया विभाग से जुड़े लोगों या पुलिसकर्मियों से सम्बन्धित ऐसी जानकारी, जिससे किसी आतंकवादी को फायदा पहुंचे, पाने की कोशिश करता है व इस सूचना को किसी के साथ साझा करता है या प्रकाशित करता है, तो उसके इस कृत्य को अपराध माना जायेगा। इस प्रकार के अपराध के लिए 10

साल तक के कारावास या जुर्माने अथवा दोनों का प्रावधान किया गया है।[24]

हालांकि धारा 76 के तहत ये भी प्रावधान है कि इस सेक्शन के उल्लंघन के आरोपी व्यक्ति यदि ये साबित करें कि उनके ऐसा करने के पीछे तार्किक वजहें थी, तो उन्हें इस धारा के उल्लंघन का दोषी नहीं माना जायेगा। काउंटर टेररिज्म एक्ट– 2008 के इस प्रावधान का मीडिया समूहों एवं पत्रकारों ने विरोध किया। उनके मुताबिक इस प्रकार के प्रावधानों का इस्तेमाल करके पत्रकारों को पुलिस की गतिविधियों की फोटो लेने से रोका जायेगा। इसी विषय को लेकर पत्रकारों ने न्यू स्कॉटलैंड यार्ड में 2009 में जोरदार विरोध–प्रदर्शन किये। लेकिन तत्कालीन प्रधानमंत्री गार्डन ब्राउन ने ये स्पष्ट किया कि पुलिस को सार्वजनिक स्थानों की फोटो खींचने या वीडियोग्राफी करने से रोकने का अधिकार है। इस कानून को अधिनियमित करने के लिए पेश विधेयक में आतंकवाद के आरोपियों को 42 दिन तक बिना अभियोग लगाये हिरासत में रखने सम्बन्धी प्रावधान किये गये थे, लेकिन हाउस ऑफ लॉर्ड्स ने इस प्रावधान को पेश किये गये विधेयक से निकाल दिया।

6. द टेररिज्म प्रिवेंशन एंड इन्वेस्टीगेशन मीजर्स एक्ट (The Terrorism Prevention and Investigation Measures Act)–2011

नागरिक स्वतंत्रता के अधिकारों की रक्षा और आतंकवादी खतरे से सुरक्षा, इन दोनों के बीच संतुलन कायम करने की इच्छा के साथ दिसंबर 2011 में 'द टेररिज्म प्रिवेंशन एंड इन्वेस्टीगेशन मीजर्स एक्ट' लागू हुआ।[25] एक्ट की धारा 1 के तहत वर्ष 2005 में लागू किये गये प्रिवेंशन ऑफ टेररिज्म एक्ट के तहत दिये गये कंट्रोल ऑर्डर्स जारी करने की व्यवस्था को खत्म कर दिया गया। इसके स्थान पर आतंकवादी कृत्यों में शामिल होने की इच्छा रखने वाले संदिग्धों पर नियंत्रण एवं उनकी निगरानी के लिए सेक्रेटरी ऑफ स्टेट को **'टीपीआईएम नोटिस'** (TPIM Notice - terrorism prevention and investigation measures notice) जारी करने का अधिकार दिया गया। हालांकि इसके लिए सेक्रेटरी ऑफ स्टेट को कोर्ट की इजाजत लेनी थी।

कंट्रोल ऑर्डर्स के सख्त प्रावधानों के मुकाबले इस बार व्यक्ति के अधिकारों एवं उसकी स्वतंत्रता को कायम रखने की विशेष व्यवस्था की गई। कंट्रोल ऑर्डर्स के मुकाबले टीपीआईएम नोटिस जारी करने के मानक कड़े किये गये। ये भी प्रावधान किया गया कि एक वर्ष के लिए टीपीआईएम नोटिस जारी होने के बाद इसे आगे एक वर्ष के लिए और बढ़ाया जा सकेगा। इस प्रकार के नोटिस को जिस व्यक्ति पर लागू किया जायेगा उसे एक लैंडलाइन, एक मोबाइल फोन के साथ ही इंटरनेट कनेक्टिविटी के साथ कम्प्यूटर इस्तेमाल करने की इजाजत होगी। इस पूरी प्रक्रिया की व्यापक न्यायिक निगरानी के साथ सेक्रेटरी को ये जिम्मेदारी दी गई है कि वो समय–समय पर इस सम्बन्ध में लिये गये फैसलों की समीक्षा करें।

7. द काउंटर टेररिज्म एंड सिक्यूरिटी एक्ट (The Counter-Terrorism and Security Act) – 2015

इराक और सीरिया में इस्लामिक स्टेट के जड़ें जमाने और ब्रिटिश मुस्लिम नागरिकों के

आईएसआईएस में भर्ती होने के प्रमाण सामने आने के बाद ब्रिटेन में एक बार फिर नये सिरे से कानून निर्मित करने की आवश्यकता महसूस की गई। इसी के मद्देनजर ब्रिटिश संसद से पास होने के बाद 12 फरवरी, 2015 को **'काउंटर टेररिज्म एंड सिक्यूरिटी एक्ट'** लागू किया गया।[26]

इस एक्ट के भाग 1 की धारा 1 में ये प्रावधान है कि आतंकवादी गतिविधियों में शामिल होने के मकसद से यूनाइटेड किंगडम छोड़ने की मंशा रखने वाले नागरिकों के पासपोर्ट व अन्य दस्तावेज जब्त किये जा सकते हैं या उन्हें अस्थाई रूप से कब्जे में लिया जा सकता है। इस अधिकार का इस्तेमाल पुलिस व सीमा सुरक्षा में लगे सुरक्षाकर्मी बार्डर पर या हवाई अड्डों पर भी कर सकते हैं। इसी अध्याय की धारा 2 के जरिये सेक्रेटरी ऑफ स्टेट को अस्थाई रूप से रोक का आदेश (Temporary exclusion orders) जारी करने का अधिकार दिया गया है। इस आदेश के जरिये यूनाइटेड किंगडम से बाहर मौजूद ऐसे व्यक्ति को यूके आने से रोका जा सकता है जिसके आतंकवादी गतिविधियों में संलिप्त होने का शक हो या जिसके आने से ब्रिटेन की आम जनता को खतरा पैदा होने की आशंका हो। इन दोनों प्रावधानों से ये सुनिश्चित करने की कोशिश की गई कि आतंकवादी संगठनों में भर्ती होने या विदेश जाकर आतंकवाद की ट्रेनिंग लेने से ब्रिटिश नागरिकों को रोका जा सके। साथ ही जो विदेश जाकर ऐसी गतिविधियों में शामिल हुए हैं उन्हें यूनाइटेड किंगडम आने की इजाजत कुछ विशेष परिस्थितियों में ही दी जाये, जिससे उन पर नियंत्रण रखा जा सके।

कानून के भाग 3 के सेक्शन 21 के तहत सुरक्षा एजेंसियों को ये अधिकार दिया गया है कि वे प्रासंगिक इंटरनेट डेटा को भेजने या प्राप्त करने वाले की पहचान सुनिश्चित कर आगे की कार्यवाही कर सकें। सेक्शन 25 के तहत हवाई यातायात, जल यातायात और रेल यातायात की सुरक्षा से सम्बन्धित प्रावधान किये गये हैं। यात्रा से पहले ही यात्रियों व कर्मचारियों से सम्बन्धित जानकारी इकट्ठी करके, 'नो फ्लाई लिस्ट' के जरिये संदिग्ध आतंकियों को यूके आने या बाहर जाने से रोककर और सुरक्षा व जांच के नए नियम बनाकर आवागमन को सुरक्षित बनाने की कोशिश की गई है।

सेक्शन 26 के तहत निर्देशित प्राधिकारियों/संस्थाओं की ये जिम्मेदारी तय की गई है कि वे लोगों को आतंकवाद की ओर उन्मुख होने से रोकें। कानूनन ये जिम्मेदारी स्थानीय निकायों, जेल अधिकारियों, स्कूलों व विश्वविद्यालयों और सामाजिक कार्यों में लगे ट्रस्टों इत्यादि को सौंपी गई है। इन संस्थाओं को संदिग्ध लोगों की सूचना तुरंत पुलिस को देनी होगी।

उपरोक्त कानूनों के अलावा क्रिमिनल जस्टिस एक्ट (2003) और इमीग्रेशन एक्ट (2014) में भी इस प्रकार के प्रावधान किये गये हैं कि जिससे आतंकवाद से सम्बन्धित मामलों की जांच करने व दोषियों को सजा दिलाने में मदद मिल सके।

9/11 के बाद ब्रिटेन में हुए इस्लामिक आतंकवादी हमले

11 सितम्बर, 2001 के बाद ब्रिटेन में हुए आतंकवादी हमलों का संक्षिप्त विवरण निम्न है –[27]

1. **7 जुलाई, 2005** – इस दिन लंदन में हुए 4 सिलसिलेवार बम धमाके ब्रिटेन के

इतिहास के सबसे बड़े "आत्मघाती इस्लामिक आतंकी" हमले थे जिसे '7/7 Attacks' के नाम से जाना जाता है। लंदन के भूमिगत रेल नेटवर्क को निशाना बनाते हुए तीन धमाके तीन अलग ट्रेनों में किये गये थे जबकि चौथा बम विस्फोट एक डबल डेकर बस में हुआ। इन 4 बम धमाकों में कुल 52 निर्दोष लोगों की मौत हुई जबकि 700 से ज्यादा नागरिक घायल हुए। इन बम धमाकों को अंजाम देने वाले चारों आत्मघाती हमलावर भी इस हमले में मारे गये।

2. **21 जुलाई, 2005** – एक बार फिर 4 आतंकवादियों ने लंदन के पब्लिक ट्रांसपोर्ट सिस्टम को निशाना बनाते हुए 3 भूमिगत ट्रेनों और 1 बस में बम विस्फोट की कोशिश की। लेकिन इन सभी बमों में इस्तेमाल किये गये खराब क्वालिटी के **"हाइड्रोजन पराऑक्साइड"** की वजह से इन सभी बमों के केवल डेटोनेटर में हल्का विस्फोट हुआ। इस वजह से इनमें से कोई भी बम पूरी ताकत से नहीं फटा और एक बड़ा हमला नाकाम हो गया। इन हमलों की साजिश को अंजाम देने वाले चारों आतंकवादियों को बाद में 40–40 साल के आजीवन कारावास की सजा हुई।
3. **30 जून, 2007** – स्कॉटलैंड के ग्लासगो एयरपोर्ट पर पेट्रोल और गैस सिलेंडरों से भरी जीप में सवार दो आत्मघाती हमलावरों ने हमला किया। इन दोनों ने तेज रफ्तार जीप से एयरपोर्ट के गेट को तोड़ते हुए अंदर घुसने की कोशिश की, लेकिन दरवाजों के पास लगे सुरक्षात्मक खूंटों (Bollards) की वजह से जीप अंदर नहीं जा सकी। इन दोनों के निशाने पर उस वक्त एयरपोर्ट टर्मिनल के अन्दर मौजूद 4,000 लोग थे।

   हमले की कोशिश के दौरान ही जीप में आग लग गई जिसकी चपेट में आकर जीप को चला रहा हमलावर बुरी तरह झुलस गया। बाद में इलाज के दौरान उसकी मौत हो गई जबकि दूसरे हमलावर को ब्रिटिश कोर्ट ने आजीवन कारावास की सजा दी।
4. **22 मई, 2008** –जिहादी विचारधारा से प्रेरित युवक ने एग्जेटर शहर के एक रेस्टोरेंट में आत्मघाती बम विस्फोट करने की कोशिश की। हालांकि बम में पूरी क्षमता से विस्फोट नहीं हुआ। इस मामले में गिरफ्तार आरोपी युवक मूल रूप से ईसाई था जिसने बाद में इस्लाम धर्म कुबूल किया था।
5. **22 मई, 2013** –ली रिग्बी नाम के ब्रिटिश सैनिक की दक्षिणी लंदन के वूलविच में दो इस्लामिक कट्टरपंथियों ने निर्ममता से हत्या कर दी। दोनों आरोपी नाइजीरियाई मूल के ईसाई थे। बाद में उन्होंने इस्लाम धर्म कुबूल किया था। पकड़े जाने पर उन्होंने बताया कि उन्होंने मुस्लिम देशों में ब्रिटिश कार्रवाई के खिलाफ इस हत्याकांड को अंजाम दिया। इस मामले में इन दोनों को न्यूनतम 45 साल के आजीवन कारावास की सजा सुनाई गई।
6. **5 दिसंबर, 2015** – पूर्वी लंदन के लिटनस्टोन रेलवे स्टेशन पर एक मुस्लिम युवक ने तीन यात्रियों पर चाकू से हमला कर दिया। इस दौरान आरोपी युवक हमले को "सीरिया का बदला" बताते हुए जोर–जोर से चिल्लाता रहा। पुलिस की जांच में सामने आया कि आरोपी सोमालियाई मूल का ब्रिटिश नागरिक था। हमले को

अंजाम देने से पहले से ही वो मानसिक रोगी था और उसका इलाज चल रहा था। जून 2016 में आरोपी को न्यूनतम 8 वर्ष 6 माह के आजीवन कारावास की सजा सुनाई गई।

7. **22 मार्च, 2017** – इस तारीख को दुनिया के सबसे पुराने लोकतंत्र की संसद पर हमला हुआ। खालिद मूसद नाम के इस्लामिक आतंकी ने लंदन में ब्रिटिश पार्लियामेंट के नजदीक वेस्टमिंस्टर पुल से गुजर रहे पैदल यात्रियों को कार से कुचल दिया। संसद पर हमला करने के इरादे से मसूद आगे बढ़ा लेकिन उसकी कार पैलेस ऑफ वेस्टमिंस्टर के बाहरी सुरक्षा घेरे से टकराकर रुक गई। इसके बाद हाथ में चाकू लेकर खालिद मसूद ने संसद भवन परिसर के न्यू पैलेस यार्ड में घुसने की कोशिश की और वहां मौजूद एक निहत्थे सुरक्षाकर्मी की चाकू मारकर हत्या कर दी। इसी दौरान एक सुरक्षाकर्मी की नजर हमलावर पर पड़ी जिसकी गोली का शिकार होकर मसूद ढेर हो गया।

   इस बर्बर आतंकी हमले में 4 राहगीरों, 1 सुरक्षाकर्मी और हमलावर मारे गये जबकि 50 लोग घायल हुए। हमले के आरोपी खालिद की उम्र 52 साल थी और वो ब्रिटेन का नागरिक था। आतंकी हमले के बाद आईएसआईएस की समाचार एजेंसी 'अमाक' ने मसूद को अपना "सोल्जर" बताते हुए इसे मध्य–पूर्व में अमेरिकी कार्रवाई का प्रतिशोध बताया। लेकिन ब्रिटिश सुरक्षा एजेंसियों को खालिद मसूद के आईएसआईएस से संपर्क का कोई प्रमाण नहीं मिला।

8. **22 मई, 2017** – 2005 में लंदन में हुए सिलसिलेवार बम धमाकों के बाद ये अब तक का सबसे भीषण आतंकवादी हमला था। मैनचेस्टर के 'मैनचेस्टर अरेना इनडोर स्टेडियम' में अमेरिकी गायिका एरियाना ग्रांडे के शो के बाद बम विस्फोट हुआ जिसकी चपेट में आने से 22 लोगों की मौत हो गई। इस बर्बर हमले में 250 लोग घायल हुए जिनमें से ज्यादातर की उम्र 20 वर्ष से कम थी। जांच में ये सामने आया कि लीबियाई मूल के 22 वर्षीय सलमान आबेदी नाम के ब्रिटिश मुस्लिम युवक ने इस आत्मघाती हमले को अंजाम दिया था। आईएसआईएस की न्यूज एजेंसी 'अमाक' ने कई भाषाओं में बयान जारी कर सलमान आबेदी को इस्लामिक स्टेट का सिपाही बताया और हमले की जिम्मेदारी ली।[28]

   23 और 24 मई को लीबिया में सलमान के पिता और छोटे भाई को हमले की साजिश रचने के संदेह में गिरफ्तार किया गया। ब्रिटिश खुफिया एजेंसियों ने अपनी जांच में पाया कि हालांकि मैनचेस्टर एरेना में हमले की पूरी साजिश को सलमान आबेदी ने अकेले ही अंजाम दिया था लेकिन उसके इरादों के बारे में कुछ अन्य लोगों को भी पता था। इस हमले में इस्तेमाल किया गया बम साधारण किस्म का था जिसमें नट–बोल्ट और नुकीली कीलों का इस्तेमाल कर उसे ज्यादा घातक बनाया गया था।

9. **3 जून, 2017** – 90 दिन के अंदर ब्रिटेन में हुआ ये तीसरा आतंकी हमला था। किराये की वैन में सवार 3 इस्लामिक आतंकवादियों ने मशहूर लंदन ब्रिज से गुजर

रहे पैदल यात्रियों को कुचल दिया। आगे जाकर वैन दुर्घटना का शिकार हो गई जिसके बाद कमर पर नकली आत्मघाती बेल्ट पहने तीनों आतंकी हाथों में चाकू लेकर पास के बाजार में पहुंचे और वहां मौजूद लोगों पर हमले करने लगे। मौके पर पहुंचे सुरक्षाकर्मियों ने तीनों हमलावरों को मार गिराया।

इस हमले में कुल 8 लोगों को अपनी जान गंवानी पड़ी जिनमें 3 फ्रांसीसी, 2 ऑस्ट्रेलियाई, 1 कनाडाई, 1 स्पैनिश और 1 ब्रिटिश नागरिक थे। हमले में घायल हुए लोगों की संख्या 48 थी जिनमें से 21 गंभीर रूप से घायल हुए थे। घायलों में 4 पुलिसकर्मी भी शामिल थे।

इस हमले की जिम्मेदारी भी आईएसआईएस ने ली। बाद में हमलावरों की पहचान खुर्रम शाजाद बट, युसूफ जघबा और रैचिड रेडौन के रूप में हुई। इनमें से खुर्रम पाकिस्तानी मूल का ब्रिटिश नागरिक था जबकि युसूफ मोरक्को का नागरिक था लेकिन उसने इटली की नागरिकता भी हासिल कर रखी थी। तीसरे आतंकी रैचिड रेडौन के मोरक्को या लीबिया से सम्बन्धित होने की आशंका सुरक्षा एजेंसियों ने जताई। 2009 में रेडौन ने यूनाइटेड किंगडम में शरण लेने के लिए अर्जी दी थी जिसे अस्वीकार कर दिया गया था।

10. **15 सितम्बर, 2017** – लंदन में एक बार फिर भूमिगत रेल सेवा को निशाना बनाने की कोशिश की गई। लंदन के पार्सस ग्रीन ट्यूब स्टेशन के पास एक ट्रेन में कम तीव्रता का धमाका हुआ जिसकी चपेट में आने से कुछ लोग झुलस गये जबकि धमाके के बाद मची भगदड़ में भी कुछ लोग घायल हुए। सुरक्षा एजेंसियों ने अपनी जांच में इसे आतंकवादी घटना माना। बाद में आईएसआईएस ने इस हमले की जिम्मेदारी ली। हमला करने के आरोप में पुलिस ने इराकी मूल के 18 वर्षीय युवक अहमद हसन मोहम्मद अली को गिरफ्तार किया।[29]

    जांच में ये सामने आया कि इस बम को बनाने में उसी विस्फोटक पदार्थ (Triacetone Triperoxide) का इस्तेमाल किया गया था जिसका इस्तेमाल 2005 में लंदन में हुए सिलसिलेवार बम धमाकों और नवंबर 2015 में पेरिस में हुए आतंकी हमले में किया गया था।

इस तरह 11 सितम्बर, 2001 से लेकर 15 सितम्बर, 2017 के बीच ब्रिटेन में 10 आतंकवादी हमले हुए। लेकिन ये संख्या कहीं ज्यादा हो जाती अगर आतंकवादियों द्वारा की गई सारी साजिशें कामयाब हो पातीं। कई ऐसे बड़े हमलों की साजिशों को वक्त रहते ब्रिटेन की खुफिया और सुरक्षा एजेंसियों ने नाकाम कर दिया, जिन्हें अंजाम दे दिया जाता, तो ब्रिटेन में बड़ी तबाही होनी तय थी।

9/11 के बाद असफल किये गये इस्लामिक आतंकवादी हमले

कुछ प्रमुख आतंकी साजिशें, जिन्हें वक्त रहते सुरक्षा एजेंसियों ने नाकाम कर दिया, उनका विवरण अग्रलिखित है –

1. **सीरियल बम धमाकों की साजिश** – 17 नवंबर, 2000 को बर्मिंघम में पुलिस ने

मोइनुल आबेदीन नाम के युवक को उसके घर से गिरफ्तार किया। तलाशी के दौरान उसके पास से बम बनाने से सम्बन्धित 100 किलो रासायनिक पदार्थ, कुछ उपकरण और बम बनाने की प्रक्रिया बताने वाले दस्तावेज बरामद हुए।[30]

2. **ब्रिटिश मुस्लिम सैनिक की हत्या की साजिश** – 1 फरवरी, 2007 को परवेज खान नाम का इस्लामिक कट्टरपंथी अपने कई अन्य साथियों के साथ बर्मिंघम से गिरफ्तार किया गया। इन सभी पर आरोप थे कि ये एक ब्रिटिश मुस्लिम सैनिक की हत्या की योजना बना रहे थे जिससे मुसलमानों को ब्रिटिश सेना में भर्ती होने से हतोत्साहित किया जा सके। अदालत ने परवेज समेत 6 आरोपियों को अलग–अलग आरोपों में दोषी पाया। इनमें से परवेज को आजीवन कारावास की सजा दी गई।[31]

3. **लंदन में कार बम विस्फोटों की साजिश** – 29 जून, 2007 को लंदन में विस्फोट कर तबाही मचाने के इरादे से पार्क किये गये दो कार बम बरामद किये गये। इनमें से एक कार बम को नाइटक्लब के पास रखा गया था। एक एंबुलेंस कर्मचारी ने संदेह होने पर इसकी सूचना पुलिस को दी। जबकि दूसरे कार बम को एक अन्य स्थान पर सड़क किनारे खड़ा किया गया था।

   इस घटना के अगले ही दिन ग्लासगो एयरपोर्ट पर विस्फोटक पदार्थों से लदी जीप के जरिये आत्मघाती हमला करने की कोशिश की गई थी। जांच में ये सामने आया कि इन दोनों घटनाओं के साजिशकर्ता एक ही थे। ग्लासगो एयरपोर्ट हमले के बाद गिरफ्तार किये गये बिलाल अब्दुल्लाह नाम के आरोपी को अदालत ने आजीवन कारावास की सजा सुनाई थी।

4. **सऊदी किंग अब्दुल्लाह की हत्या की साजिश** – पुलिस ने सऊदी अरब के किंग अब्दुल्लाह की ब्रिटेन में हत्या किये जाने की कट्टरपंथियों की साजिश का 27 फरवरी, 2008 को खुलासा किया। इस साजिश को 2007 के अक्टूबर–नवंबर महीने में अब्दुल्लाह की ब्रिटेन की राजकीय यात्रा के दौरान अंजाम दिया जाना था। इस काम के लिए कुरियर के जरिये भेजे गये 3.30 लाख डॉलर को खुफिया एजेंसियों ने जब्त किया था। किंग अब्दुल्लाह की हत्या की योजना के पीछे सऊदी अरब मूल के ही कुछ कट्टरपंथी तत्वों का हाथ था। हालांकि इस मामले में किसी को गिरफ्तार नहीं किया जा सका था।[32]

5. **आत्मघाती हमलों की साजिश** – आबिद नासिर नाम का एक पाकिस्तानी कट्टरपंथी 11 अन्य संदिग्धों के साथ 3 सितम्बर, 2009 को गिरफ्तार किया गया। इन सभी पर मैनचेस्टर और कुछ अन्य स्थानों पर सिलसिलेवार ढंग से आत्मघाती हमला करने की साजिश रचने के आरोप थे। लेकिन सबूतों के अभाव में अदालत ने इन सभी को रिहा करके इन्हें इनके मूल देशों को प्रत्यर्पित करने का आदेश दिया। कुछ तकनीकी वजहों से अब्दुल नासिर का पाकिस्तान को प्रत्यर्पण नहीं किया जा सका। वर्ष 2013 में अल–कायदा से नासिर के सम्बन्धों की जांच के लिए उसे अमेरिका प्रत्यर्पित किया गया। लादेन के एबटाबाद स्थित आवास से बरामद कुछ दस्तावेजों और अल–कायदा से सम्बन्धित अन्य सबूतों से ये साबित हुआ कि

नासिर और उसके साथी अल–कायदा के इशारे पर ना केवल मैनचेस्टर बल्कि न्यूयॉर्क में भी सिलसिलेवार तरीके से आत्मघाती हमले करने की योजना बना रहे थे। 2015 में अमेरिका की एक संघीय अदालत ने आबिद नासिर को इस मामले में दोषी मानते हुए 40 साल के आजीवन कारावास की सजा सुनाई।[33]

6. **रैली पर हमले की साजिश** – इंग्लिश डिफेंस लीग (EDL) द्वारा जून 2012 में आयोजित एक शांतिपूर्ण रैली पर हमला करने की साजिश रचने और उसे अंजाम देने की कोशिश के आरोप में 5 संदिग्ध इस्लामिक आतंकवादी गिरफ्तार किये गये। ये आतंकी इस रैली के खत्म होने के दो घंटे बाद वहां पहुंचे थे, इसलिये लोगों की जान लेने के अपने मंसूबे पूरे नहीं कर सके। वापस लौटने के दौरान संयोग से ये पुलिस की गिरफ्त में आ गये। इनके पास से बम, बंदूक और धारदार हथियारों के साथ एक प्रिंट कराया हुआ संदेश मिला जिस पर उन्होंने 'अल्लाह का अपमान करने वालों से बदला लेने की मंशा' जाहिर की थी। बाद में साजिश में शामिल इनके एक और साथी को गिरफ्तार किया गया।

   जून 2013 में कोर्ट ने इस खतरनाक साजिश को रचने और उसे अंजाम देने की कोशिश के आरोपों को सही माना। अदालत ने तीन आरोपियों को 19 वर्ष 6 माह, जबकि बाकी तीन को 18 वर्ष 9 माह कारावास की सजा सुनाई।[34]

7. **आत्मघाती हमलों की साजिश** – ब्रिटेन की एक अदालत ने अप्रैल 2013 में 11 मुस्लिम युवकों को आतंकी गतिविधियों में शामिल होने का दोषी पाया और उन्हें 3 साल से लेकर 18 साल तक के कारावास की सजा दी। दरअसल ब्रिटिश खुफिया एजेंसियों ने **'ऑपरेशन पिट्सफोर्ड'** (Operation Pitsford) चलाकर बर्मिंघम में 11 ऐसे मुस्लिम कट्टरपंथियों को गिरफ्तार किया था, जो आत्मघाती हमलों को अंजाम देने के लिए खुद को तैयार कर रहे थे। इनमें से इरफान नासिर और इरफान खालिद नाम के दो आतंकियों ने पाकिस्तान के आतंकी कैम्पों में जाकर हमला करने की ट्रेनिंग ली थी। वापस आने के बाद उन्होनें अपने 4 और साथियों को ऐसी ही ट्रेनिंग लेने के लिए पाकिस्तान भेजा। इस पूरे मामले का खुलासा करने के लिए चलाया गया 'ऑपरेशन पिट्सफोर्ड' ब्रिटेन में चलाये गये सबसे लंबे आतंकवाद विरोधी ऑपरेशन में से एक माना जाता है।[35]

8. **केमिकल हथियार से हमले की साजिश** – लीवरपूल में रहने वाले मोहम्मद अली नाम के एक आईटी पेशेवर को केमिकल हमले की साजिश रचने के आरोप में गिरफ्तार किया गया। डार्क वेब (Dark Web) के जरिये अली ने 500 मिलीग्राम रिसिन (Ricin) खरीदने के लिए ऑर्डर किया था। ब्रिटिश सुरक्षा अधिकारियों के मुताबिक रिसिन की इतनी मात्रा से 1,400 लोगों की जान ली जा सकती है। इस खरीद के लिये अली ने जिस डार्क वेब का इस्तेमाल किया उसे साइबर वर्ल्ड का 'ब्लैक मार्केट' भी कहा जाता है क्योंकि गूगल या अन्य सामान्य सर्च इंजनों के जरिये इस तक नहीं पहुंचा जा सकता।

   'ब्रेकिंग बैड' (Breaking Bad) नामक एक अमेरिकन क्राइम टीवी शो से प्रभावित

होकर अली ने जिस ड्रग डीलर से संपर्क किया वो दरअसल अमेरिकी खुफिया एजेंसी एफबीआई का एजेंट था। इस तरह सुरक्षा एजेंसियों की मुस्तैदी से एक बर्बर हमले को नाकाम किया जा सका। सितम्बर 2015 में ब्रिटिश कोर्ट ने अली को 8 साल कारावास की सजा सुनाई।[36]

9. **7/7 हमले की 10वीं बरसी पर लंदन को दहलाने की साजिश** – ब्रिटेन के आतंकरोधी दस्ते ने लंदन में मोहम्मद रहमान और उसकी पत्नी सना अहमद खान को 28 मई, 2015 को गिरफ्तार किया। दरअसल सोशल साइट ट्विटर पर चल रहे "साइलेंट बॉम्बर" नामक ट्विटर हैंडल से 12 मई, 2015 को एक पोस्ट किया गया जिसमें फॉलोअर्स से विस्फोट की जगह तय करने के लिए उनकी राय मांगी गई। इस पोस्ट पर नजर पड़ने के बाद जब 28 मई को आतंकरोधी दस्ते ने मोहम्मद रहमान के घर की तलाशी ली तो वहां से 10 किलो यूरिया नाइट्रेट बरामद हुआ। विस्फोटक पदार्थ की इतनी मात्रा से एक बड़े हमले को अंजाम दिया जा सकता था।[37]

   जांच में ये भी सामने आया कि दोनों आरोपियों ने 7 जुलाई, 2005 को लंदन में हुए बम धमाकों के आरोपियों के बारे में जानकारी लेने के लिए कई बार ऑनलाइन सर्च किया था। ये दोनों आईएसआईएस के समर्थक थे। इनके पास से जिहादी विचारधारा से सम्बन्धित साहित्य भी बरामद किया गया। इस मामले में दिसम्बर 2015 में अदालत ने रहमान को न्यूनतम 27 साल कैद के साथ आजीवन कारावास और उसकी पत्नी सना को न्यूनतम 25 साल कैद के साथ आजीवन कारावास की सजा सुनाई।[38]

आतंकवाद के खिलाफ वैश्विक लड़ाई और ब्रिटेन

2001 में अमेरिका पर आतंकवादी हमला होने के बाद शुरु हुई आतंकवाद के खिलाफ वैश्विक लड़ाई में ब्रिटेन अमेरिका का सबसे करीबी सहयोगी रहा है। अफगानिस्तान से लेकर इराक तक पर हमला करने में ब्रिटिश सैनिक अमेरिकी सैनिकों के साथ कंधे से कंधा मिलाकर लड़े। यमन में छिड़े गृहयुद्ध से लेकर हॉर्न ऑफ अफ्रीका और ट्रांस सहारा क्षेत्र तक में होने वाली आतंकरोधी कार्यवाहियों में ब्रिटिश सेना एवं खुफिया एजेंसियों ने प्रत्यक्ष या परोक्ष रूप से हिस्सा लिया।

आतंकवाद का ब्रिटिश समाज पर प्रभाव

एक के बाद एक हुए आतंकवादी हमलों की वजह से ब्रिटिश समाज में सामाजिक विभाजन की खाई लगातार चौड़ी हुई है। एक ओर गैर–मुस्लिम समुदाय से जुड़ा एक बड़ा वर्ग मुसलमानों को संदेह की नजर से देखने लगा है तो वहीं घृणा अपराध के मामले भी सामने आते रहे हैं।

काउंटर टेररिज्म ऑपरेशंस का सबसे ज्यादा प्रभाव मुस्लिम समुदाय पर पड़ता है। आतंकवादी हमलों के बाद प्रभावित इलाकों में रहने वाले मुसलमानों को उसकी प्रतिक्रिया

होने की आशंका सताती है। आतंकरोधी कानून भी उनके मन में डर पैदा करते हैं। वर्ष 2000 में बनाये गये टेररिज्म एक्ट के सेक्शन 44 को लेकर मुस्लिमों में गहरा असंतोष है क्योंकि इस सेक्शन के तहत पुलिस को संदेह होने पर किसी को भी रोकने और तलाशी लेने का अधिकार है।

ब्रिटेन के मुस्लिम काउंसिल ने इस प्रकार के प्रावधानों को 'इस्लामोफोबिक पुलिसिंग' (Islamophobic policing) की संज्ञा दी है क्योंकि इसका निशाना मुसलमान ही हैं। आंकड़ों के मुताबिक वर्ष 2001 में इस प्रावधान के लागू होने के बाद 10,200 लोगों को रोककर उनकी तलाशी ली गई थी। वर्ष 2005 में ये आंकड़ा बढ़कर 36,000 तक जा पहुंचा।[39] हालांकि इस प्रकार की तलाशी के बाद गिरफ्तार किये गये किसी भी व्यक्ति के खिलाफ आतंकवाद के आरोप में केस दर्ज नहीं किया गया। लिहाजा इस कानून को लेकर मुस्लिमों में नाराजगी है। बढ़ते आतंकवाद को काबू करने के लिए ब्रिटिश सरकार ने लगातार नए–नए कानून बनाकर स्थिति को काबू करने की कोशिश की। नागरिक स्वतंत्रता और मानवाधिकारों पर इसका विपरीत प्रभाव देखने को मिला है।

निष्कर्ष

इसे हम ब्रिटिश सरकार, वहां की सुरक्षा एवं खुफिया एजेंसियों के द्वारा चौतरफा किये गये प्रयासों का नतीजा कह सकते हैं कि 2005 में हुए सीरियल बम विस्फोटों के बाद से लेकर मार्च 2017 तक आतंकवादी ब्रिटेन में किसी बड़े हमले को अंजाम नहीं दे सके। इस बीच जो छिटपुट हमले हुए वो स्थानीय किस्म के थे जिससे कोई बड़ा नुकसान नहीं हुआ। हालांकि इस अवधि में इस्लामिक आतंकवादियों ने लगातार ब्रिटेन को निशाना बनाने की कोशिश की।

आतंकरोधी ब्रिटिश रणनीति इस मान्यता पर आधारित है कि आतंकवाद को सामुदायिक स्तर पर मिलने वाला समर्थन और बहुलवादी समाज के प्रति नकारात्मक नजरिया अन्तर्सम्बन्धित हैं। जो लोग अन्य धर्मों एवं पंथों के लोगों की आस्था के प्रति असहिष्णु हैं, ऐसे लोगों का आतंकवाद की ओर झुकाव होने की संभावना ज्यादा होती है। इसीलिये 9/11 के बाद आतंकवाद का मुकाबला करने के लिए तैयार की गई ब्रिटिश रणनीति एक ओर सुधारात्मक और निरोधक उपायों के द्वारा लोगों को अतिवादी होने से रोकने की कोशिश करती है तो दूसरी ओर कड़े कानूनों, ज्यादा मजबूत खुफिया और सुरक्षा तंत्र के माध्यम से लोकतांत्रिक व्यवस्था और बहुलवादी विचारधारा को चुनौती देने वाले आतंकी समूहों का नाश करने के लिए प्रतिबद्ध भी है।

इस्लामिक कट्टरपंथ से मुकाबले के लिए मुस्लिम समुदाय के उदारवादी धड़े को साथ लेकर चलना इस नीति का एक अहम पक्ष रहा है, हालांकि इसे लेकर कई तरह के सवाल भी उठते रहे। इस तरह के प्रयासों से शांतिप्रिय संगठनों को साथ जोड़ने की कोशिश हुई तो साथ ही ऐसे अहिंसक संगठनों की जवाबदेही भी तय करने की कोशिश की गई है जो हिंसा में तो लिप्त नहीं हैं लेकिन कट्टरपंथी विचारों के प्रचार–प्रसार में लगे हुए हैं। इस नीति का उद्देश्य एक ऐसे समाज में लोगों की स्वतंत्रता और उनके हितों की रक्षा करना है जहां सभी को अपनी आस्था के पालन की आजादी हो और विचारों को अभिव्यक्त करने की छूट

हो। सरकार उन परंपराओं का पालन करने के प्रति प्रतिबद्ध है जहां सर्वसमावेशी समाज में लोग सुखपूर्वक जी सकें।

विश्व के कई लोकतांत्रिक देश मनुष्य के मौलिक अधिकारों के प्रति सम्मान और आतंकवाद से सुरक्षा – इन दोनों के बीच सामंजस्य कायम करने की चुनौती से जूझ रहे हैं। हर आतंकी हमले के बाद ज्यादा कड़े कानूनों की मांग उठती है लेकिन प्रत्येक कड़े कानून के लागू होने के साथ ही मानवाधिकारों के उल्लंघन से सम्बन्धित शिकायतों का अंबार लगने लगता है। ब्रिटेन भी लंबे वक्त से इसी सुरक्षा दुविधा से जूझ रहा है। इसके बावजूद वहां सिलसिलेवार ढंग से कई कठोर कानून बनाकर आतंकवादी समस्या को काबू करने की कोशिशें की गईं, जो अपने उद्देश्य में लगभग सफल रहीं।

हालांकि वर्ष 2017 में मार्च से लेकर सितम्बर माह के बीच ब्रिटेन में हुए 4 आतंकवादी हमलों की वजह से ब्रिटिश काउंटर टररिज्म स्ट्रेटेजी को लेकर सवाल उठने लगे। लेकिन इन 4 हमलों में से 3 हमले 'लोन वोल्फ अटैक' श्रेणी के हैं जिन्हें रोक पाने की तरकीब इस तारीख तक कोई अन्य यूरोपीय देश भी नहीं खोज सका। ये हमले 'आतंकवाद 3.0' की कैटेगरी के हैं, लिहाजा इससे मुकाबले के लिए ब्रिटिश सैन्य विचारकों और सुरक्षा एजेंसियों को भी अपनी रणनीति को नई धार देनी होगी।

संदर्भ:

1. Dicker, Ron. 2014. "Buckingham Palace's Response To 9/11 Back Then Will Hit You Hard Now." The Huffington Post, September 13. http://www.huffingtonpost.in/entry/buckingham-palace-star-sp_n_5810934
2. Klausen, Jytte. 2007. "British Counter-Terrorism After the July 2005 Attacks." TheUnited States Institute of Peace (online), February 01. https://www.usip.org/publications/2007/02/british-counter-terrorism-after-july-2005-attacks
3. Ibid.
4. Dorell, Oren. 2017. "Britain attacks: Lack of pattern puts officials on edge." USA Today, June 05. https://www.usatoday.com/story/news/world/2017/06/04/london-attack-mystery-britain-recent-target/102496110/
5. O'Neill, Sean, and Fiona Hamilton, Fariha Karim, Gabriella Swerling. 2017. "Huge scale of terror threat revealed: UK home to 23,000 jihadists." The Sunday Times, May 27. https://www.thetimes.co.uk/article/huge-scale-of-terror-threat-revealed-uk-home-to-23-000-jihadists-3zvn58mhq
6. MacAskill, Ewen. 2016. "Tally of Britons joining Isis and similar groups abroad grown to 850." The Guardian, August 11. https://www.theguardian.com/world/2016/aug/11/britons-joining-isis-grown-to-850-100-killed-syria-khadiza-sultana

7. Hjelmgaard, Kim, and John Bacon. 2014. "More British Muslims fight for Islamic State than Britain." USA Today, August 21. https://www.usatoday.com/story/news/world/2014/08/21/islamic-state-americans-british/14384045/
8. Shackle, Samira. 2016. "The London girls lost to isis: What became of the 'jihadi brides'?" The New Statesman, October 06. https://www.newstatesman.com/culture/observations/2016/10/london-girls-lost-isis-what-became-jihadi-brides
9. Brady, Erika. 2016. "An Analysis of the UK's Counter Terrorism Strategy, CONTEST, and the challenges in its evaluation." Sicherheits Politik Blog, October 10. https://www.sicherheitspolitik-blog.de/2016/10/10/an-analysis-of-the-uks-counter-terrorism-strategy-contest-and-the-challenges-in-its-evaluation/
10. Ibid.
11. Omand, Sir David. 2011. "How the UK managed counter-terrorism after 9/11." The RUSI Journal, September 02. https://rusi.org/commentary/how-uk-managed-counter-terrorism-after-911
12. Ibid.
13. "Elite UK Forces", accessed July 11, 2017, http://www.eliteukforces.info/articles/counter-terrorism.php
14. Klausen, Jytte. 2007. "British Counter-Terrorism After the July 2005 Attacks." TheUnited States Institute of Peace (online), February 01. https://www.usip.org/publications/2007/02/british-counter-terrorism-after-july-2005-attacks
15. "Terrorism Act 2000", The National Archives, accessed July 05, 2017, https://www.legislation.gov.uk/ukpga/2000/11/contents
16. Ibid.
17. "Anti-terrorism, Crime and Security Act 2001", The National Archives, accessed July 09, 2017, http://www.legislation.gov.uk/ukpga/2001/24/contents
18. Ibid.
19. Tuval, Yogev. 2008. "Anti-Terrorism Legislation in Britain and the U.S. after 9/11." The Israel Democracy Institute (online), September 10. https://en.idi.org.il/articles/6936
20. "Prevention of Terrorism Act 2005", The National Archives, accessed July 22, 2017, http://www.legislation.gov.uk/ukpga/2005/2/pdfs/ukpga_20050002_en.pdf
21. "Terrorism Act 2006", The National Archives, accessed July 24, 2017, https://www.legislation.gov.uk/ukpga/2006/11/pdfs/ukpga_20060011_en.pdf
22. Ibid.
23. "Counter-Terrorism Act 2008", The National Archives, accessed July 27, 2017, http://www.legislation.gov.uk/ukpga/2008/28/pdfs/ukpga_20080028_en.pdf
24. Ibid.
25. "Terrorism Prevention and Investigation Measures Act 2011", The National Archives, accessed August 03, 2017,

https://www.legislation.gov.uk/ukpga/2011/23/pdfs/ukpga_20110023_en.pdf

26. "Counter-Terrorism and Security Act 2015", The National Archives, accessed August 08, 2017, http://www.legislation.gov.uk/ukpga/2015/6/pdfs/ukpga_20150006_en.pdf
27. Bowcott, Owen. 2017. "UK terror attacks since 11 September 2001." The Guardian, March 22. https://www.theguardian.com/uk-news/2017/mar/22/uk-terror-attacks-since-11-september-2001
28. Dearden, Lizzie. 2017. "Manchester Arena attack: ISIS claims responsibility for suicide bombing that killed at least 22 people." The Independent, May 23. http://www.independent.co.uk/news/uk/home-news/manchester-arena-attack-isis-responsible-claim-suicide-bombing-islamic-state-ariana-grande-concert-a7751221.html
29. "Parsons Green attack: teenager to stand trial in March", The Guardian, last modified October 13, 2017, accessed November 20, 2017, https://www.theguardian.com/uk-news/2017/oct/13/parsons-green-attack-teenager-to-stand-trial-in-march
30. Morris, Steven. 2002. "Bomb factory Muslim jailed for 20 years." The Guardian, February 28. https://www.theguardian.com/uk/2002/feb/28/stevenmorris
31. Gardham, Duncan. 2008. "Fanatical beheading plot terrorist jailed for life." The Telegraph, February 18. http://www.telegraph.co.uk/news/uknews/1579018/Fanatical-beheading-plot-terrorist-jailed-for-life.html
32. "Britain: plot to kill Saudi King was broken up." NBC News, last modified February 27, 2008, accessed August 15, 2017, http://www.nbcnews.com/id/23373541/ns/world_news-terrorism/t/britain-plot-kill-saudi-king-was-broken/#.WciaePMjHMw
33. Clifford, Stephanie. 2015. "Abid Naseer Receives 40-Year Sentence for Bomb Plot." The New York Times, November 24. https://www.nytimes.com/2015/11/25/nyregion/abid-naseer-receives-40-year-sentence-for-bomb-plot.html?mcubz=1
34. Dodd, Vikram. 2013. "Jihadist gang jailed for plot to bomb EDL rally." The Guardian, June 10. https://www.theguardian.com/uk/2013/jun/10/six-would-be-terrorists-edl-jailed
35. "Operation Pitsford: The 11 men", BBC News, last modified April 26, 2013, accessed September 02, 2017, http://www.bbc.com/news/uk-22305095
36. Robinson, Martin. 2015. "Breaking Bad-inspired computer geek who tried to buy enough ricin to kill 1,400 people from undercover FBI agent on hidden 'Dark Web' is jailed for eight years." Daily Mail, September 18. http://www.dailymail.co.uk/news/article-3239810/Computer-geek-tried-buy-ricin-kill-1-400-people-undercover-FBI-agent-hidden-Dark-Web-jailed-eight-years.html

37. "London Underground or Westfield 'bomb plot was foiled", BBC News, last modified November 17, 2015, accessed August 19, 2017, http://www.bbc.com/news/uk-england-london-34850647
38. "7/7 anniversary bomb plotters jailed for life", ITV News, last updated December 30, 2015, accessed August 19, 2017, http://www.itv.com/news/london/2015-12-30/7-7-anniversary-bomb-plotters-jailed-for-life/
39. Klausen, Jytte. 2007. "British Counter-Terrorism After the July 2005 Attacks." TheUnited States Institute of Peace (online), February 1. https://www.usip.org/publications/2007/02/british-counter-terrorism-after-july-2005-attacks

7. अमेरिका

वर्ल्ड ट्रेड सेंटर की 110 मंजिल ऊंची जुड़वां इमारतें केवल वैश्विक व्यापार का केंद्र भर नहीं थीं। वो अनंत आकाश के सम्मुख अमेरिकी अभिमान का उद्घोष थीं। ठीक वैसे ही जैसे पेंटागन केवल एक परिसर नहीं बल्कि खुद को अभेद्य और अपराजेय समझने वाली महाशक्ति के दर्प का पर्याय रहा है। लेकिन 11 सितम्बर, 2001 के दिन अमेरिकी राष्ट्र राज्य को उसकी असीमित शक्ति का एहसास कराने वाले ये दोनों केंद्र दुनिया के सबसे भीषण आतंकवादी हमलों का शिकार बन गये। 3 हजार से ज्यादा निर्दोषों की मौत हुई। बहुत बड़ी संख्या में लोग घायल हुए। इन हमलों में दुनिया के 80 देशों के नागरिक प्रत्यक्ष रूप से प्रभावित हुए थे। तब पहली बार विश्व पटल पर ये महसूस किया गया कि आतंकवाद दुनिया के लिए सबसे बड़ा खतरा बन चुका है।

इस तरह 11 सितम्बर, 2001 की तारीख ही वो विभाजक रेखा बनी जहां से आतंकवाद में लिप्त अपराधियों को स्वतंत्रता सेनानी मानने वाली सोच के वैश्विक स्तर पर 'बलपूर्वक उन्मूलन' की शुरुआत हुई। विश्व बिरादरी के सामने व्हाइट हाउस से एक लकीर खींची गई – या तो आप आतंकवाद के साथ हैं या उसके खिलाफ। (हालांकि आगे चलकर खुद व्हाइट हाउस ही इस लकीर को धुंधला कर देता है।) 9/11 के हमले के बाद आतंकवाद के खिलाफ वैश्विक लड़ाई का ऐलान हुआ। पेंटागन इस लड़ाई को अपने आंगन से निकालकर दुनिया के कई दूसरे देशों की चौखट तक ले गया। इस लड़ाई को लड़ते हुए पिछले डेढ़ दशक से भी ज्यादा समय में अमेरिका ने अपनी सोच और रणनीति में कई बार परिवर्तन किये हैं। इसके बावजूद इसी दौर में अमेरिका को अपनी जमीन पर बार–बार आतंकवादी हमले झेलने को मजबूर होना पड़ा है।

प्रस्तुत अध्याय में 9/11 के बाद अमेरिका में हुए आतंकवादी हमलों, नाकाम किये गये हमलों की साजिशों, आतंकवाद के खिलाफ लड़ाई में अमेरिका द्वारा अपनायी गई रणनीति और अमेरिकी समाज पर इन सभी के प्रभावों का आकलन और विश्लेषण करने की कोशिश की गई है।

9/11 के बाद हुए आतंकवादी हमले

11 सितम्बर, 2001 के बाद अमेरिका में हुए प्रमुख आतंकवादी हमले निम्न प्रकार से हैं –

1. **फरवरी से अक्टूबर 2002 के बीच इस्लामिक कट्टरपंथियों द्वारा हत्यायें :–** 16 फरवरी, 2002 से 24 अक्टूबर, 2002 के बीच जॉन अलेन मुहम्मद और ली बॉयड माल्वो नाम के दो बंदूकधारी वॉशिंगटन डीसी, वर्जिनिया, मैरीलैंड के अलग –

अलग हिस्सों में हमले करते रहे। इस दौरान इन दोनों ने मिलकर 17 लोगों की जान ले ली जबकि 10 अमेरिकी घायल हुए।[1]

अमेरिकी नागरिक जॉन अलेन मुहम्मद एक पूर्व सैनिक था जिसका पूर्व नाम जॉन अलेन विलियम्स था। 1985 में इस्लाम धर्म स्वीकार करने के बाद वो 1987 में "नेशन ऑफ इस्लाम" नाम के धार्मिक – राजनीतिक संगठन से जुड़ा । पुलिस की जांच में सामने आया कि अलेन मुहम्मद अल–कायदा और लादेन से काफी प्रभावित था और उसने 9/11 हमलों का समर्थन भी किया था। अलेन ने ही नाबालिग माल्वो को बहकाकर इन अपराधों में उसे अपना साथी बना लिया ।

पकड़े जाने के बाद अलेन मुहम्मद को 2003 में एक अमेरिकी कोर्ट ने मौत की सजा सुनाई जबकि माल्वो के लिए 6 आजीवन कारावास की सजा मुकर्रर की गई। 2009 में जानलेवा इंजेक्शन देकर अलेन मुहम्मद को मृत्यु की सजा दी गई।[2]

2. **6 अगस्त, 2003** – सऊदी अरब के एक धनाढ्य परिवार से ताल्लुक रखने वाले मोहम्मद अली अलायेद नाम के छात्र ने अपने ही यहूदी दोस्त की गला रेतकर हत्या कर दी । उपलब्ध तथ्यों के मुताबिक अलायेद के इस अपराध के पीछे इस्लामिक कट्टरपंथ की ओर उसका झुकाव ही प्रमुख वजह बना।[3]
3. **2 दिसंबर**, **2003** – एक मुस्लिम डॉक्टर ने जोसेफ एपलबॉम नाम के यहूदी मरीज का इलाज नहीं किया। एक सामान्य सी पेट की बीमारी से पीड़ित जोसेफ कई घंटे तक अस्पताल में बिना इलाज के पड़े रहे । बाद में जोसेफ की मृत्यु हो गई।
4. **10 जनवरी**, **2005** – सोमालिया से ताल्लुक रखने वाले मुस्तफा मोहम्मद नाम के व्यक्ति ने 4 बुजुर्गों समेत 6 लोगों पर चाकू से हमला कर दिया । इस हमले में 2 लोग गंभीर रूप से घायल हो गये ।
5. **3 मार्च, 2006** – मोहम्मद रजा ताहेरी अजर नाम के व्यक्ति ने नॉर्थ कैरोलिना यूनिवर्सिटी के कैंपस में 9 लोगों पर अपनी कार चढ़ाकर उनकी हत्या की कोशिश की। आरोपी ईरानी मूल का अमेरिकी नागरिक था जो मुस्लिम देशों के प्रति अमेरिकी व्यवहार से नाराज था।
6. **25 जून**, **2006** – इस्लाम स्वीकार कर चुके माइकेल जूलियस फोर्ड नाम के एक युवक ने अपने 4 सहकर्मियों और एक पुलिस अफसर को गोली मारी। हमले में एक व्यक्ति की मौत हो गई जबकि जवाबी पुलिस फायरिंग में आरोपी भी मारा गया। हमलावर ये कहते हुए सुना गया कि ये सब "अल्लाह" की मर्जी है।
7. **28 जुलाई, 2006** – पाकिस्तानी मूल के नावीद अफजल हक नाम के व्यक्ति ने यहूदियों से जुड़ी एक संस्था की बिल्डिंग में 6 महिलाओं को गोली मार दी और एक 14 वर्षीय लड़की को बंधक बना लिया।
8. **1 जून**, **2009** – अब्दुल हकीम मुजाहिद मोहम्मद नाम के एक धर्मांतरित व्यक्ति ने आर्कंसास में अमेरिकी सेना के दफ्तर के बाहर सैनिकों पर फायरिंग की। हमले में एक व्यक्ति मारा गया जबकि एक शख्स घायल हो गया। गिरफ्तार होने के बाद अब्दुल ने अल–कायदा से अपने जुड़ाव को स्वीकार करते हुए कहा कि वो ज्यादा

से ज्यादा अमेरिकी सैनिकों की हत्या करना चाहता था।

9. **5 नवंबर, 2009** – निदाल मलिक हसन नाम के एक अमेरिकी मेजर ने टेक्सास में अंधाधुंध फायरिंग कर 13 लोगों की जान ले ली जबकि कई लोगों को बुरी तरह घायल कर दिया। घटना की जांच में ये सामने आया कि वर्ष 2008 में हसन अल–कायदा के आतंकी अनवर अल–अवलाकी के सम्पर्क में था। हालांकि इस हमले में अवलाकी की किसी प्रकार की भूमिका को एफबीआई ने खारिज कर दिया था। अमेरिकी सीनेट द्वारा रिलीज की गई एक रिपोर्ट में इस हमले को 9/11 के हमलों के बाद हुए बड़े हमलों में से एक बताया गया था।[4]

10. **4 दिसंबर, 2009** – सऊदी अरब से ताल्लुक रखने वाले स्नातक के छात्र अब्दुल सलाम अल जहरानी ने अपने प्रोफेसर की चाकू मारकर हत्या कर दी। जांच में ये तथ्य सामने आया कि अब्दुल सलाम मुस्लिम देशों में जारी हिंसा के लिए अमेरिका को दोषी मानता था और इस्लामिक जिहादी विचारधारा से प्रभावित था।

11. **14 अप्रैल, 2010** – इलिनोइस में इस्लाम धर्म कुबूल कर चुके जेम्स ए लैरी नाम के शख्स ने अपनी मां, पत्नी, बच्चे और दो भतीजियों को गोली मार दी क्योंकि उन सभी ने इस्लाम कुबूल करने से मना कर दिया था।

12. **11 सितम्बर, 2011** – मैसाच्यूसेट्स में 3 यहूदी व्यक्तियों की गला रेतकर हत्या कर दी गई। इस हत्याकांड में बाद में चेचन्या मूल के टैमरलान जारनाएव नाम के युवक का नाम सामने आया। इसी युवक ने 2013 में अपने भाई के साथ मिलकर बोस्टन मैराथन के दौरान बम विस्फोट भी किये थे। हालांकि बाद में जांच अधिकारियों ने इब्रागिम टोडाशेव नाम के एक अन्य संदिग्ध आतंकी, जो टैमरलान जारनाएव का परिचित था, को भी मैसाच्यूसेट्स में हुए तिहरे हत्याकांड के लिए जिम्मेदार माना। यद्यपि अंतिम रूप से कोई निष्कर्ष नहीं निकाला जा सका।

13. **15 जनवरी, 2012** – जॉर्डन से ताल्लुक रखने वाले अली महवूद अवाद इरसान ने अपनी बेटी के दोस्त एक ईरानी मेडिकल छात्र की गोली मारकर हत्या कर दी। जांच में ये तथ्य सामने आया कि मृतक छात्र इस्लाम का आलोचक था और उसने ईसाई धर्म ग्रहण कर लिया था। इसके बाद आरोपी महवूद की बेटी ने जब एक ईसाई युवक से विवाह किया तो आरोपी ने अपने दामाद की भी हत्या कर दी।

14. **7 फरवरी, 2013** – युसूफ इब्राहिम नाम के एक व्यक्ति ने न्यू जर्सी में दो कॉप्टिक क्रिश्चियन समुदाय से सम्बन्धित लोगों की हत्या करने के बाद उनका सिर कलम कर दिया। दोनों शवों को एक सुनसान मकान में दफनाने से पहले आरोपी ने उनके हाथ भी काट लिये।

15. **31 मार्च, 2013** – ओहियो के एक चर्च में ईस्टर की प्रार्थना के बाद पहुंचे एक युवक ने अपने पिता की गोली मारकर हत्या कर दी। हत्या के बाद आरोपी ने बंदूक लहराते हुए कहा कि "ये अल्लाह की मर्जी थी। यही गॉड की मर्जी थी।"

16. **15 अप्रैल, 2013** – चेचन्या मूल के दो मुस्लिम भाइयों जोखर जारनाएव और टेमरलान जारनाएव ने बोस्टन मैराथन के दौरान दो प्रेशर कुकर बम के जरिये

विस्फोट करके 3 लोगों की जान ले ली। इस आतंकी हमले में लगभग 264 लोग घायल हुए। विस्फोट के बाद इन दोनों ने एक पुलिसकर्मी की हत्या कर दी। इसी बीच पुलिस के साथ हुई मुठभेड़ में टैमरलान मारा गया जबकि जोखर को गिरफ्तार कर लिया गया। ये दोनों भाई इंटरनेट के माध्यम से जिहादी विचारधारा के संपर्क में आये थे।

17. **4 अगस्त, 2013** – इस्लाम स्वीकार कर चुके डेमंड एगनेव नाम के शख्स ने रिचमॉन्ड में एक हार्डवेयर स्टोर के कर्मचारी की चाकू मारकर हत्या कर दी। एगनेव ने ये स्वीकार किया कि अल्लाह ने उसे लोगों की मदद के मिशन पर भेजा है।
18. **6 मार्च, 2014** – जेम्स कॉस्बी नाम के एक शख्स ने अपनी बेटी और उसकी एक साथी की लाठी से हमला कर हत्या कर दी। आरोपी को दोनों के अप्राकृतिक सम्बन्धों का शक था। पुलिस के मुताबिक कॉस्बी के इस व्यवहार के पीछे इस्लामिक मान्यतायें आधार बनीं।
19. **27 अप्रैल, 2014** – अली मुहम्मद ब्राउन नाम के एक शख्स ने 'लोन वुल्फ अटैक' करते हुए सिएटल में दो लोगों की हत्या कर दी जबकि न्यू जर्सी में भी एक शख्स को मौत के घाट उतार दिया। जांच में ये सामने आया कि ब्राउन ने ये हमले मध्य–पूर्व में अमेरिका द्वारा की जा रही कार्यवाहियों का बदला लेने के लिए किया।
20. **25 सितम्बर, 2014** – ओकलाहोमा में एल्टोन नोलेन नाम के एक मुस्लिम युवक ने अपनी सहकर्मी महिला की गला रेतकर हत्या कर दी। नोलेन के अन्य सहकर्मियों ने पुलिस को बताया कि नोलेन पिछले कुछ समय से उन लोगों पर इस्लाम धर्म अपनाने के लिए दबाव डाल रहा था। प्रत्यक्षदर्शियों ने बताया कि हत्या के दौरान वो अरबी भाषा में नारे लगा रहा था।
21. **23 अक्टूबर, 2014** – आतंकी विचारधारा से प्रभावित जेल थॉम्पसन नाम के हमलावर ने कुल्हाड़ी से हमला करके दो पुलिसकर्मियों को घायल कर दिया। इस दौरान पुलिस द्वारा की गई फायरिंग में हमलावर की मौत हो गई। जांच में ये सामने आया कि अल–कायदा, आईएसआईएस और अल शबाब जैसे आतंकी संगठनों से जुड़ी वेबसाइट के माध्यम से थॉम्पसन 'लोन वुल्फ अटैकर' बनने के लिए प्रेरित हुआ।
22. **3 मई, 2015** – टेक्सास में "अमेरिकन फ्रीडम डिफेंस इनिशिएटिव" नामक संस्था ने मुहम्मद साहब को लेकर एक कार्यक्रम का आयोजन किया। इस आयोजन में शामिल लोगों की हत्या करने के इरादे से नादिर सूफी और एल्टन सिम्पसन नाम के दो युवकों ने आयोजन स्थल पर हमला कर दिया जिसे सुरक्षाकर्मियों ने असफल कर दिया। जवाबी फायरिंग में दोनों हमलावर मारे गये। आईएसआईएस ने इस हमले की जिम्मेदारी ली। इस घटना के बाद कट्टरपंथी मुसलमानों ने उक्त कार्यक्रम के आयोजक का सिर काटने पर ईनाम देने की घोषणा की।
23. **16 जुलाई, 2015** – कुवैती मूल के अमेरिकी नागरिक मोहम्मद युसूफ अब्दुल अजीज ने टेनिसी में अमेरिकी नौसेना के बेस और रिक्रूटिंग सेंटर पर 'लोन वुल्फ

अटैक' किया जिसमें 5 नौसैनिक मारे गये जबकि 2 अन्य घायल हुए। जवाबी कार्रवाई में हमलावर भी ढेर कर दिया गया। जांच में ये सामने आया कि आरोपी युवक कट्टर इस्लामिक मान्यताओं वाले परिवार से ताल्लुक रखता था। आरोपी के पिता का नाम भी कुछ समय पहले तक सुरक्षा एजेंसियों की संदिग्ध आतंकियों की सूची में शामिल था।

24. **02 दिसंबर, 2015** – ये हमला 9/11 के बाद अमेरिकी जमीन पर हुए सबसे बर्बर आतंकी हमलों में से एक है। जिहादी विचारधारा से प्रेरित पाकिस्तानी मूल के अमेरिकी नागरिक सैयद रिजवान फारुक और उसकी पत्नी तशफीन मलिक ने कैलिफोर्निया में चल रही एक क्रिसमस पार्टी में अंधाधुंध फायरिंग की और 14 निर्दोष लोगों की जान ले ली। हमले से कुछ वर्ष पूर्व आतंकी जोड़े ने सऊदी अरब की यात्रा भी की थी।[5]

25. **12 जून, 2016**– 9/11 के हमले के बाद अमेरिकी जमीन पर हुआ ये सबसे भीषण आतंकी हमला था। आईएसआईएस की विचारधारा से प्रभावित उमर मतीन नाम के लोन वुल्फ अटैकर ने फ्लोरिडा के ओरलैंडों में समलैंगिकों के नाइटक्लब में चल रही पार्टी के दौरान हमला कर दिया। मतीन द्वारा की गई अंधाधुंध फायरिंग की चपेट में आने से 49 लोगों की मौत हो गई जबकि 58 लोग घायल हो गए। हमले के दौरान मतीन ने आईएसआईएस के सरगना अबू बक्र अल बगदादी का जिक्र करते हुए आईएसआईएस के प्रति अपनी निष्ठा प्रकट की थी। हमले के बाद सुरक्षाकर्मियों के साथ हुई मुठभेड़ में उमर मतीन भी मारा गया।[6]

26. **17 सितम्बर, 2016** – दाहिर अहमद अदन नाम के एक सोमालियाई शरणार्थी ने मिन्नेसोटा के एक मॉल में लोगों पर हमला कर दिया। चाकू से लैस हमलावर ने अल्लाहु अकबर का नारा लगाते हुए 9 लोगों को बुरी तरह घायल कर दिया। इसी दौरान छुट्टी पर आये हुए एक पुलिस अफसर ने हमलावर पर फायरिंग की जिससे उसकी मौत हो गई। एफबीआई ने अपनी जांच में इस हमले को लोन वुल्फ अटैक माना। हमला करने से पहले दाहिर ने पीड़ितों से ये पूछा था कि वो इस्लाम को मानने वाले हैं या नहीं।

27. **17 सितम्बर, 2016** – अहमद खान रहमी नाम के अफगानिस्तानी मूल के अमेरिकी आतंकी ने न्यूयॉर्क और न्यू जर्सी में कई स्थानों पर बम विस्फोट करने की कोशिश की। इसी आतंकी ने चेल्सिया में बम विस्फोट करके 30 लोगों को घायल कर दिया था। गिरफ्तार होने के बाद पूछताछ में रहमी ने पुलिस को बताया कि वो अनवर अल अवलाकी और ओसामा बिन लादेन जैसे आतंकियों से प्रेरित था।

28. **28 नवंबर, 2016** – ओहियो में अब्दुल रजाक अली अर्तन नाम के सोमालियाई मूल के आतंकी ने कॉलेज कैम्पस में साथी छात्रों को कार से कुचलने की कोशिश की। कार के एक बैरियर से टकराकर रुक जाने पर उसने चाकू से स्टूडेंट्स पर हमला कर दिया। इस हमले में 11 लोग घायल हो गये। बाद में एक सुरक्षाकर्मी ने गोली चलाकर हमलावर को ढेर कर दिया। आईएसआईएस ने अर्तन को अपना 'सोल्जर'

बताते हुए हमले की जिम्मेदारी ली और भविष्य में इस तरह के लोन वुल्फ अटैक करते रहने की धमकी दी।[7]

29. **31 अक्टूबर, 2017** – सैफुलो सैपोव नामक एक 29 वर्षीय युवक ने न्यूयॉर्क के लोवर मैनहट्टन इलाके में सड़क किनारे बनाये गये साइकिल ट्रैक से गुजर रहे लोगों को पिकअप ट्रक से कुचल दिया। इस हमले में 8 अमेरिकी नागरिकों की मौत हो गई जबकि 12 लोग घायल हो गये। पुलिस ने हमलावर को गोली मारने के बाद गिरफ्तार कर लिया। उसकी गाड़ी से आईएसआईएस के प्रति निष्ठा जताने वाले कागजात और एक झंडा बरामद हुआ।[8]

9/11 के बाद नाकाम किये गये आतंकवादी हमले

उपरोक्त हमलों के अलावा आतंकवादियों की कई साजिशों को खुफिया विभाग और सुरक्षाबलों ने मिलकर नाकाम कर दिया। इनमें से कुछ प्रमुख मामले निम्नलिखित हैं –

1. **नागरिक विमान को उड़ाने की कोशिश** – 22 दिसंबर, 2001 को अल–कायदा के आतंकी रिचर्ड रेड ने अपने जूतों में छिपे 'प्लास्टिक बम' के जरिये विस्फोट कर एक अमेरिकी विमान (फ्लाइट संख्या – 63) को उड़ाने की असफल कोशिश की। ये विमान पेरिस (फ्रांस) से मियामी (अमेरिका) जा रहा था। विमान में सवार यात्रियों ने वक्त रहते आतंकी की मंशा को भांप लिया और उसके मंसूबों को विफल कर दिया।[9]

2. **लॉस एंजिल्स में बैंक टावर से प्लेन टकराने की साजिश** – 9/11 हमलों को अंजाम देने के 6 महीने बाद वर्ष 2002 में अल–कायदा के आतंकी ठीक इसी तरह का एक और हमला करने की साजिश रच रहे थे। इस बार अमेरिका के पश्चिमी किनारे पर स्थित लॉस एंजिल्स में 73 मंजिला बैंक टॉवर (पूर्व नाम– लाइब्रेरी टावर) को निशाना बनाया जाता। खालिद शेख मोहम्मद नाम के जिस आतंकी ने 9/11 हमलों की साजिश को अमली जामा पहनाया, उसी ने दोबारा ऐसे हमले करने की योजना बनाई थी। इसके लिए मध्य–पूर्व की बजाय दक्षिण–पूर्व एशिया के आतंकवादियों का इस्तेमाल किया जाता। हमलावर अपने जूतों में फिट किये गये बम की मदद से कॉकपिट का दरवाजा तोड़कर नागरिक विमान का अपहरण करते और फिर उसे बैंक टावर की बिल्डिंग से टकराते। लेकिन आतंकी इन हमलों को अंजाम नहीं दे सके। वर्ष 2006 में तत्कालीन अमेरिकी राष्ट्रपति बुश ने खुद इस बात का खुलासा किया था।[10]

3. **न्यूयॉर्क में पुल को विस्फोट कर उड़ाने की साजिश** – पेशे से ट्रक ड्राइवर लीमैन फैरिस उर्फ मोहम्मद रऊफ, जो पाकिस्तानी मूल का था और एफबीआई का डबल एजेंट था, को 2003 में अल–कायदा की मदद करने के आरोप में गिरफ्तार किया गया। जांच में ये तथ्य सामने आया कि फैरिस ने अल–कायदा के साथ मिलकर न्यूयॉर्क में स्थित ब्रुकलिन ब्रिज को विस्फोट कर उड़ाने की योजना बनाई थी। इसके साथ एक ट्रेन को पटरी से उतारकर लोगों को मारने की योजना भी

फेरिस ने बनाई थी।[11]

4. **वर्ल्ड बैंक, आईएमएफ बिल्डिंग को निशाना बनाने की साजिश** – पाकिस्तान में जब्त किये गये एक लैपटॉप से इस साजिश का खुलासा हुआ। धीरेन बैरोट उर्फ अबू मूसा अल–हिन्दी, जो भारतीय मूल का ब्रिटिश आतंकी था, ने अमेरिका में कई महत्वपूर्ण इमारतों पर हमले की योजना बनाई थी। मुख्य रूप से वाशिंगटन डी.सी. में स्थित वर्ल्ड बैंक, इंटरनेशनल मॉनेटरी फंड और न्यूयॉर्क में मौजूद स्टॉक एक्सचेंज मूसा के निशाने पर थे। चौंकाने वाली बात ये है कि **बैरोट का जन्म भारत के बड़ौदा में एक हिंदू परिवार में हुआ था।** 1973 में एक साल की उम्र में उसके माता–पिता उसे ब्रिटेन ले गये और वहीं बस गये। 20 वर्ष की उम्र में धीरेन बैरोट ने इस्लाम धर्म कुबूल किया और 1995 में पाकिस्तान की यात्रा की। इसके बाद से ही वो आतंकी गतिविधियों में संलिप्त रहा। वर्ष 2000 में स्टूडेंट वीजा के साथ बैरोट अमेरिका में दाखिल हुआ और तभी से न्यूयॉर्क में रह रहा था। वर्ष 2004 में मूसा ब्रिटेन में पाकिस्तानी मूल के कई अन्य आतंकियों के साथ गिरफ्तार किया गया।

5. **ओहियो में शॉपिंग मॉल में विस्फोट की साजिश**– 2003 में ओहियो में सोमालियाई मूल के नूरादीन आब्दी को कोलम्बस शहर में एक शॉपिंग मॉल में विस्फोट की साजिश रचने के आरोप में गिरफ्तार किया गया। उस दौरान आब्दी अल–कायदा के लिए काम कर रहा था। वर्ष 2000 में इथियोपिया जाकर उसने आतंकवादी बनने की ट्रेनिंग भी ली थी।

6. **यूके, यूएस और कनाडा के विमानों में विस्फोट की साजिश** – वर्ष 2006 में ब्रिटिश पुलिस ने खुलासा किया कि आतंकवादी यूनाइटेड किंगडम से अमेरिका और कनाडा जाने वाले विमानों को सोडा की बोतलों में भरे लिक्विड विस्फोटक पदार्थों का इस्तेमाल कर उड़ाने की योजना को अंजाम देने वाले थे। इस मामले में 24 संदिग्ध गिरफ्तार किये गये थे जिनमें से 10 को कोर्ट ने इस प्रकार की साजिश रचने का दोषी माना।[12]

7. **शिकागो के सीयर्स टावर को उड़ाने की साजिश**– जून 2006 में मियामी में पुलिस ने अमेरिका की दूसरी सबसे ऊंची इमारत सीयर्स टावर पर हमले की साजिश का खुलासा किया। शिकागो में स्थित 108 मंजिल ऊंची इस बिल्डिंग पर हमले की साजिश के आरोप में 7 संदिग्ध आतंकी गिरफ्तार किये गये। इस गैंग का सरगना हैती मूल का अमेरिकी नागरिक नारसील बातिस्ते था। ये सभी आतंकी एफबीआई के ही एक एजेंट को अल–कायदा का प्रतिनिधि मानकर उसके संपर्क में थे जबकि वास्तव में इनका अल–कायदा से कोई संपर्क नहीं हो पाया था। अदालत ने 2009 में 7 में से 5 आरोपियों को दोषी माना।[13]

8. **फोर्ट डिस्क में सेना के बेस पर हमले की योजना** – वर्ष 2007 में एफबीआई ने न्यू जर्सी में स्थित सेना के बेस पर हमला करने की साजिश रचने के आरोप में 6 मुस्लिम युवकों को गिरफ्तार किया। इनमें से 3 युवक सगे भाई थे जिनके परिवार

ने मैक्सिको के रास्ते से अवैध रूप से अमेरिका में प्रवेश किया था। हालांकि अमेरिका में आने के बाद इनके पिता ने शरणार्थी का दर्जा पाने के लिए अर्जी दी थी। 2008 में फेडरल कोर्ट ने इनमें से 5 आरोपियों को अमेरिकी सैनिकों की हत्या की साजिश रचने का दोषी पाया।

9. **जॉन एफ कैनेडी एयरपोर्ट पर हमले की साजिश–** 2007 में न्यूयॉर्क में स्थित जॉन एफ कैनेडी इंटरनेशनल एयरपोर्ट पर ईंधन सप्लाई करने वाले टैंकों और पाइपलाइनों को विस्फोट कर उड़ाने की साजिश का पता चला। रसेल डेफ्रेटस नामक एयरपोर्ट का एक पूर्व कर्मचारी इस साजिश का मास्टरमाइंड था। उल्लेखनीय है कि हवाई अड्डे पर ईंधन की सप्लाई करने वाली पाइपलाइनें न्यूयॉर्क के विभिन्न घनी आबादी वाले इलाकों से होकर गुजरती हैं। आतंकी अगर अपने मंसूबों में कामयाब होते तो भारी तबाही मचने का खतरा था। इस मामले में 2007 में ही डेफ्रेटस समेत 4 आतंकियों को गिरफ्तार किया गया।[14]

10. **नॉर्थवेस्ट एयरलाइंस के विमान में विस्फोट की साजिश** – 25 दिसंबर, 2009 को क्रिसमस दिवस के दिन एम्सटर्डम (नीदरलैंड) से डेट्रॉयट (अमेरिका) जा रहे नॉर्थवेस्ट एयरलाइंस की फ्लाइट – 253 में विस्फोट करने की कोशिश की गई। विमान में सवार नाइजीरिया के अल–कायदा आतंकी उमर फारुक अब्दुल मुतल्लब ने अपने अंडरवियर में विस्फोटक पदार्थ छिपा रखे थे। सफर के दौरान वो विस्फोट करने की कोशिश कर रहा था, तभी एक यात्री की उस पर नजर पड़ गई और समय रहते एक भीषण हमले को नाकाम कर दिया गया। इस विमान में कुल 290 लोग सवार थे।

11. **न्यूयॉर्क में टाइम्स स्क्वायर चौक पर विस्फोट की कोशिश** – 1 मई, 2010 को न्यूयॉर्क पुलिस ने टाइम्स स्क्वायर चौक इलाके में खड़ी एक कार से बम बरामद किया। स्थानीय लोगों ने गाड़ी के अंदर से धुआं उठता देख पुलिस से शिकायत की थी। हालांकि वक्त रहते बम को निष्क्रिय कर दिया गया और इस तरह एक बड़े हमले को नाकाम कर दिया गया। इस घटना की साजिश पाकिस्तानी मूल के अमेरिकी आतंकी फैजल शहजाद ने रची थी। फैजल को उस वक्त गिरफ्तार किया गया जब वो न्यूयॉर्क के जॉन एफ. कैनेडी एयरपोर्ट से दुबई की फ्लाइट में सवार हो चुका था।[15] फैजल के पिता बहारुल हक पाकिस्तानी एयरफोर्स में एयर वाइस मार्शल जैसे ऊंचे ओहदे पर रह चुके थे। छानबीन में ये पता चला कि फैजल ने पाकिस्तान के ही एक आतंकी कैम्प में ट्रेनिंग ली थी।

आतंकवाद से निपटने की अमेरिकी रणनीति

अपने इतिहास का सबसे बर्बर आतंकवादी हमला झेलने के बाद अमेरिकी सत्ता प्रतिष्ठान ने इस हमले के लिए जिम्मेदार अल–कायदा और उसके मददगारों के खिलाफ चौतरफा हमले करने की रणनीति पर काम करना शुरु किया। इस दिशा में किये गये प्रमुख प्रयास अग्रलिखित हैं –

1. आतंकवाद के खिलाफ वैश्विक लड़ाई का ऐलान (Declaration of Global War on Terrorism)

वर्ल्ड ट्रेड सेंटर और पेंटागन पर हमले के बाद तत्कालीन अमेरिकी राष्ट्रपति जॉर्ज डब्ल्यू बुश ने 16 सितंबर, 2001 को 'आतंकवाद के खिलाफ लड़ाई' (War on Terrorism) का ऐलान किया। बुश और तत्कालीन सेक्रेटरी ऑफ स्टेट (विदेश मंत्री) कोलीन पावेल ने अलग–अलग देशों के प्रमुखों से बात कर उनसे इस लड़ाई में शामिल होने का आह्वान किया। इस लामबंदी से अमेरिका को निम्न प्रकार के लाभ हासिल हुए–[16]

- संयुक्त राष्ट्र संघ की महासभा एवं सुरक्षा परिषद ने हमले की कड़ी निंदा की।
- नाटो, ऑर्गनाइजेशन ऑफ अमेरिकन स्टेट्स (OAS), एन्जुस (ANZUS) समेत कई बहुपक्षीय संगठनों ने हमले की निंदा करते हुए आतंकवाद के खिलाफ लड़ाई में अमेरिका का साथ देने की बात कही।
- 136 देश अलग–अलग प्रकार की सैन्य मदद उपलब्ध कराने को तैयार हुए।
- 142 देशों ने संदिग्ध आतंकियों या आतंकी संगठनों की संपत्तियों को जब्त कर लिया।
- 196 देशों ने आतंकवाद के खिलाफ आर्थिक युद्ध छेड़ने पर सहमति जताई।
- 76 देशों ने अमेरिका के सैन्य विमानों को अपने हवाई अड्डों पर उतरने की इजाजत दी।
- 23 देश आक्रामक कार्रवाई से सम्बन्धित अमेरिकी सैनिकों को अपने देश में ठहरने एवं अन्य सुविधाएं मुहैया कराने पर सहमत हुए।
- बड़ी संख्या में दुनिया के देशों ने हमले में शामिल आतंकवादियों से सम्बन्धित खुफिया जानकारी अमेरिका को उपलब्ध करायी।
- 28 सितम्बर, 2001 को संकल्प प्रस्ताव– 1373 पारित कर सुरक्षा परिषद ने सभी सदस्य देशों से अपील की कि वो अपने देश की अर्थव्यवस्था एवं वित्तीय तंत्र को आतंकवादियों के धन से मुक्त रखें।
- मनी लॉन्डरिंग के खिलाफ गठित 29 देशों (तत्कालीन) के समूह 'फाइनेंशियल एक्शन टास्क फोर्स' ने वैश्विक वित्त व्यवस्था में आतंकवादियों की घुसपैठ को रोकने के लिए ज्यादा कड़े मानक तय किये।
- विकासशील देशों के संगठन G–20 और अन्तर्राष्ट्रीय मुद्रा कोष ने उन आतंकवादियों एवं उनके संगठनों के नामों की लिस्ट जारी की जिनकी संपत्तियों को जब्त किया जाना था। जब्त की गई संपत्ति का विवरण भी इस सूची में दिया गया।

2. अमेरिका द्वारा घरेलू स्तर पर की गई कार्यवाहियां

अन्य देशों और वैश्विक संगठनों से तालमेल बिठाने के साथ ही अमेरिका ने अपने स्तर से भी कई ऐसे कड़े कदम उठाये जिनसे आतंकवादियों की ताकत और उनके हौसले को पस्त किया जा सका। इनमें से कुछ प्रमुख कार्रवाइयां निम्न हैं–

- आतंकवादी हमले के बाद 14 सितम्बर, 2001 से अमेरिका और कनाडा ने मिलकर "ऑपरेशन नोबल ईगल" (Operation Noble Eagle) शुरु किया। इसके तहत अमेरिका ने नेशनल गार्ड और रिजर्व सैनिकों को आतंकी हमले की आशंका वाले स्थलों

जैसे कि महत्वपूर्ण सैन्य ठिकानों, एयरपोर्ट, पावर प्लांट, पुल, बंदरगाहों और प्रमुख व्यापारिक स्थलों की सुरक्षा में तैनात किया। इस दौरान रॉयल कैनेडियन एयरफोर्स ने अमेरिका की उत्तरी सीमाओं की सुरक्षा सुनिश्चित की।

- 23 सितम्बर, 2001 को राष्ट्रपति बुश ने एक कार्यकारी आदेश जारी कर अमेरिकी अधिकार क्षेत्र में आने वाले सभी संदिग्ध आतंकवादियों एवं उनके संगठनों की संपत्तियों को जब्त कर लिया।
- शुरुआती 100 दिन में ही उपरोक्त अमेरिकी कार्यवाही की जद में आने वाले आतंकवादियों या उनके संगठनों की संख्या 153 थी। अमेरिकी आर्थिक एवं वित्त व्यवस्था के तहत जब्त की गई ऐसी संपत्तियों का अनुमानित मूल्य 33 मिलियन डॉलर के करीब था। आतंकवादियों की लगभग इतने ही मूल्य की संपत्ति (33 मिलियन डॉलर) दूसरे देशों के द्वारा भी जब्त की गई।
- 7 नवंबर, 2001 को अमेरिका एवं सहयोगी देशों ने मिलकर अल–कायदा और ओसामा बिन लादेन से सम्बन्धित दो बड़े वित्तीय संस्थानों की पूरी कार्यप्रणाली को प्रतिबंधित कर दिया। **'अल–बरकत'** और **'अल–तकवा'** नाम के इन वित्तीय संस्थाओं के व्यापक नेटवर्क का इस्तेमाल करके अल–कायदा और लादेन धन प्राप्त करते थे और साथ ही सहयोगियों को फंड उपलब्ध कराते थे।
- आतंकवादियों के वित्तीय तंत्र को ध्वस्त करने के लिए अमेरिकी सरकार ने 3 नयी संस्थाओं का निर्माण किया –

1. **द फॉरेन टेररिस्ट असेट ट्रैकिंग सेंटर** (The Foreign Terrorist Asset Tracking Center–FTAT)
2. **ऑपरेशन ग्रीन क्वेस्ट** (Operation Green Quest)
3. **द टेररिस्ट फाइनेंसिंग टास्क फोर्स** (The Terrorist Financing Task Force)

उपरोक्त संस्थाओं के गठन का उद्देश्य था– खुफिया एवं सुरक्षा एजेंसियों के बीच सूचनाओं को साझा करने की व्यवस्था को आसान बनाना तथा दूसरे देशों को इस बात के लिए तैयार करना कि वो आतंकवादियों से सम्बन्धित वित्तीय संस्थाओं एवं तंत्रों की पहचान कर उन्हें प्रतिबंधित करें।

3. GWOT के तहत प्रमुख सैन्य कार्यवाहियां

आतंकवाद के खिलाफ लड़ाई को अमेरिका दुश्मन के क्षेत्र में ले गया। अमेरिकी सेना को आतंकवादियों के सफाये के लिए हर उस देश में भेजा गया जहां उनके छिपे होने की आशंका थी। इस तरह अमेरिका को कई देशों में सैन्य ऑपरेशन शुरु करने पड़े जिसकी शुरुआत अफगानिस्तान से हुई। विस्तृत विवरण निम्न प्रकार से है–

अफगानिस्तान पर हमला: आपरेशन एन्ड्युरिंग फ्रीडम (Operation Enduring Freedom)

अफगानिस्तान में जड़ें जमा चुके तालिबानी शासन और अल–कायदा को खत्म करने के लिए

7 अक्टूबर, 2001 अमेरिकी और ब्रिटिश एयरफोर्स के हवाई हमले के साथ इस अभियान की शुरुआत हुई। आतंकवादी कैम्पों को ध्वस्त करने, ओसामा बिन लादेन समेत अल–कायदा के बड़े आतंकवादियों को पकड़ने और तालिबान सरकार की गिरफ्त से अफगानिस्तान को आजाद कराने के घोषित लक्ष्य के साथ सैन्य कार्यवाही शुरु की गई।[17]

शुरुआती चरण में लगभग 7,000 अमेरिकी सैनिकों की मदद के लिए ब्रिटेन ने भी अपने 4,200 सैनिक भेजे थे। अगले कुछ दिनों में तुर्की, फ्रांस, जर्मनी, इटली, पोलैंड इत्यादि देशों ने भी अपनी सेनाओं की टुकड़ियों को अफगानिस्तान भेजा। कुल मिलाकर 50 से ज्यादा देशों ने इस अभियान में अमेरिका की प्रत्यक्ष या परोक्ष रूप से मदद की।

अभियान के शुरु होने के साथ ही तालिबान सरकार और अल–कायदा आतंकवादियों के पैर उखड़ने लगे, अफगनिस्तान के बड़े शहरों को 7 दिसंबर, 2001 तक तालिबान के कब्जे से मुक्त करा लिया गया। 20 दिसंबर को संयुक्त राष्ट्र ने अफगान लोगों की सुरक्षा की जिम्मेदारी इंटरनेशनल सिक्यूरिटी असिस्टेंस फोर्स (International Security Assistance Force– ISAF) को सौंपी। 22 दिसंबर, 2001 को हामिद करजई ने अफगानिस्तान की अंतरिम सरकार के राष्ट्रपति के रूप में शपथ ली।

2001 से शुरु हुए इस अभियान को लगभग 10 साल बाद उस वक्त बड़ी सफलता मिली जब मई 2011 में 'ऑपरेशन नेपच्यून स्पीयर' (Operation Neptune Spear) के तहत ओसामा बिन लादेन को पाकिस्तान के एबटाबाद में मार गिराया गया। इसके बाद जून 2011 में तत्कालीन अमेरिकी राष्ट्रपति बराक ओबामा ने ऐलान किया कि अफगानिस्तान में मौजूद अमेरिकी सैनिकों को चरणबद्ध ढंग से वापस बुलाया जाएगा। जुलाई 2011 से वापसी की ये प्रक्रिया शुरु हुई और दिसंबर 2016 तक अफगानिस्तान में केवल 8400 अमेरिकी सैनिक ही बचे थे। इन सैनिकों को वहां आपातकालीन परिस्थितियों में स्थानीय अफगान सुरक्षाबलों की मदद के लिए रखा गया। इससे पूर्व शिकागो में मई 2012 हुए नाटो शिखर सम्मेलन में सदस्य देशों ने भी अफगानिस्तान की सुरक्षा की जिम्मेदारी 2013 के मध्य तक अफगानी बलों को सौंपने का फैसला किया, जिसे अमल में लाया गया। यद्यपि अफगानिस्तान में भीषण आतंकवादी हमलों का सिलसिला इसके बाद भी जारी रहा।

फिलिपीन्स में सैन्य कार्यवाही: आपरेशन फ्रीडम ईगल (Operation Freedom Eagle)

दक्षिणी फिलिपीन्स में सक्रिय आतंकवादी समूहों को खत्म करने के लिए 15 जनवरी, 2002 से इस अभियान की शुरुआत की गई। अमेरिकी सैन्य सलाहकारों की मदद से फिलिपीन्स के सशस्त्र बलों द्वारा चलाया गया ये अभियान ऑपरेशन एन्ड्युरिंग फ्रीडम का ही हिस्सा था जिसके निशाने पर अबु सय्याफ, जेमाह इस्लामियाह, इस्लामिक फ्रीडम फाइटर्स आदि आतंकवादी संगठन थे।[18] 2009 तक इस अभियान में फिलिपीन्स की मदद करने के लिए अमेरिका ने अपने 600 सैन्य अधिकारी और जवान वहां भेज रखे थे।[19]

मई 2017 में दक्षिणी फिलिपीन्स के मारावी कस्बे में इस्लामिक स्टेट से सम्बद्ध माउटे और अबु सय्याफ आतंकवादी संगठनों और फिलिपीन्स की सेना के बीच जंग शुरु हो गई।

हिंसक संघर्ष के बीच करीब 200,000 लोग विस्थापित होने को मजबूर हुए जबकि 1500 के करीब लोगों को आतंकवादियों ने बंधक बना रखा था। ऐसे में हालात को काबू करने के लिए अमेरिका ने अपने स्पेशल फोर्सेज की टीमों को मारावी में सक्रिय किया। इस समय तक अमेरिका फिलिपीन्स के सैन्य बलों को जरुरी साजो–सामान और प्रशिक्षण देकर भी आतंकरोधी कार्यवाही के अपने मिशन को पूरा करने में लगा हुआ था।[20]

अफ्रीकी देशों में सैन्य कार्यवाही

अफ्रीकी महाद्वीप के उत्तर–पूर्वी क्षेत्र के देशों से लेकर गिनी की खाड़ी तक सक्रिय अल–कायदा और अन्य इस्लामिक संगठनों से जुड़े आतंकवादियों के सफाये के लिए ये अभियान अक्टूबर 2002 में शुरु किया गया। सैन्य कार्यवाही की मुख्य जिम्मेदारी अफ्रीका के 8 देशों से मिलकर बने ज्वाइंट टास्क फोर्स को दी गई और अमेरिका के नेतृत्व में नाटो देशों की सेनाओं ने उनकी मदद की जिम्मेदारी संभाली। ये अभियान भी ऑपरेशन एन्ड्युरिंग फ्रीडम का हिस्सा था।[21]

इराक पर हमला: आपरेशन इराकी फ्रीडम (Operation Iraqi Freedom)

इराक में शासन कर रहे तानाशाह सद्दाम हुसैन पर व्यापक जनसंहार के हथियार रखने के आरोप लगाकर अमेरिका और उसके सहयोगी देशों ने 20 मार्च, 2003 को हमला कर दिया। इस हमले में यूनाइटेड किंगडम, ऑस्ट्रेलिया और पौलेंड ने अपनी सैन्य टुकड़ियां उपलब्ध कराकर अमेरिका का साथ दिया। 1 मई, 2003 तक अमेरिका के नेतृत्व वाली गठबंधन सेना ने इराक के लगभग सभी बड़े शहरों पर कब्जा कर लिया। इसके साथ ही इराक में सद्दाम हुसैन के नेतृत्व में चल रहे बाथ पार्टी के तानाशाही शासन का अंत हो गया। इराक में अमेरिकी सैन्य कार्यवाही औपचारिक रूप से सितम्बर 2010 में खत्म हुई। दिसम्बर 2011 तक अमेरिकी सैनिकों को वापस बुला लिया गया।[22]

अहम बात ये है कि जैविक और रासायनिक हथियार होने के जिस तर्क को आधार बनाकर अमेरिका ने इराक पर हमला किया, युद्ध के बाद भी व्यापक जनसंहार के वो हथियार इराक में कहीं नहीं मिले। इस हमले की शुरुआत से पहले ही अमेरिका के ऐसे किसी भी कदम का व्यापक विरोध शुरु हो गया था। फ्रांस, जर्मनी जैसे अमेरिका के सहयोगी देशों के अलावा रूस, चीन समेत दुनिया के ज्यादातर देश इराक पर हमले के विरोध में थे। इस सैन्य कार्रवाई से सम्बन्धित एक प्रस्ताव अमेरिका, यूनाइटेड किंगडम और स्पेन ने संयुक्त राष्ट्र सुरक्षा परिषद में पेश किया था, लेकिन प्रस्ताव पास न हो पाने की प्रबल संभावना को देखते हुए उसे वापस ले लिया गया।

एक अनुमान के मुताबिक 3 जनवरी से 12 अप्रैल के बीच इराक पर संभावित हमले के खिलाफ दुनियाभर में लगभग 3,000 विरोध–प्रदर्शन हुए। **15 फरवरी, 2003 को रोम (इटली) में हुई युद्ध–विरोधी रैली में लगभग 30 लाख लोग शामिल हुए, जिसे गिनीज बुक ऑफ वर्ल्ड रिकॉर्ड्स ने विश्व की सबसे बड़ी युद्ध–विरोधी रैली के रूप में दर्ज**

किया।

इस विवादास्पद युद्ध में ब्रिटेन के शामिल होने के फैसले की जांच के लिए वर्ष 2009 में तत्कालीन ब्रिटिश प्रधानमंत्री गार्डन ब्राउन ने सर जॉन चिल्कॉट की अध्यक्षता में एक कमेटी गठित की जिसने 2016 में अपनी रिपोर्ट पेश की। रिपोर्ट में ये उल्लेख किया गया कि संदिग्ध तथ्यों को आधार बनाकर और कूटनीतिक विकल्पों के खत्म होने से पहले ही इराक पर हमला कर दिया गया। चिल्कॉट रिपोर्ट में इराक युद्ध के समय यूनाइटेड किंगडम में सत्तासीन टोनी ब्लेयर सरकार की आलोचना करते हुए कहा किया गया कि **"सद्दाम हुसैन सरकार से ब्रिटेन को कोई तात्कालिक खतरा नहीं था। "जानबूझकर खुफिया एजेंसियों द्वारा किये गये खतरे सम्बन्धी आकलन को बढ़ा चढ़ाकर पेश किया गया जिससे इराक पर हमले के लिए माहौल बनाया जा सके।"** [23]

पाकिस्तान में सैन्य कार्यवाही

आतंकवाद के खिलाफ लड़ाई में पाकिस्तान की भूमिका बड़ी विचित्र रही है। अमेरिका द्वारा बमबारी की धमकी दिये जाने के बाद तत्कालीन पाकिस्तानी राष्ट्रपति परवेज मुशर्रफ ने आतंकवाद के खिलाफ युद्ध में शामिल होना स्वीकार तो किया, लेकिन अपनी सरजमीं पर डेरा जमाये बैठे आतंकवादियों के खिलाफ कठोर कार्रवाई करने में पाकिस्तानी सत्ता प्रतिष्ठान भेदभाव करता रहा।[24]

अमेरिका के दबाव में पाकिस्तानी सेना ने 2004 से वजीरिस्तान के संघशासित जनजातीय क्षेत्रों में सक्रिय अल–कायदा और तालिबान आतंकियों के खिलाफ सैन्य कार्रवाई शुरु की। लेकिन पाकिस्तानी कार्यवाही से असंतुष्ट अमेरिका ने उसकी संप्रभुता का उल्लंघन करते हुए 2004 से ही अफगानिस्तान की सीमा से सटे इन क्षेत्रों में ड्रोन हमले शुरु कर दिये। इन हमलों को अंजाम देने की जिम्मेदारी अमेरिकी खुफिया एजेंसी सीआईए (CIA) के 'स्पेशल एक्टिविटीज डिवीजन' को सौंपी गई। अनुमान है कि 2004 से जुलाई 2017 के बीच इन ड्रोन हमलों में विभिन्न आतंकवादी संगठनों के नेतृत्व से जुड़े 64 बड़े आतंकवादियों समेत हजारों आतंकवादी मारे गये हैं। 'साउथ एशिया टेररिज्म पोर्टल' के आंकड़ों के मुताबिक 2005 से अगस्त 2017 के बीच पाकिस्तान में कुल 326 ड्रोन हमले हुए हैं। इन हमलों में कुल 2,822 लोग मारे गये जबकि 354 से ज्यादा घायल हुए।[25]

वहीं ब्यूरो ऑफ इन्वेस्टीगेटिव जर्नलिज्म के मुताबिक केवल 2009 से 2017 के बीच ही ड्रोन हमलों में मरने वालों की संख्या 2,089 से 3,406 के बीच रही है। इस दौरान कुल 373 ड्रोन हमले पाकिस्तान में किये गये। ब्यूरो ऑफ इन्वेस्टीगेटिव जर्नलिज्म के मुताबिक 2009 से 2017 के बीच अमेरिकी ड्रोन हमले में मरने वाले आम लोगों की संख्या 257 से 634 के बीच हो सकती है।[26]

आतंकवाद के खिलाफ लड़ाई में पाकिस्तान का असली चेहरा उस वक्त सामने आ गया जब अमेरिकी नेवी सील कमांडो की टीम ने 2 मई, 2011 को पाकिस्तान के एबटाबाद में अल–कायदा के सरगना ओसामा बिन लादेन को मार गिराया। लादेन यहां खास तौर से बनाये गये एक किलेनुमा मकान में अपने परिवार के साथ रह रहा था। **उल्लेखनीय ये भी**

है कि लादेन के अलावा अल–कायदा के कई बड़े आतंकवादी जैसे कि खालिद शेख मोहम्मद, रमजी बिन अल–शिभ और अबु जुबायादाह भी पाकिस्तान में ही पकड़े गये थे। डोनाल्ड ट्रंप के अमेरिका का राष्ट्रपति बनने के बाद नई सरकार ने पाकिस्तान के खिलाफ और कड़ा रुख अपनाते हुए उस पर आतंकवादियों के खिलाफ ईमानदारी से कड़ी कार्यवाही करने का दबाव बनाया।

अमेरिकी राष्ट्रपति का ऐलान: आतंकवाद के खिलाफ वैश्विक युद्ध समाप्त

23 मई, 2013 को सैन्य कमांडरों और राजनीतिक नेताओं की एक सभा को सम्बोधित करते हुए अमेरिकी राष्ट्रपति बराक ओबामा ने आतंकवाद के खिलाफ अमेरिका द्वारा शुरु की गई लड़ाई को खत्म करने का ऐलान किया। उन्होंने कहा कि युद्ध की बजाय अब सुरक्षा और खुफिया एजेंसियां अमेरिका को खतरा पैदा करने वाले आतंकी समूहों को नष्ट करने पर ध्यान केंद्रित करेंगी।[27]

आईएसआईएस के खिलाफ सैन्य कार्यवाही: आपरेशन इन्हेरेन्ट रिजॉल्व (Operation Inherent Resolve)

इराक में फैली अराजकता का फायदा उठाकर अल–कायदा का इराक में सक्रिय धड़ा तेजी से ताकतवर होने लगा। 2006–7 में ही इस धड़े ने कुछ अन्य छोटे आतंकवादी समूहों को मिलाकर खुद को 'इस्लामिक स्टेट ऑफ इराक' के रूप में पुनर्गठित किया। 2010 में इस ग्रुप की कमान अबू बक्र अल बगदादी के हाथों में आ गई जिसने सद्दाम हुसैन के बेरोजगार सैन्य कमांडरों, सैनिकों और अन्य अधिकारियों–कर्मचारियों को अपने साथ जोड़ लिया। इस कदम से उसकी ताकत में कई गुना इजाफा हो गया।

2011 में सीरिया में गृहयुद्ध छिड़ने के बाद इस्लामिक स्टेट के आतंकवादियों ने भी सीरिया की शिया सरकार के खिलाफ हिंसक अभियान शुरु कर दिया। इराक के पश्चिमी और सीरिया के पूर्वी क्षेत्र का एक बड़ा हिस्सा जल्दी ही इस संगठन के सीधे नियंत्रण में आ गया। इसके बाद सुन्नी मुस्लिमों से मिल रहे व्यापक जनसमर्थन और 2013 में सीरिया में सक्रिय अल–नुसरा फ्रंट को मिलाकर बगदादी ने 'इस्लामिक स्टेट ऑफ इराक और सीरिया' के गठन का ऐलान किया।

29 जून, 2014 को बगदादी ने खुद को दुनियाभर के मुस्लिमों का 'खलीफा' घोषित कर दिया। साथ ही इराक और सीरिया के कब्जे वाले इलाकों को मिलाकर 'इस्लामिक स्टेट' नाम से नये साम्राज्य के गठन की घोषणा की। जिसे कट्टरपंथी सुन्नी सलाफी–वहाबी विचारधारा से प्रेरित और शरीयत पर आधारित होना था।

इस्लामिक स्टेट द्वारा की जा रही हिंसा और गैर सुन्नी मुसलमानों के खिलाफ बर्बरता ने जल्दी ही उसे आतंक का पर्याय बना दिया। इराकी सरकार एक के बाद एक अपने इलाकों पर से नियंत्रण खोती जा रही थी। इन हालात में 15 जून, 2014 से अमेरिका को एक बार फिर सैन्य कार्यवाही शुरू करनी पड़ी। अक्टूबर 2014 में इस कार्यवाही को

'ऑपरेशन इनहेरेन्ट रिजॉल्व' नाम दिया गया।[28]

दिसंबर 2014 में इस ऑपरेशन के लिए यूएस सेंट्रल कमांड ने 30 देशों की सैन्य टुकड़ियों को मिलाकर 'कम्बाइंड ज्वाइंट टास्क फोर्स' (Combined Joint Task Force) का गठन किया। अमेरिका के अलावा फ्रांस, यूनाइटेड किंगडम, ऑस्ट्रेलिया, डेनमार्क, कनाडा, जॉर्डन, नीदरलैंड, सऊदी अरब, तुर्की, संयुक्त अरब अमीरात, बहरीन आदि देशों ने मुख्य रूप से इस टास्क फोर्स के लिए अपनी सैन्य टुकड़ियां उपलब्ध कराईं। टास्क फोर्स का लक्ष्य रखा गया – इस्लामिक स्टेट ऑफ इराक एंड सीरिया को पूरी तरह नष्ट करना।

अमेरिकी रक्षा विभाग की वेबसाइट के मुताबिक 9 अगस्त, 2017 तक इस ऑपरेशन के तहत इराक में 13,331 और सीरिया में 11,235 हवाई हमलों को अंजाम दिया जा चुका था। 30 जून, 2017 तक इस ऑपरेशन को अंजाम देने के लिए कुल 14.3 बिलियन अमेरिकी डालर की लागत आयी। इस हिसाब से इन हमलों के लिए एक दिन में लगभग 13.6 मिलियन अमेरिकी डॉलर खर्च किया गया।[29]

15 दिसम्बर, 2016 को दिये अपने एक बयान में यूनाइटेड किंगडम के डिफेंस सेक्रेटरी ने कहा कि गठबंधन सेना के हवाई हमलों में आईएसआईएस के लगभग 25,000 आतंकवादी मारे गये। हालांकि अमेरिकी मीडिया समूह सीएनएन ने एक वरिष्ठ अमेरिकी सैन्य सलाहकार के हवाले से रिपोर्ट दी कि इन हवाई हमलों में मरने वाले आतंकवादियों की संख्या 50,000 के करीब है।[30]

यमन में सैन्य कार्यवाही

अमेरिका और उसके सहयोगी देशों ने तकनीकी, आर्थिक एवं सैन्य साजो–सामान उपलब्ध कराकर यमन की सरकार को अल–कायदा के खिलाफ कार्यवाही शुरु करने के लिए तैयार किया। यमन की सेना ने 2001 में वहां सक्रिय आतंकवादियों के खिलाफ सैन्य कार्यवाही शुरु की। लेकिन कमजोर केंद्र सरकार, अराजक जनजातीय व्यवस्था और कई सैन्य गुटों की सक्रियता ने अल–कायदा और अन्य विद्रोही–आतंकी गुटों को अपनी शक्ति बढ़ाने के लिए अनुकूल परिस्थितियां उपलब्ध करायीं। परिणाम ये हुआ कि 2009 में यमन सरकार को अमेरिका एवं उसके सहयोगी देशों की मदद से आतंकवादियों के खिलाफ पहले के मुकाबले ज्यादा बड़ा सैन्य अभियान शुरु करना पड़ा। इसके बावजूद 2011 में अल–कायदा ने यमन के एक प्रांत पर कब्जा करके अल–कायदा शासन की शुरुआत की। दिसंबर 2014 तक इस देश में इस्लामिक स्टेट ने भी अपनी पैठ बना ली और कई इलाकों पर कब्जा कर लिया।

यमन में 2004 से ही संघर्षरत शिया हाउती विद्रोहियों ने वर्ष 2014 में यमन की राजधानी सना पर कब्जा कर लिया। अमेरिका और उसके सहयोगी देशों ने शिया हाउती विद्रोहियों की बढ़ती ताकत के लिए ईरान को जिम्मेदार ठहराया। हाउती विद्रोहियों को रोकने के लिए सऊदी अरब के नेतृत्व में अन्य 8 मध्य–पूर्व के देशों ने मिलकर 26 मार्च, 2015 से यमन में सैन्य कार्यवाही शुरु कर दी। इस कार्यवाही को 'ऑपरेशन डिसाइसिव स्टॉर्म' (Operation Decisive Storm) नाम दिया गया। एक महीने बाद इस ऑपरेशन का नाम बदलकर 'ऑपरेशन री–स्टोरिंग होप' (Operation Restoring Hope) कर दिया

गया। यमन की मंसूर हादी सरकार की ओर से शामिल हुए सऊदी अरब को अमेरिका और उसके समर्थक देशों का सहयोग मिला। लेकिन वर्ष 2017 के मध्य तक गृहयुद्ध से जूझता यमन शिया हाउती विद्रोहियों, अल–कायदा, आईएसआईएस और मंसूर हादी सरकार के बीच चार हिस्सों में बंटा हुआ था।[31]

लीबिया में सैन्य कार्यवाही

फरवरी 2011 में लीबिया के तत्कालीन सैन्य तानाशाह मुअम्मर गद्दाफी के खिलाफ सशस्त्र विद्रोह शुरु हुआ। इसी बीच संयुक्त राष्ट्र सुरक्षा परिषद द्वारा पारित एक प्रस्ताव के आधार पर नाटो के सदस्य देशों ने 19 मार्च, 2011 से लीबिया में सैन्य कार्रवाई शुरु कर दी। विद्रोही गुटों के समर्थन में शुरु की गई इस सैन्य कार्यवाही में अमेरिका, फ्रांस, यूके और कनाडा की अहम भूमिका थी। कुल मिलाकर नाटो के इस अभियान में 19 देशों ने मदद की। गद्दाफी के मारे जाने के बाद 31 अक्टूबर, 2011 को इस सैन्य अभियान को खत्म कर दिया गया।

लीबिया में फैली अराजक स्थिति का लाभ उठाकर इस्लामिक स्टेट ने वहां अपनी पैठ जमा ली। वर्ष 2014 के मध्य तक ये अनुमान लगाया गया कि लीबिया में इस्लामिक स्टेट के आतंकियों की संख्या 1,000 के करीब तक जा पहुंची है। दिसंबर 2014 में अमेरिका ने लीबिया के 'देरना जिले' की ड्रोन विमानों के जरिये निगरानी शुरु कर दी जो आईएसआईएस का गढ़ बन चुका था। नवंबर 2015 से अमेरिका ने यहां हवाई हमले करने शुरु कर दिये। इसके बावजूद आतंकवादियों की ताकत बढ़ती गई और इस्लामिक स्टेट ने सिरते समेत कई दूसरे शहरों में भी जड़ें जमा लीं। इन हालात में अमेरिका ने हवाई हमलों को और तेज कर दिया। साथ ही जमीनी लड़ाई में लीबिया की नई सरकार की मदद करने के लिए 'स्पेशल ऑपरेशन टीम' को लीबिया के उत्तर- पूर्व और पश्चिमी हिस्से में सक्रिय किया गया।

लीबिया में जारी गृहयुद्ध के बीच 21 अप्रैल, 2017 को अमेरिकी राष्ट्रपति डोनाल्ड ट्रम्प ने कहा – **"मैं लीबिया में अमेरिका के लिए कोई भूमिका नहीं देखता। मेरा ये मानना है कि वर्तमान में अमेरिका के पास पर्याप्त भूमिकायें हैं।"** हालांकि इसी बातचीत में ट्रम्प ने ये भी कहा कि "इराक हो या लीबिया, आईएसआईएस को हराना अमेरिका की प्राथमिकताओं में है।"[32]

4. संस्थागत, नीतिगत एवं कानूनी सुधार

अमेरिकी जमीन पर भविष्य में हमले रोकने के लिए सुरक्षा व्यवस्था को चाक–चौबंद करने की आवश्यकता थी। अतः इस दिशा में कदम उठाते हुए सुरक्षा से सम्बन्धित कुछ नई संस्थाओं का गठन किया गया तो वहीं नये कानून बनाकर व पुराने कानूनों में आवश्यक सुधार कर सुरक्षा एजेंसियों को और ताकतवर बनाया गया। इस दिशा में निम्न प्रयास किये गये –

होमलैंड सिक्यूरिटी डिपार्टमेंट (Homeland Security Department) का गठन

11 सितम्बर, 2001 को हुए आतंकी हमले के बाद 22 अलग–अलग केंद्रीय विभागों और

एजेंसियों को मिलाकर एक ज्यादा शक्तिशाली और एकीकृत विभाग के रूप में इसका गठन वर्ष 2002 में किया गया। 2 लाख 40 हजार कर्मचारियों की सेवायें ले रहे इस डिपार्टमेंट का कार्य–क्षेत्र काफी व्यापक है लेकिन उद्देश्य सिर्फ एक है – अमेरिकियों की सुरक्षा सुनिश्चित करना।[33]

ये अमेरिका का तीसरा सबसे बड़ा कैबिनेट डिपार्टमेंट है। होमलैंड सिक्युरिटी डिपार्टमेंट के अधिकार क्षेत्र में आतंकरोधी कार्रवाई से लेकर सीमा–सुरक्षा, इमीग्रेशन एंड कस्टम, साइबर सुरक्षा, प्राकृतिक आपदाओं के दौरान बचाव, आपदा प्रबंधन जैसे कई विषयों को शामिल किया गया है। इस विभाग की तुलना अन्य देशों के गृह मंत्रालय से की जा सकती है।

परिवहन सुरक्षा विभाग (Transportation Security Administration - TSA) का गठन

हवाई यात्रा के दौरान नागरिकों की सुरक्षा सुनिश्चित करने के लिए नवंबर 2001 में 'एविएशन एंड ट्रांसपोर्टेशन सिक्यूरिटी एक्ट' (Aviation and Transportation Security Act) के पास होने के बाद इस विभाग का गठन किया गया। वर्तमान में ये एजेंसी होमलैंड सिक्यूरिटी डिपार्टमेंट के अंतर्गत ही काम करती है। ये एजेंसी हवाई अड्डों पर जांच अधिकारियों, डॉग स्क्वैड और बम निरोधक दस्तों को तैनात करती है। साथ ही सफर के दौरान विमानों की सुरक्षा के लिए फेडरल एयर मार्शल को तैनात करने का काम भी इसी एजेंसी के जिम्मे है। इस एजेंसी के गठन से पहले अमेरिका में हवाई यात्रियों की सुरक्षा की जिम्मेदारी निजी सुरक्षा एजेंसियों को दी जाती थी।[34]

इमिग्रेशन एंड कस्टम्स एन्फोर्समेंट (Immigration and Customs Enforcement - ICE) का गठन

इस विभाग का काम इमीग्रेशन, बॉर्डर कंट्रोल, कस्टम और सीमा क्षेत्र से होने वाले व्यापार से सम्बन्धित संघीय कानूनों को लागू कर देश की सुरक्षा सुनिश्चित करना है। 2003 में यूएस कस्टम्स सर्विस (U.S. Customs Service) और इमीग्रेशन और नैचुरलाइजेशन सर्विस (Immigration and Naturalization Service) को मिलाकर इसका गठन किया गया।[35] अस्तित्व में आने के साथ ही इस एजेंसी ने बड़ी संख्या में अप्रवासियों को वापस उनके देश भेजने का अभियान शुरु कर दिया। 9/11 की घटना के बाद डिपोर्ट किये जाने वाले लोगों की संख्या में लगभग दो गुना का इजाफा हो चुका है। बराक ओबामा के राष्ट्रपति बनने के बाद शुरु के दो साल (2009–10) में सालाना लगभग 4 लाख अवैध अप्रवासियों को अमेरिका से वापस उनके देश भेजा गया। ये आंकड़ा अमेरिकी व्यवस्था में अपने आप में एक रिकॉर्ड है।

2008 में शुरु किये गये सिक्योर कम्यूनिटीज प्रोग्राम (Secure Communities programme) के तहत लोकल प्रशासन को ये अधिकार दिया गया कि वो किसी मामले में आरोपी बनाये गये या जेल में मौजूद प्रत्येक व्यक्ति के अप्रवासन स्थिति (Immigration

Status) की जांच करें।

आतंकरोधी कड़ा कानून : यूएसए पैट्रियट एक्ट (2001)

अमेरिकी प्रतिनिधि सभा और सीनेट से भारी बहुमत से पास होने के बाद यूएसए पैट्रियट एक्ट (USA PATRIOT ACT - Uniting and Strengthening America by Providing Appropriate Tools Required to Intercept and Obstruct Terrorism) 26 अक्टूबर, 2001 को अमेरिका में लागू हुआ। इस एक्ट के प्रमुख प्रावधान निम्न हैं –[36]

- **आतंकरोधी कोष का गठन :** आतंकवादी हमलों से हुए नुकसान की भरपाई, आतंकवादी संगठनों की जांच एवं अन्य अभियानों में धन की कमी रुकावट न बने, इसके लिए धारा 101 के तहत एक 'आतंकवादरोधी कोष' का गठन किया गया। इस कोष में उपलब्ध धन पर वित्तीय वर्ष से जुड़े नियम – कायदे लागू नहीं होते।
- **एफबीआई के 'तकनीकी सहयोग संगठन' को दिये जाने वाले फंड में भारी बढ़ोतरी** – एक्ट की धारा 103 के तहत एफबीआई के लिए काम करने वाले तकनीकी सहयोग संगठन को वर्ष 2002, 2003 एवं 2004 के लिए 20 करोड़ डॉलर की भारी भरकम धनराशि मुहैया करायी गई।
- **नेशनल इलेक्ट्रॉनिक क्राइम टास्क फोर्स का गठन** – धारा 105 के तहत यूएस सीक्रेट सर्विस के निदेशक के अधीन नेशनल इलेक्ट्रॉनिक क्राइम टास्क फोर्स का गठन किया गया। इसका मकसद इलेक्ट्रॉनिक माध्यमों का प्रयोग करके किये जाने वाले आतंकवादी हमलों से बचाव एवं संवेदनशील केंद्रों की सुरक्षा व्यवस्था को पुख्ता बनाना है।
- **शत्रु संपत्ति को जब्त करने का अमेरिकी राष्ट्रपति को व्यापक अधिकार** – पैट्रियट एक्ट की धारा 106 के तहत अमेरिकी राष्ट्रपति को ये अधिकार दिया गया कि वो युद्ध, सशस्त्र संघर्ष या आतंकवादी हमले की स्थिति में शत्रुतापूर्ण कार्यों में संलग्न किसी विदेशी व्यक्ति, विदेशी संगठन या किसी देश की सभी प्रकार की चल एवं अचल संपत्ति को जब्त कर ले।
- **आतंकवादी गतिविधियों से सम्बन्धित तार आधारित, मौखिक या इलेक्ट्रॉनिक कम्यूनिकेशन को बाधित या बंद करने का अधिकार** – पैट्रियट एक्ट की धारा 201 के तहत किया गया ये प्रावधान बहुत महत्वपूर्ण है। इसके तहत डाक, टेलीफोन, रेडियो, टेलीविजन या अन्य किसी माध्यम से किये जा रहे ऐसे संचार या संवाद को बाधित एवं बंद करने का अधिकार सुरक्षा एजेंसियों को दिया गया, जो प्रत्यक्ष या परोक्ष रूप से आतंकवादियों की मदद करने या आतंकवाद को बढ़ावा देने से सम्बन्धित हों।
- **अपराधों की जांच से सम्बन्धित सूचनाओं को साझा करने का अधिकार** –एक्ट की धारा 203 में उल्लिखित प्रावधान के तहत किसी आपराधिक मामले की जांच से सम्बन्धित सूचनाओं को जांच अधिकारी एक–दूसरे से साझा कर सकते हैं।

- **इलेक्ट्रॉनिक कम्यूनिकेशन का रिकॉर्ड पाने के लिए समन जारी करने का अधिकार**–धारा 210 के तहत ये प्रावधान है कि उचित प्रक्रिया का पालन करते हुए जांच अधिकारी इलेक्ट्रॉनिक कम्यूनिकेशन से सम्बन्धित सभी जरुरी सूचनायें जैसे कि टेलीफोन का बिल, उपभोक्ता का नाम, पता इत्यादि प्राप्त कर सकता है।
- **आपातकालीन परिस्थितियों में (लोगों का) जीवन या (उन्हें गंभीर) शारीरिक क्षति से बचाने के लिए इलेक्ट्रॉनिक सूचनाओं–संदेशों के खुलासे का अधिकार** किसी आपातकालीन परिस्थिति में लोगों को जान–माल की क्षति से बचाने के लिए इलेक्ट्रॉनिक माध्यमों से सम्बन्धित सूचनाओं के खुलासे का अधिकार एक्ट की धारा 212 में दिया गया है।
- **बिना नोटिस दिये निजी परिसरों, भवनों, संपत्तियों की तलाशी का अधिकार** –एक्ट की धारा 213 के तहत किसी प्राइवेट प्रॉपर्टी की जांच करने के लिए जांच अधिकार को सम्बन्धित भवन या परिसर के स्वामी को नोटिस देने की जरुरत नहीं होगी।
- **तीसरे पक्ष के पास मौजूद किसी व्यक्ति के व्यक्तिगत दस्तावेजों तक पहुंच** – धारा 215 के तहत किसी संदिग्ध व्यक्ति या आरोपी की गतिविधियों से सम्बन्धित दस्तावेजों या अन्य उपलब्ध चीजों की जांच–पड़ताल का अधिकार सम्बन्धित अधिकारी को दिया गया है।
- **सक्षम प्राधिकारी के आदेश से पेन रजिस्टर या अन्य जासूसी उपकरणों का इस्तेमाल करने का अधिकार** – धारा 214 के मुताबिक इन उपकरणों के जरिये किसी टेलीफोन विशेष से किन नंबरों पर कॉल किया गया या किन नंबरों से सम्बन्धित टेलीफोन पर कॉल प्राप्त हुआ, इसकी जानकारी जुटाई जा सकती है।
- **आतंकवाद से सम्बन्धित मामलों में 'सर्च वारंट' के लिए एकल अधिकार–क्षेत्र की व्यवस्था**–पैट्रियट एक्ट की धारा 219 के तहत आतंकवाद से सम्बन्धित मामलों में किसी भी जिले की संघीय अदालत के न्यायाधीश द्वारा जारी किये गये सर्च वारंट के आधार पर उस जिले की सीमा के भीतर और बाहर दोनों ही जगह किसी व्यक्ति या उसकी संपत्ति की तलाशी ली जा सकती है।
- **इलेक्ट्रॉनिक साक्ष्यों के सम्बन्ध में सर्च वारंट की देशव्यापी प्रभावकारिता** –एक्ट की धारा 220 के तहत ये सुविधा प्रदान की गई है।
- **किसी अधिकारी या सरकारी एजेंसी द्वारा गोपनीय जानकारी के खुलासे पर कार्यवाही** – धारा 223 के तहत ये व्यवस्था की गई है कि यदि आतंकवाद से सम्बन्धित मामलों से जुड़ा कोई तथ्य जाने या अनजाने में किसी जांच अधिकारी या जांच एजेंसी के द्वारा सार्वजनिक किया जाता है, तो ऐसी स्थिति में मामले की जांच कर सम्बन्धित व्यक्ति या एजेंसी के खिलाफ दंडात्मक कार्रवाई की जायेगी।
- **अन्तर्राष्ट्रीय स्तर पर मनी लॉन्ड्रिंग की रोकथाम एवं आतंकवादियों के वित्त पोषण को प्रतिबंधित करने से सम्बन्धित प्रावधान** – आतंकवाद पर चौतरफा प्रहार करने के उद्देश्य से पैट्रियट एक्ट में कई ऐसे उपाय किये गये हैं जिससे काले

धन का इस्तेमाल आतंकवादी गतिविधियों में करने की प्रवृत्ति को रोका जा सके, साथ ही अन्य माध्यमों से आतंकवादियों को किये जाने वाले वित्त पोषण को भी प्रतिबंधित किया जा सके। ये एक्ट की धारा 301 से लेकर 330 तक के प्रावधानों में स्पष्ट रूप से उल्लिखित है।

- **आतंकवादियों या हमलावरों की पहचान करने के लिए डीएनए जांच की व्यवस्था** – धारा 503 में ये स्पष्ट किया गया है कि आतंकवादियों या हमलावरों की पहचान पुख्ता करने के लिए उनका डीएनए टेस्ट किया जा सकता है। इस कार्य में आने वाली कानूनी अड़चनों को इस एक्ट के द्वारा दूर कर दिया गया है।
- **शैक्षणिक संस्थानों से किसी व्यक्ति के शैक्षणिक रिकॉर्ड की पूरी जानकारी प्राप्त करने का अधिकार** – धारा 507 में ये व्यवस्था की गई है कि कोर्ट से आदेश प्राप्त कर कोई जांच अधिकारी किसी शैक्षणिक संस्था से किसी संदिग्ध या आरोपी व्यक्ति के बारे में पूरी शैक्षणिक जानकारी मांग सकता है। ऐसी परिस्थिति में सम्बन्धित संस्था को मांगी गई जानकारी उपलब्ध करानी होगी।

बड़े पैमाने पर खुफिया निगरानी

14 सितम्बर, 2001 को तत्कालीन अमेरिकी राष्ट्रपति जॉर्ज डब्ल्यू. बुश ने एक कार्यकारी आदेश जारी कर राष्ट्रीय आपातकाल की घोषणा की। इसके साथ ही घरेलू और अन्तर्राष्ट्रीय स्तर पर निगरानी प्रणाली को कहीं ज्यादा शक्तिशाली, व्यापक और सक्रिय कर दिया गया। अमेरिका की नेशनल सिक्यूरिटी एजेंसी (NSA), डिपार्टमेंट ऑफ होमलैंड सिक्यूरिटी (DHS), फेडरल ब्यूरो ऑफ इन्वेस्टीगेशन (FBI) और सेंट्रल इंटेलीजेंस एजेंसी के माध्यम से जिस बड़े पैमाने पर खुफिया निगरानी की गई, उससे कई बार अमेरिकी संविधान के उल्लंघन की शिकायतें भी सामने आयीं। नेशनल सिक्यूरिटी एजेंसी (NSA) ने अकेले ही सालाना लगभग 56,000 ऐसे ईमेल और अन्य प्रकार के संदेशों की जांच – पड़ताल की, जिनका आतंकवादी मामलों से कोई सम्बन्ध नहीं था। 2008 के बाद से निजता से सम्बन्धित कानूनों के उल्लंघन के मामलों में भी काफी बढ़ोतरी हुई।

आतंकी समूहों की ऑनलाइन सक्रियता को देखते हुए वर्ष 2007 में 'प्रिज्म' (PRISM) नाम से एक ऑनलाइन सर्विलांस प्रोग्राम शुरु किया गया। अमेरिका की राष्ट्रीय सुरक्षा एजेंसी इस योजना के तहत इंटरनेट कंपनियों से जरुरी जानकारी साझा करने के लिए कह सकती है।[37] फॉरेन इंटेलीजेंस सर्विलांस अमेंडमेंट एक्ट (2008) की धारा 702 के तहत इंटरनेट कंपनियां मांगी गई सूचनाओं को देने के लिए बाध्य हैं। इस पूरी प्रक्रिया के लिए अनुमति देने और जांच की निगरानी का काम फॉरेन इंटेलीजेंस सर्विलांस कोर्ट (FISA Court) के जिम्मे है।

जून 2013 में 'प्रिज्म' प्रोग्राम से जुड़े एडवर्ड स्नोडेन नाम के कॉन्ट्रैक्टर ने हजारों गोपनीय दस्तावेज गुपचुप तरीके से मीडिया को उपलब्ध करा दिये। इन दस्तावेजों के सामने आने से ये तथ्य भी सामने आया कि राष्ट्रीय सुरक्षा एजेंसी अमेरिकी नागरिकों के साथ ही दुनिया के विभिन्न देशों की सरकारों, बड़े नेताओं–नौकरशाहों और अन्य लोगों की निगरानी में लगी हुई थी। ये निगरानी ना केवल इंटरनेट के माध्यम से की जा रही थी बल्कि टेलीफोन

पर होने वाली व्यक्तिगत बातचीत पर भी नजर रखी जा रही थी।[38]

दुर्दांत आतंकवादियों के लिए अलग जेल: गुआंतनामो बे

जनवरी 2002 में अमेरिका ने क्यूबा के पास गुआंतनामो बे (Guantanamo Bay) में एक सैन्य जेल की स्थापना की। संदिग्ध आतंकियों को बिना ट्रायल के ही लंबे वक्त तक हिरासत में रखा जा सके, इसके लिये गुआंतनामो बे एक आदर्श जगह था क्योंकि ये अमेरिकी कानूनों की पहुंच से दूर था। कैदियों के साथ किये जाने वाले बर्बर व्यवहार के लिए बदनाम हो चुके इस कैदखाने को बंद करने की मांग पर बुश प्रशासन ने ध्यान नहीं दिया। ओबामा सरकार ने इस जेल को बन्द करने का वादा किया लेकिन इसमें सफल नहीं हो सकी। हालांकि ओबामा सरकार ने यहां कैद 245 में से ज्यादातर बंदियों को या तो रिहा कर दिया या फिर उन्हें दूसरी जेलों में स्थानांतरित कर दिया।

इसी जेल में कैद रहे मोहमेदो आउल्ड सलाही नाम के एक बंदी को 14 साल बाद अमेरिकी प्रशासन ने बिना किसी आरोप के रिहा किया। यहां से छूटने के बाद सलाही ने जेल में बिताये अपने अनुभवों के आधार पर एक किताब लिखी – 'द गुआंतनामो बे डायरीज' (The Guantanamo Bay Diaries)। जनवरी 2015 में प्रकाशित होने के बाद ये किताब सबसे ज्यादा बिकने वाली किताबों की लिस्ट में शामिल हो गई।[39]

विदेश और रक्षा नीति के केंद्र में 'विस्तारित मध्य–पूर्व'

11 सितम्बर को हुए आतंकवादी हमलों ने अमेरिकी विदेश नीति में कई बड़े परिवर्तन किये। इसके बाद अमेरिका ने विदेश और रक्षा नीति ही नहीं बल्कि घरेलू मोर्चे पर भी जिस प्रकार का आक्रामक रवैया अख्तियार किया उसने दुनिया की एक बड़ी आबादी को प्रत्यक्ष या परोक्ष रूप से प्रभावित किया। अगले कुछ वर्षों के लिए 'विस्तारित मध्य–पूर्व' अमेरिकी राजनय के केंद्र में आ गया। 'ग्लोबल वार ऑन टेरर' के तहत किये गये ज्यादातर मिलिटरी ऑपरेशंस इसी विस्तारित मध्य–पूर्व के क्षेत्र में किये गये। अफगानिस्तान, इराक, सीरिया, लीबिया, यमन आदि देशों में अमेरिका को प्रत्यक्ष या परोक्ष रूप से सैन्य कार्यवाही करने के लिए मजबूर होना पड़ा। साथ ही इन कार्यवाहियों में सहयोग करने के लिए इस क्षेत्र के देशों को अपने पक्ष में लामबंद करने के लिए अमेरिका के कूटनीतिक खेमे ने भी साम–दाम–भेद–दंड की नीति का पालन किया। सैन्य कार्यवाही में सहयोग के बदले इन सभी देशों को अमेरिकी सत्ता प्रतिष्ठान ने अरबों डॉलर की आर्थिक मदद एवं अन्य जरुरी सैन्य साजो–सामान भी उपलब्ध कराये।

अमेरिका की नई 'राष्ट्रीय सुरक्षा स्त्रातजी'

18 दिसंबर, 2017 को राष्ट्रपति डोनाल्ड ट्रंप ने अमेरिकी कांग्रेस के लिए राष्ट्रीय सुरक्षा स्त्रातजी का खाका पेश किया। 'अमेरिका फर्स्ट' की नीति पर विशेष जोर देने वाली इस सुरक्षा स्त्रातजी की खास बात रही कि ये अमेरिकी संप्रभुता, सुरक्षा व शक्ति पर ध्यान केंद्रित करती है जबकि अन्य देशों के विवादों में उलझने से दूरी बनाने की कोशिश राष्ट्रीय सुरक्षा स्त्रातजी में साफ नजर आती है। आतंकवादी संगठन आईएसआईएस के साथ ही उत्तर

कोरिया को भी वैश्विक खतरे के रूप में चित्रित किया गया जबकि जलवायु परिवर्तन जैसे महत्वपूर्ण विषय की कोई चर्चा इसमें नहीं की गई।[40]

सरकार ने स्पष्ट कर दिया कि अमेरिकी जनता व उसके हितों की सुरक्षा सर्वोच्च प्राथमिकता है। आतंकवाद का खात्मा करने के लिए अन्य देशों के साथ मिलकर काम करने की प्रतिबद्धता भी व्यक्त की गई। दस्तावेज में चीन और रूस का उल्लेख अमेरिकी शक्ति, प्रभाव व हितों को चुनौती देने वाले प्रतिस्पर्धियों के तौर पर किया गया।

आतंकवादी हमलों का अमेरिकी समाज पर असर

सुरक्षा व्यवस्था को मजबूत बनाने के लिए किये गये सुधारों की वजह से आतंकवादी तमाम कोशिशों के बावजूद अमेरिका में 9/11 जैसा भीषण हमला करने में कामयाब नहीं हो सके। परन्तु 2001 से 2017 के बीच अमेरिकी जमीन पर कई आतंकवादी हमले हुए। इन हमलों का अमेरिकी समाज पर काफी नकारात्मक प्रभाव पड़ा जिसे निम्न बिंदुओं के तहत समझा जा सकता है –

इस्लाम विरोधी भावनाओं का प्रसार

प्यू रिसर्च सेंटर की एक रिपोर्ट में एफबीआई के आंकड़ों को प्रकाशित किया गया। इसके मुताबिक अल–कायदा के हमले के बाद अमेरिका में मुस्लिम समुदाय के लोगों पर हमले के 93 मामले वर्ष 2001 में दर्ज किये गये थे। इसी प्रकार मुस्लिमों को जान–माल का नुकसान पहुंचाने की धमकी देने के 296 मामले वर्ष 2001 में दर्ज किये गये थे। हालांकि इसके बाद के वर्षों में ऐसे मामलों की संख्या में गिरावट दर्ज की गई लेकिन इराक और सीरिया में इस्लामिक स्टेट के उभार और अमेरिका–यूरोप में आतंकवादी हमलों के सिलसिले ने मुस्लिम विरोधी भावनाओं को फिर से हवा दे दी। यही वजह है कि 2001 के बाद मुस्लिमों पर हमले के सबसे ज्यादा मामले वर्ष 2015 में दर्ज किये गये जिनकी संख्या 91 थी। इसी तरह जान–माल का नुकसान पहुंचाने की धमकी देने के 120 मामले एफबीआई ने इसी साल दर्ज किये।[41]

आर्थिक, सामाजिक और शैक्षणिक स्तर पर भी मुस्लिम समुदाय के लोगों के साथ भेदभाव की शिकायतें सामने आती रही हैं। वर्तमान में अमेरिका में मुस्लिमों की आबादी लगभग 1% के करीब जा पहुंची है। मुस्लिमों के प्रति बैरभाव रखने वाले लोगों ने कई बार सिख समुदाय के लोगों को गलतफहमी में इस्लाम का अनुयायी समझकर उन पर हमले किये या उनके साथ बुरा व्यवहार किया।

घरेलू आतंकवाद के मामलों में बढ़ोतरी

9/11 के बाद के दशक में जो परिस्थितियां बनीं उनमें अमेरिकियों के लिए यह तय करना मुश्किल हो गया कि युद्ध का क्षेत्र कहां है और दुश्मन कौन है? अमेरिका के बाहर ही नहीं, उसकी सीमा के भीतर भी कट्टरपंथ की ओर झुकाव रखने वाले नौजवानों की संख्या बढ़ने लगी। अफगानिस्तान में अलकायदा के पतन के बाद जिस तेजी से इराक में आईएसआईएस का उभार हुआ, उससे प्रभावित होकर बड़ी संख्या में विभिन्न देशों के मुस्लिम नौजवान कथित 'जिहाद' की

ओर कदम बढ़ाने लगे। अमेरिका के कई मुस्लिम नौजवान इराक या सीरिया पहुंचकर सीधे आईएसआईएस में भर्ती हो गये। ऐसे में अमेरिकी रक्षा प्रतिष्ठान को देश के बाहर ही नहीं, सीमा के अंदर सक्रिय आतंकवादियों से मुकाबले की रणनीति पर काम करना पड़ा।

अमेरिका में हुए कई हमलों के पीछे वहां की नागरिकता ले चुके मुस्लिमों का हाथ सामने आया। इनमें से कुछ ऐसे भी थे जो औपचारिक रूप से किसी आतंकवादी संगठन से नहीं जुड़े थे। आईएसआईएस की ओर से लोन वुल्फ अटैक की अपील पर अमेरिका में आतंकवादी हमले हुए जिसे अंजाम देने में अमेरिकी नागरिकों का ही हाथ था।

राष्ट्रपति चुनाव में सबसे प्रमुख मुद्दा – आतंकवाद से सुरक्षा

9/11 हमले के बाद अमेरिका में राष्ट्रपति पद के लिए वर्ष 2004, 2008, 2012 और 2016 में चुनाव हुए। इन सभी चुनावों में आतंकवादी हमलों से सुरक्षा सबसे प्रमुख मुद्दों में से एक रहा।

वर्ष 2016 में राष्ट्रपति पद के चुनाव के दौरान प्यू रिसर्च सेंटर की ओर से कराये गये एक सर्वे में ये तथ्य सामने आया कि डेमोक्रेट और रिपब्लिकन दोनों ही पार्टियों के समर्थकों की किसी अन्य विषय के मुकाबले आतंकवाद पर होने वाली बहसों में ज्यादा दिलचस्पी थी। अधिकांश मतदाता यह जानना चाहते थे कि चुनाव लड़ रहे प्रत्याशी आतंकवाद के खिलाफ क्या रणनीति अपनाने जा रहे हैं।[42] इसी चुनाव के दौरान हुए एक अन्य सर्वे में शामिल 80% लोगों ने आतंकवादी संगठन आईएसआईएस को अमेरिका के लिए सबसे बड़ा खतरा बताया।

यह तथ्य इस बात का संकेत है कि वर्ल्ड ट्रेड सेंटर और पेंटागन पर हुए हमलों के लगभग 15 साल से ज्यादा वक्त बीतने के बाद भी आतंकवादी हमले का डर अमेरिकी लोगों के मन से खत्म नहीं हुआ है।

शरणार्थियों को लेकर संदेह

आईएसआईएस के उभार और लगातार हो रहे आतंकवादी हमलों की वजह से यूरोप के अन्य देशों की तरह अमेरिका में भी शरणार्थियों को संदेह की नजर से देखने की प्रवृत्ति बढ़ी।

सितम्बर 2015 में प्यू रिसर्च सेंटर के एक सर्वे में तीन चौथाई लोगों ने ओबामा सरकार के उस फैसले का समर्थन किया था जिसमें 10,000 सीरियाई शरणार्थियों को स्वीकार करने की बात कही गई थी। लेकिन पेरिस में 13 नवंबर, 2015 को हुए आतंकवादी हमले के बाद अमेरिका में भी शरणार्थियों को लेकर लोगों का नजरिया बदलने लगा। अमेरिकी थिंक टैंक ब्रूकिंग्स द्वारा तैयार किये गए एक रिपोर्ट के मुताबिक इस हमले के बाद 53% अमेरिकी लोगों ने कहा कि ओबामा प्रशासन को सीरियाई शरणार्थियों को स्वीकार करने की प्रक्रिया रोक देनी चाहिए। इनमें से 11% लोगों का मानना था कि अमेरिकी सरकार को केवल ईसाई शरणार्थियों को स्वीकार करना चाहिए।[43]

2 दिसम्बर, 2015 को सैन बर्नाडीनो में हुए आतंकवादी हमले के बाद व्यक्तिगत और राष्ट्रीय सुरक्षा का विचार शरणार्थियों को मानवीय मदद देने के विचार पर भारी पड़ गया। एक यूनिवर्सिटी (Qunnipiac University) द्वारा कराये गये सर्वे में 83% लोगों का मानना था कि निकट भविष्य में अमेरिका में बड़े आतंकवादी हमले होने की आशंका है। इनमें

से 58% लोगों ने अमेरिका के अंदर पनप रहे इस्लामिक कट्टरपंथियों को देश के लिए बड़ा खतरा माना।[44]

प्यू रिसर्च सेंटर के मई 2016 के सर्वे से पता चला कि दूसरे देशों से अमेरिका आने वाले शरणार्थियों को 74% रिपब्लिकन बड़े खतरे के रूप में देखते हैं जबकि 40% डेमोक्रेट समर्थकों ने भी इसी बात का समर्थन किया। स्पष्ट है कि आतंकवादी हमलों ने सीरियाई शरणार्थियों के प्रति आम अमेरिकी नागरिकों का नजरिया बदलने में अहम भूमिका निभाई।

6 मुस्लिम देशों पर प्रतिबंध का सवाल

27 जनवरी, 2017 को अमेरिका के राष्ट्रपति डोनाल्ड ट्रम्प ने एक कार्यकारी आदेश पर हस्ताक्षर कर 7 मुस्लिम देशों के आम लोगों के अमेरिका में प्रवेश पर रोक लगा दी। स्थानीय अदालत द्वारा इस आदेश पर रोक लगाने के बाद ये मामला अमेरिकी सुप्रीम कोर्ट तक पहुंचा। 4 दिसम्बर, 2017 को सुप्रीम कोर्ट ने ट्रंप सरकार द्वारा लिये गये संशोधित फैसले को लागू करने की इजाजत दे दी। इसके साथ ही अमेरिकी सरकार ने 6 मुस्लिम बहुल देशों – ईरान, लीबिया, सीरिया, यमन, सोमालिया और चाड के अलावा गैर मुस्लिम बहुल देशों उत्तर कोरिया और वेनेजुएला के आम नागरिकों के अमेरिका आकर काम करने, पढ़ाई करने या छुट्टियां मनाने पर पाबंदी लगा दी। हालांकि फैसले में इन देशों के लोगों के अमेरिका आने पर एक जैसी पाबंदी नहीं लगाई गई। उदाहरण के लिए, फैसले के लागू होने के बाद भी ईरानी स्टूडेंट्स को कुछ विशेष परिस्थितियों में अमेरिका आने की छूट मिली जबकि सोमालियाई स्टूडेंट्स को ये सुविधा नहीं दी गई।[45]

इस फैसले के पीछे जो सबसे बड़ी वजह बताई गई वो थी आतंकवादियों को अमेरिका में घुसने से रोकना। लेकिन इस प्रतिबंध का अन्य फायदा आम अमेरिकी लोगों की उस चिंता को दूर करना भी था जो बड़ी संख्या में मुस्लिम शरणार्थियों के अमेरिका में प्रवेश करने से जुड़ी हुई थी।

रक्षा बजट को और ज्यादा बढ़ाने का समर्थन

एक अन्य सर्वे में ये तथ्य सामने आया कि रक्षा बजट को बढ़ाने का समर्थन करने वालों की संख्या अमेरिका में तेजी से बढ़ी। प्यू रिसर्च सेंटर के द्वारा मई 2016 में प्रकाशित एक रिपोर्ट के मुताबिक 35% अमेरिकी रक्षा बजट को बढ़ाने के पक्षधर थे, जबकि 2013 में केवल 23% अमेरिकी लोगों ने रक्षा बजट को बढ़ाने का समर्थन किया था।

'वैश्विक नेता' के तौर पर अपनी भूमिका को लेकर असमंजस

अफगानिस्तान में एक लंबी लड़ाई लड़ने के बाद अमेरिका ने ओसामा बिन लादेन को मार गिराया, अल–कायदा की भी कमर तोड़ दी, लेकिन इसके लिए अमेरिका को भी बहुत बड़ी कीमत चुकानी पड़ी। शायद 2001 में आतंकवाद के खिलाफ वैश्विक युद्ध की घोषणा करने वाले तत्कालीन राष्ट्रपति जॉर्ज डब्ल्यू बुश को भी इसका अंदाजा नहीं रहा होगा कि उनके देश को इतनी लंबी और कठिन लड़ाई लड़नी पड़ेगी।

दूसरी ओर इराक में 2003 में जिस युद्ध की शुरुआत अमेरिका ने की, 2011 में उसने खुद उससे हाथ पीछे खींच लिये। शिया–सुन्नी के बीच गृहयुद्ध से जूझते इराक को अराजकता के भंवर में छोड़कर अमेरिका ने वहां से अपने सैनिक वापस बुला लिये। इस स्थिति का फायदा उठाकर इराक के कट्टरपंथी सुन्नी मुस्लिम संगठनों ने खुद को इस्लामिक स्टेट के झंडे तले इकट्ठा किया और उनके नेता अबू बक्र अल बगदादी ने स्वयं को इस्लामिक साम्राज्य का नया खलीफा घोषित कर दिया। इसके बाद इराक और सीरिया के बड़े हिस्से में चल रहा गृहयुद्ध और भड़क उठा। बड़ी संख्या में लोग हिंसाग्रस्त इलाकों से पलायन करने को मजबूर हुए। हमलों और हत्याओं की आंच मध्य–पूर्व से निकलकर यूरोप और अमेरिका की दहलीज तक आ पहुंची।

इन परिस्थितियों में अमेरिका के अंदर ऐसे लोगों की तादाद बढ़ने लगी जो इन घटनाक्रमों के लिए अमेरिकी विदेश नीति को ही जिम्मेदार मानने लगे। विशेष रूप से इराक पर हमले के लिए रासायनिक और जैविक हथियार होने सम्बन्धी आधारहीन दावों की पोल खुलने के बाद अमेरिकी सत्ता प्रतिष्ठान के लिए जवाब देना मुश्किल हो गया। सद्दाम हुसैन सरकार का तख्तापलट करने के बाद गृहयुद्ध से जूझते इराक का भविष्य उज्जवल बनाने के लिए कितनी लंबी लड़ाई लड़नी होगी, ये बता पाने में भी कोई राजनीतिक या सुरक्षा विश्लेषक खुद को सक्षम नहीं पा रहा। ऐसे में इराक को अस्थिर करने का दोष अमेरिका और उसके सहयोगियों के सिर पर मढ़ा गया। सीरिया में चल रहे सत्ता विरोधी संघर्ष में एक पक्ष की ओर से अमेरिका और उसके सहयोगी देशों जबकि दूसरे पक्ष की ओर से रूस और ईरान जैसे देशों के दखल से हालात कहीं ज्यादा बिगड़ गये। सीरिया में जिस पैमाने पर तबाही हुई और जितनी बड़ी संख्या में लोगों का विस्थापन हुआ, दूसरे विश्वयुद्ध के बाद ऐसे विध्वंस का कोई दूसरा उदाहरण सामने नहीं है। अमेरिकी नीतियों ने कई देशों को बर्बादी की कगार पर ला खड़ा किया है।

अमेरिका की जनता के बीच ऐसे लोगों की तादाद बढ़ने लगी, जो इन हालात के लिए अपनी सरकार को कटघरे में खड़ा कर रहे थे। यही वजह है कि डोनाल्ड ट्रंप के राष्ट्रपति बनने के साथ ही अमेरिका वैश्विक मामलों में फूंक–फूंक कर कदम रखने लगा। 20 अप्रैल, 2017 को इटली के प्रधानमंत्री के साथ एक संयुक्त प्रेस वार्ता को संबोधित करते हुए ट्रंप ने अस्थिरता और गृहयुद्ध से जूझते लीबिया के सवाल पर कहा –

> "मैं लीबिया में (अमेरिका की) कोई भूमिका नहीं देखता। मुझे लगता है कि अमेरिका के पास पर्याप्त भूमिकाएं हैं मैं आईएसआईएस से मुक्ति पाने में (अमेरिका की) भूमिका देखता हूं।" [45]

उल्लेखनीय है कि कर्नल गद्दाफी को सत्ता से हटाने के लिए चल रहे गृहयुद्ध में अमेरिका ने अहम भूमिका निभायी थी। लीबिया में नाटो देशों द्वारा की गई बमबारी में भी अमेरिका की अहम भूमिका थी। लेकिन बदली हुई परिस्थितियों में अमेरिकी सरकार विवादित क्षेत्रों में दखल के सवाल पर पांव पीछे खींचते हुए नजर आने लगी। स्पष्ट है कि दूसरे देशों में दखल देने का दुष्प्रभाव जब अमेरिकी जमीन पर महसूस किया जाने लगा तो उन फैसलों के खिलाफ विरोध के स्वर मुखर हुए। अमेरिकी समाज के साथ ही सरकार भी ये सोचने पर

मजबूर हुई कि वो पहले अपनी समस्यायें सुलझाये या दूसरों की लड़ाई लड़े। मई 2016 के प्यू रिसर्च सेंटर के सर्वे में ये सामने आया कि लगभग 57% अमेरिकी ये चाहते हैं कि उनका देश अपनी समस्याओं को सुलझाने पर ध्यान दे और दूसरे देशों को खुद उनकी समस्या उनके तरीके से सुलझाने दे। सर्वे में शामिल केवल 37% लोगों ने कहा कि अमेरिका को दूसरे देशों को उनकी समस्या सुलझाने में मदद देनी चाहिये।[46]

हालांकि सच ये है कि अमेरिका ने एक हद से ज्यादा केवल उन्हीं मामलों में दखल दिया जहां उसके हितों पर कोई सीधी आंच आ रही थी।

मुख्य प्रतिस्पर्धी के तौर पर सामने आया चीन

2001 में जब अमेरिका ने अफगानिस्तान में सैन्य कार्रवाई शुरु की, उस समय विश्व में एक बड़ी आर्थिक शक्ति के रूप में चीन का उदय हो रहा था। लेकिन अगले डेढ़ दशक में चीन ने आर्थिक समृद्धि का जो सफर तय किया, उसने पूरी दुनिया को हतप्रभ कर दिया है। महत्वपूर्ण ये है कि उन्हीं डेढ़ दशकों में अमेरिका जब विभिन्न मोर्चों पर उलझा हुआ था, उसी दौरान चीन अपनी ताकत में लगातार इजाफा कर रहा था। आर्थिक समृद्धि ने ही चीन को सैन्य क्षेत्र में भी बड़ी महत्वकांक्षायें पालने के लिए प्रेरित किया है।

आज दुनियाभर के बड़े बाजारों में सस्ते चीनी सामान अमेरिकी सामानों को टक्कर दे रहे हैं। हथियारों के ग्लोबल मार्केट में भी चीन तेजी से अपनी पैठ बना रहा है। फिलहाल वो छोटे देशों को सैन्य साजो–सामान बेच रहा है। लेकिन इससे इनकार नहीं किया जा सकता कि दुनिया की दूसरी बड़ी आर्थिक शक्ति बन चुका चीन अब तकनीक के मामले में भी अमेरिका से होड़ करने की कोशिश में है।

एससीओ और ब्रिक्स जैसे संगठनों एवं वन बेल्ट वन रोड जैसी महत्वकांक्षी परियोजनाओं के जरिये चीन दुनिया के अन्य देशों को साधने में जुटा है। आज चीन केवल रूस जैसे पड़ोसी देशों के साथ ही नहीं बल्कि ब्रिटेन और जर्मनी जैसे सुदूर स्थित देशों के साथ भी रेलमार्ग के जरिये व्यापार कर रहा है। दक्षिण चीन सागर के विवाद में वो वैश्विक जनमत को ठेंगा दिखा रहा है। इस क्षेत्र में अमेरिकी दखल को लेकर वो सीधी चेतावनी जारी करने से गुरेज नहीं करता। कभी अमेरिका का प्रमुख सहयोगी रहा पाकिस्तान अब चीन की कठपुतली बन चुका है। रूस को साथ लेकर चीन अब वैश्विक मामलों में अपने लिये बड़ी भूमिकाएं तलाश रहा है।

व्हाइट हाउस से लेकर पेंटागन तक चीन की इस बढ़ती ताकत को लेकर बेचैनी है। अमेरिका को मालूम है कि आज नहीं तो कल चीन उसके मुकाबले आकर खड़ा होगा।

निष्कर्ष

आतंकवाद के खिलाफ अमेरिकी रणनीति का मूल्यांकन करें तो बहुत सारी सफलतायें गिनाई जा सकती हैं। अमेरिकी सैन्य कार्रवाई ने अफगानिस्तान में तालिबानी शासन और अल–कायदा संगठन की कमर तोड़ दी। पाकिस्तान में छिपे ओसामा बिन लादेन को मार गिराया गया। तमाम कोशिशों के बावजूद आतंकवादी अमेरिका में 9/11 जैसा कोई बड़ा आतंकवादी हमला

करने में नाकाम रहे। हमले की ढेरों साजिशों का वक्त रहते भंडाफोड़ कर दोषियों को सख्ती से कुचल दिया गया।

लेकिन ये सफलतायें तस्वीर का एक पहलू भर हैं। वास्तविकता ये है कि आतंकवाद के खिलाफ लड़ाई को अपने राष्ट्रीय स्वार्थों की पूर्ति का औजार बनाकर अमेरिका ने उसे उलझा दिया। अफगानिस्तान में तालिबानी शासन को उखाड़ फेंकने में कामयाबी जरुर मिली लेकिन आतंकवादी तत्वों का पूरी तरह सफाया करने में अमेरिका कामयाब नहीं हो सका। नतीजा ये रहा कि अमेरिकी बमबारी, आतंकवादी हमलों और गृहयुद्ध से जर्जर हो चुके अफगानिस्तान को संकटों से घिरा छोड़कर अमेरिकी सेना को वहां से वापस बुला लिया गया।

इराक में सद्दाम हुसैन शासन के खिलाफ किया गया हमला अमेरिका की बड़ी भूल साबित हुई। सद्दाम के हटते ही इराक शिया–सुन्नी के बीच संघर्ष का अखाड़ा बन गया। इसी अराजकता का फायदा उठाकर वहां इस्लामिक स्टेट जैसे क्रूर आतंकवादी संगठन ने जड़ें जमा लीं।

सीरिया में बशर अल असद सरकार को उखाड़ फेंकने की चाहत में अमेरिका ने गोपनीय ढंग से वहां के विद्रोही गुटों की भरपूर मदद की। इन विद्रोही गुटों में वो इस्लामिक कट्टरपंथी भी शामिल थे जिनमें से कई ने बाद में आईएसआईएस का झंडा उठा लिया। इस तरह सीरिया को अस्थिर करना भी अमेरिका की बड़ी भूल साबित हुई।

अमेरिका की स्वार्थपूर्ण गलतियों और नियति की क्रूरतम घटनाओं से ताकत पाकर पनपे इस्लामिक स्टेट ने दुनियाभर के मुसलमानों का ध्यान आकृष्ट किया। खुद को खलीफा की पदवी से नवाज चुके अबू बक्र अल बगदादी ने इराक और सीरिया से बाहर यमन, लीबिया जैसे देशों में भी अपनी गहरी पैठ बना ली। उसकी अपीलों से प्रभावित होकर बड़ी संख्या में मुस्लिम नौजवान इराक और सीरिया पहुंचकर आईएसआईएस में शामिल होने लगे। लोन वुल्फ अटैक की रणनीति अपनाकर आईएसआईएस ने अमेरिका और यूरोप में कई बर्बर आतंकी हमलों को अंजाम दिया जिन्हें रोक पाना सम्बन्धित देशों की सुरक्षा एजेंसियों के लिए संभव नहीं हो सका।

11 सितम्बर, 2001 से ठीक पहले के वक्त में अमेरिका किसी युद्ध में घोषित रूप से शामिल नहीं था। अल–कायदा और ओसामा बिन लादेन के बारे में कम लोगों को जानकारी थी और आईएसआईएस जैसे बर्बर संगठन के उभार की कल्पना भी किसी ने नहीं की थी। 2001 से पहले अमेरिका आज की तुलना में लगभग आधे लोगों को डिपोर्ट करता था। सर्विलांस व्यवस्था वर्तमान के मुकाबले सीमित थी। तब का अमेरिकी समाज आज के मुकाबले ज्यादा धर्मनिरपेक्ष और अपनी निजता के अधिकारों को लेकर ज्यादा सतर्क था। 11 सितम्बर, 2001 से पहले का अमेरिका खुद को आज के मुकाबले ज्यादा सुरक्षित महसूस करता था। दुनिया के कई ऐसे देश जो अब पूरी तरह बर्बाद हो चुके हैं, वो सामान्य अर्थों में तब सुखी कहे जा सकते थे। आतंकवाद दुनिया के अलग–अलग हिस्सों में अलग–अलग एजेंडे के साथ बिखरा हुआ था। लेकिन आतंकवाद के खिलाफ लड़ाई लड़ते हुए अमेरिका और उसके सहयोगी देशों की स्वार्थपूर्ण नीतियों ने दुनिया के कई छोटे–बड़े आतंकवादी

संगठनों को मिलकर काम करने के लिए प्रेरित किया। इन सबका परिणाम ये है कि डेढ़ दशक से भी ज्यादा समय बीतने के बाद भी अमेरिका खुद को आतंकवादी हमलों के डर से आजाद नहीं करा सका है। आतंकवाद के खिलाफ लड़ाई दिशाहीनता का शिकार होकर भटक गई। इसीलिये विभिन्न देशों के लाखों निर्दोष नागरिकों और सैनिकों के बलिदान के बावजूद इस लड़ाई का परिणाम अनिश्चितता के भंवर में फंसा नजर आता है।

संदर्भ:

1. (2017, May 29). D.C. Area Sniper Fast Facts. CNN (news website). URL: http://edition.cnn.com/2013/11/04/us/dc-area-sniper-fast-facts/index.html, Visited on: June 24, 2017.
2. (2009, November 11). D. C. area sniper died very peacefully. NBC News's Website. URL: http://www.nbcnews.com/id/33827106/ns/us_news-crime_and_courts/t/dc-area-sniper-died-very-peacefully/#.Wajz7_MjHMw, Visited on: June 24, 2017.
3. (2015, July 16). Big list of muslim terror attacks in US since 9/11. World Net Daily (news website). URL: http://www.wnd.com/2015/07/big-list-of-muslim-terror-attacks-in-u-s-since-911/, Visited on: June 25, 2017.
4. Barret, J. (2016, December 7). A Complete List of Radical Islamic Terror Attacks on U.S. Soil Under Obama. Daily Wire (news website). URL: http://www.dailywire.com/news/11410/complete-list-radical-islamic-terror-attacks-us-james-barrett#, Visited on: June 22, 2017.
5. (2015, December 3). How San Bernardino shooters killed 14 people after Christmas party 'dispute'. The Guardian (news website). URL: https://www.theguardian.com/us-news/2015/dec/03/how-san-bernardino-shooters-killed-14-people-after-christmas-party-row, Visited on: June 22, 2017.
6. (2016, June 13). Orlando Gunman Was 'Cool and Calm' After Massacre, Police Say. The New York Times (news website). URL: https://www.nytimes.com/2016/06/14/us/orlando-shooting.html?mcubz=1, Visited on: June 24, 2017.
7. (2016, November 28). Suspect Identified in Ohio State Attack as Abdul Razak Ali Artan. NBC News (website). URL: https://www.nbcnews.com/news/us-news/suspect-dead-after-ohio-state-university-car-knife-attack-n689076, Visited on: June 26, 2017.
8. (2017, November 01). New York City terror attack: what we know so far. Vox News (website). URL: https://www.vox.com/2017/10/31/16587120/new-york-city-terror-attack-what-we-know, visited on: November 02, 2017.
9. (2015, February 3). Failed 'shoe bomber' Richard Reid describes 'tactical regrets' that mass murder mission failed. The Telegraph (news website). URL: http://www.telegraph.co.uk/news/worldnews/northamerica/usa/113884 42/Failed-shoe-bomber-Richard-Reid-describes-tactical-regrets-that- mass-murder-mission-

failed.html, Visited on: June 22, 2017.

10. (2006, February 9). Al Qaeda Tried to Outsource L.A. Skyscraper Terror Plot. ABC News (website). URL: http://abcnews.go.com/WNT/story?id=1600806&page=1, Visited on: June 23, 2017.
11. (2003, October 29). Trucker Sentenced to 20 Years in Plot Against Brooklyn Bridge. The New York Times (news website). URL: http://www.nytimes.com/2003/10/29/us/trucker-sentenced-to-20-years-in-plot-against-brooklyn-bridge.html?mcubz=1, Visited on: June 25, 2017.
12. (2012, April 30). Document shows origins of 2006 plot for liquid bombs on planes. CNN (news website). URL: http://edition.cnn.com/2012/04/30/world/al-qaeda-documents/index.html, Visited on: June 25, 2017.
13. (2009, May 12). Five convicted in al-Qaeda Sears Tower attack plot. The Telegraph (news website). URL: http://www.telegraph.co.uk/news/worldnews/northamerica/usa/531534 7/Five-convicted-in-al-Qaeda-Sears-Tower-attack-plot.html, Visited on: June 25, 2017.
14. (2007, June 3). 4 Men Accused of Plot to Blow Up Kennedy Airport Terminals and Fuel Lines. The New York Times (news website). URL: http://www.nytimes.com/2007/06/03/nyregion/03plot.html?mcubz=1, Visited on: June 23, 2017.
15. (2010, May 4). Pakistan native arrested in Times Square bomb case. Washington Post (news website). URL: http://www.washingtonpost.com/wpdyn/content/article/2010/05/03/AR 2010050300847.html, Visited on: June 30, 2017.

15(a). Archive. The Global War on Terrorism: The First 100 Days. U.S. Department of State's Website. Weblink: https://2001-2009.state.gov/s/ct/rls/wh/6947.htm, Visited on: June 30, 2017.

16. (2016, October 5). Operation Enduring Freedom Fast Facts. CNN (news website). URL: http://edition.cnn.com/2013/10/28/world/operation-enduring-freedom-fast-facts/index.html, Visited on: June 30, 2017.
17. Weblink: http://www.globalsecurity.org/military/ops/balikatan_021.htm, Visited on: June 30, 2017.
18. (2009, August 20). U.S. Military to Stay in Philippines. The New York Times (news website). URL: http://www.nytimes.com/2009/08/21/world/asia/21military.htmlmcubz1, Visited on: June 29, 2017.
19. (2017, June 13). Marawi conflict: Hundreds held hostage by Islamic militants as US forces join army effort. ABC News (website). URL: http://www.abc.net.au/news/2017-06-13/hundreds-held-hostage-in-southern-philippines-as-us-forces-join/8612294,Visited on: September 02, 2017.
20. Weblink: http://www.globalsecurity.org/military/ops/oef-djibouti.htm
21. Logan, J. (2011, December 18). Last U.S. troops leave Iraq, ending war. Reuters (online). URL: http://www.reuters.com/article/us-iraq-withdrawal/last-u-s-troops-leave-iraq-ending-war-idUSTRE7BH03320111218, Visited on: August 03, 2017.

22. (2016, July 6). Chilcot report: key points from the Iraq inquiry. The Guardian (online). URL: https://www.theguardian.com/uk-news/2016/jul/06/iraq-inquiry-key-points-from-the-chilcot-report, Visited on: August 03, 2017.
23. (2006, September 22). Bush threatened to bomb Pakistan, says Musharraf. The Guardian (online). URL: https://www.theguardian.com/world/2006/sep/22/pakistan.usa, Visited on: August 01, 2017.
24. Drone attack in Pakistan: 2005-2017. South Asia Terrorism Portal. Weblink: http://www.satp.org/satporgtp/countries/pakistan/database/Droneattac. htm, Visited on: August 07, 2017.
25. Purkiss, J. and Serle, J. (2017, January 17). Obama's covert drone war in numbers: ten times more strikes than Bush. The Bureau of Investigative Journalism (online). URL: https://www.thebureauinvestigates.com/stories/2017-01-17/obamas-covert-drone-war-in-numbers-ten-times-more-strikes-than-bush, Visited on: August 07, 2017.
26. (2013, May 23). War against terrorism must end, Barack Obama says. The Telegraph (online). URL: http://www.telegraph.co.uk/news/worldnews/barackobama/10077243/ War-against-terrorism-must-end-Barack-Obama-says.html, Visited on: August 05, 2017.
27. Official website for the Operation Inherent Resolve. Weblink: http://www.inherentresolve.mil/About-Us/, Visited on: August 09, 2017.
28. Official website of the U.S. Department of Defence. Weblink: https://www.defense.gov/OIR/, Visited on: August 09, 2017.
29. Browne, R. (2016, December 16). UK puts number of ISIS fighters killed at half US figure. CNN (news website). URL: http://edition.cnn.com/2016/12/16/politics/uk-us-number-isis-fighters-killed, Visited on: August 09, 2017.
30. Parker, T and Ozias, C. (2017, August 11). Yemen crisis situation report. Critical Threats (online). URL: https://www.criticalthreats.org/briefs/yemen-situation-report/2017-yemen-crisis-situation-report-august-11, Visited on: August 11, 2017.
31. (2017, April 21). Trump says only role for U.S. in Libya is defeating Islamic State. Reuters (online). URL: http://www.reuters.com/article/us-usa-trump-libya/trump-says-only-role-for-u-s-in-libya-is-defeating-islamic-state-idUSKBN17M2OC, Visited on: August 11, 2017.
32. Official website of the U.S. Department of Homeland Security. URL: https://www.dhs.gov/creation-department-homeland-security, Visited on: August 09, 2017.
33. Official website of the U.S. Transportation Security Administration. URL: https://www.tsa.gov/, Visited on: August 09, 2017.
34. Official website of the U. S. Immigration and Customs Enforcement. Weblink: https://www.ice.gov/about, Visited on: August 09, 2017.
35. Official website of the US Government Publishing Office. Weblink: https://www.gpo.gov/fdsys/pkg/BILLS-107hr3162enr/pdf/BILLS-107hr3162enr.pdf, Visited on: August 14, 2017.
36. Lee, T. (2013, June 12). Here's everything we know about PRISM to date. The Washington Post (online). URL: https://www.washingtonpost.com/news/wonk/wp/2013/06/12/heres-everything-we-know-about-prism-to-date/?utm_term

=.57681746a50d, Visited on: August 14, 2017.
37. (2014, January 17). Edward Snowden: Leaks that exposed US spy programme. BBC (online). URL: http://www.bbc.com/news/world-us-canada-23123964, Visited on: August 14, 2017.
38. Bulman, M. (2016, October 20). 'Most tortured man in Guantanamo Bay' freed without charge. The Independent (online). URL: http://www.independent.co.uk/news/world/americas/mohamedou-ould-slahi-guantanamo-bay-most-tortured-man-freed-without-charge-a7371666.html, Visited on: August 19, 2017.
39. (2017, December 18). National Security Strategy of the United States of America. The White House (official website). URL: https://www.whitehouse.gov/wp-content/uploads/2017/12/NSS-Final-12-18-2017-0905.pdf, Visited on: December 19, 2017.
40. Kishi, K. (2016, November 21). Anti-Muslim assaults reach 9/11-era levels, FBI data show. Pew Research Center (Online). URL: http://www.pewresearch.org/fact-tank/2016/11/21/anti-muslim- assaults-reach-911-era-levels-fbi-data-show/, Visited on: August 22, 2017.
41. Oliphant, B. (2016, August 15.) In debates, voters want to hear most about terrorism and the economy. Pew Research Center (Online). URL: http://www.pewresearch.org/fact-tank/2016/08/15/in-debates-voters-want-to-hear-most-about-terrorism-and-the-economy/, Visited on: August 24, 2017.
42. Mcelvein, E. (2016, March 4). What do Americans really think about Syrian refugees. Brookings Institution (online). URL: https://www.brookings.edu/blog/markaz/2016/03/04/what-do-americans-really-think-about-syrian-refugees/, Visited on: August 23, 2017.
43. Ibid.
44. (2017, December 04). Supreme Court Allows Trump Travel Ban to Take Effect. The New York Times (online). URL: https://www.nytimes.com/2017/12/04/us/politics/trump-travel-ban-supreme-court.html, Visited on: December 16, 2017.
45. (2017, April 21). Trump says only role for U.S. in Libya is defeating Islamic State. Reuters (online). URL: http://www.reuters.com/article/us-usa-trump-libya- idUSKBN17M2OC, Visited on: August 26, 2017.
46. Drake, B. and Doherty, C. (2016, May 5). Key findings on how Americans view the U.S. role in the world. Pew research Center (online). URL: http://www.pewresearch.org/fact-tank/2016/05/05/key-findings-on-how-americans-view-the-u-s-role-in-the-world/, Visited on: August 24, 2017.